SF

闇の左手

アーシュラ・K・ル・グィン
小尾芙佐訳

早川書房

629

THE LEFT HAND OF DARKNESS
by
Ursula K. Le Guin

Translated by
Fusa Obi
Published 2024 in Japan by
HAYAKAWA PUBLISHING, INC.
This book is published by
arrangement with
THE URSULA K. LE GUIN LITERARY TRUST
c/o GINGER CLARK LITERARY, LLC
through THE ENGLISH AGENCY (JAPAN) LTD.
www.ursulakleguin.com

私のとても大切《シネ・クア・ノン》なチャールズに

目次

闇の左手

1　エルヘンラングの行進

ハインの公文書保管局所蔵のアンシブル文書の写し、01－01101－934－2－ゲセン。オルールのスタバイルへ、ゲセン／惑星〈冬〉へ初派遣の使節ゲンリー・アイよりの報告書。ハイン・サイクル93／エクーメン暦1490—97年。

私はこの報告書を物語のようにしたためよう。わが故郷では幼時より、真実とは想像力の所産だと教えこまれたからである。まぎれもない事実もその伝え方で、みながそれを真実と見るか否かがきまるだろう。わが故郷の海の生きものがくれた素晴しい宝石のように、ある女《ひと》がつければそれは輝きを増し、また別の女がつければ輝きを失い塵と化してしまう。真珠がそうであるように事実もまた鞏固《きょうこ》ではなく、一様な光も放たず、無欠でもなく、真実の輝きを放つとは限らない。ただし両者とも繊細である。

この物語は私ひとりのものではなく、私ひとりが語るのでもない。ではだれの物語といえばよいか、私にはよくわからない。あなたのほうがよくわかるかもしれない。しかし物語は一つである、そしてしばしば事実が、語り手によって変わるように思われるときには、もっとも好ましいと思われる事実を選べばよい。かといってそのいずれもが虚偽ではなく、すべては一つの物語なのだ。

物語はエクーメン暦一四九一年の四十四日にはじまる。惑星〈冬〉のカルハイド王国では、オドハルハハド・ツワ、すなわち一の年の春、三の月の二十二の日にあたる。この国では、いつも一の年なのだ。あらゆる過去、未来の日付が、新年の元旦にいっせいに変わることになっており、人々は過去も未来も、唯一無二の現在《いま》より数える。というわけで物語は、一の年の春、カルハイド王国の首都、エルヘンラングにはじまる。私はそこで、生命の危機にさらされていたのだが、それを知らなかった。

私はパレードに加わっていた。ゴシウォルのすぐうしろ、王のすぐ前を歩いていた。雨が降っていた。

うす墨色の塔の上にかぶさる雨雲、谷間のような街路に降りそそぐ雨、嵐にうたれる鉛色の石造りの街、その街路を一筋の黄金がうねるように前進していく。先頭には、エルヘンラング市の商人、有力者、職人たちが隊列を組み、美々しく装い、海を泳ぐ魚のように、雨の中を心地よさそうに進んでいく。彼らの表情は鋭く、かつ静かである。歩調をとって行進するのではない。これは兵士のいない、仮装兵士もいない行進なのだ。

つづいて、カルハイド王国の各領国、各副領国よりはせさんじた領主、市長、代表団が、一人あるいは五人、あるいは四十五人、あるいは四百人と連なり、その威風堂々のきらびやかな行列は、金属製のホルンや、骨や木片をくりぬいて作った楽器が奏でる音楽と、電子フルートのかわいた音色の軽やかな調子にのって進んでいく。広大な領国の色とりどりの旗幟《きし》が、沿道に飾った黄色のペナントとともに雨にうたれ、もつれあっている。それぞれの集団が奏でるさまざまな音楽がとりどりのリズムで、建物の谷あいの石の舗道に鳴り響く。

つづいて金ぴかの球をもつジャグラーの一団が、あざやかな手さばきで黄金の球を空中高く投げあげ、投げあげして、黄金の噴水を作り出している。と、ジャグラーがいっせいに光を捕えたかとばかり、黄金の球は玻璃《ハリ》のごとくに燦然と輝いた。雲を破って太陽が顔をだしたのである。

つづく黄色の装束の四十人がゴシウォルを演奏する。ゴシウォルは王の御前でのみ演奏される楽器であり、陰々とした咆哮をとどろかせる。四十のゴシウォルの合奏は、人々の正気を揺さぶり、エルヘンラングの塔を揺さぶり、雨雲から雨の最後のひとしずくを揺さぶりおとす。これが王室楽団だとすれば、カルハイドの歴代の王がすべて狂人だとしても不思議はない。

つづいて王族のご一行、護衛官、市および宮廷の高官、上下両院の議員、書記官、大使、王国の貴族らが、隊列や歩調をそろえているわけではないのに、威風堂々と歩いていく。この行列の中に、アルガーベン十五世が、白の上衣に半ズボンを着用し、サフラン色の革の長靴をはき、目庇《まびさし》のある黄色い帽子をかぶって歩を運んでいる。金の指輪が唯一の装身具であり、また地位を示すものである。この集団のあとには八人のたくましい若者が、黄色のサファイアで飾りたてた輿《こし》をかついで歩いていくが、これは古代の儀式の名残りであり、この数世紀来、王が乗ったことはない。輿の横には八人の護衛官が、〈攻撃銃〉をかついでつき従う。これはさらに野蛮な時代の遺風だが、銃は空砲ではなく、軟鉄の玉がこめられている。死神が王のうしろを歩んでいくのだ。死神のあとには、工芸学校、大学、商業学校の各学生、王の家族、白、赤、金、緑の衣裳を着た子供や青年の隊列、そしてしんがりにはエンジンの静かな黒い車の一隊がしずしずとつづく。

王族のご一行は、私も含めて、水門の未完のアーチのかたわらにしつらえた、木の香もあたらしい舞台へとのぼる。そもそもこの行事の目的は、アーチを完成するためのもの、すなわち新道路とエルヘンラングの河港の完成、つまり浚渫《しゅんせつ》工事、土建工事、鉄道工事などの、五年にわたる大工事に終止符をうつための儀式の一環であり、この大工事の完成は、カルハイド王国史におけるアルガーベン十五世の評価をいちじるしく高めるものなのである。われわれは、雨に濡れそぼつ仰々しい衣裳のまま、舞台の上にぎゅうぎゅうと並ばされた。雨はやみ、太陽が、惑星〈冬〉の燦然たる太陽が、叛逆の太陽が頭上にさんと輝きだした。私の左どなりの人物に私は声をかけた。「暑いですね。じつに暑い」

左どなりのその人物は——浅黒い肌のたくましいカルハイド人で、髪は厚くつややか、金細工をほどこした緑色の厚手の皮外套に、厚手の白の上衣、厚ぼったい半ズボンを着用し、掌の幅ほどある銀の鎖を首にかけ、たらたらと汗をたらしながらこう答えた。「いや、まったく」

壇上に詰めこまれたわれわれの周囲一面に市民の顔があり、河原の茶色の小石のように、われわれを振りあおぎ、何千という目が雲母《うんも》のようにきらきら光っている。

さて王は、壇上からアーチの頂上へ向けて渡した荒削りの板をのぼる。アーチは完全には接合されぬまま群衆と波止場と河面の上にそびえたっている。王がのぼるにつれ群衆がどよめく。「アルガーベン！」王はそれに応えようとしない。群衆もそれを期待してはいない。ゴシウォルが雷鳴のような不協和音をとどろかせ、そしてなり熄《や》む。静寂。太陽は、市街を河を群衆を、そして王を照らす。下にいる石工が電動ウインチのスイッチを入れる。王がのぼるにつれて吊り索にぶらさがった要石《かなめ》があがり、やがて王より高く吊り上げられ、何トンという重い石塊であるのに、音もなく二つの橋梁のあいだにはめこまれ、二つを一つにつなぎあわせ、一つのアーチを作りあげる。こてとバケツをもった石工が足場の上で王を待つ。他の職人たちは縄梯子をのみの群れのようにぞろぞろとおりてくる。王と石工は、太陽と河のあいだの空間に高くわたされたせまい渡り板の上にひざまずく。王はこてをとり、要石のまわりにモルタルを詰める。王はお座なりにぺたぺたと叩いてすぐにこてを石工に返すようなことはせず、手順どおりきちんと仕事を進める。王が用いているモルタルは、普通のものと違い赤味がかっている。私は、王さま蜂の作業を五分か十分ほど見物してから、左どなりの人物にこう訊いた。「この国の要石は、いつも赤いモルタルで塗りこめられるのですか?」

　アーチの上流に優雅にかかる古い橋のアーチの要石もみんな同じ色のモルタルで塗りかためられていたからである。

　彼は浅黒い額からしたたりおちる汗を拭《ぬぐ》った。そして男は――彼と記したからには、男と言うべきだろう――男はこう答える。

「大昔、要石はひきつぶした骨に血をまぜたモルタルで塗りこめられたのです。人間の骨、人間の血です。血糊というものがなければ橋は落ちますからね。近頃は動物の血を使います」

　彼はしばしばこういう話の仕方をする、率直でありながら用心深く、皮肉をこめて、私が異星人の目で見、判断していることをたえず意識しているかのようだ。それは彼がきわめて高位の人間でありかくも孤立した種族であることから生じる意識である。彼はこの国の最高権力者のひとりだ。大臣というか宰相というか、あるいは補佐官というか、彼の地位に相当する用語が歴史上に存在するかどうか、私は知らない。カルハイド語の役職名は、王の耳という意味がある。領主であり貴族であり、執政者である。彼の名をセレム・ハルス・レム・イル・エストラーベンという。

　王はモルタル塗りの仕事を終えたらしく、私は大喜びだ。だが王はアーチの下に蜘蛛《くも》の巣のようにはりめぐらされた渡り板を踏んで、要石の向こう側へまわった、つまり要石には両面があるというわけだ。カルハイドで短気をおこしても仕方がない。彼らは決して粘液質な種族ではないが、それでも強情であり、粘り強くもあり、接合部はきちんと仕上げる。セス河岸の群衆は、王の仕事を満足そうに見物しているが、私には退屈な上に暑かった。惑星〈冬〉でこれほどの暑さを経験したことはない。二度とこんな暑さはごめんだ。私はこの行事を正しく認識していなかった。私の服装は氷河時代にふさわしいもので、こんな太陽の下で着るものではない。植物繊維、人工繊維の布地、毛皮、革、その上に防寒用の重いよろい、と重ねに重ねたその下で私は赤かぶの葉のようにしおれかえっている。私は群衆や、舞台の周囲に整列しているパレードの参加者たちを眺め、じっとうなだれている領国の旗、氏族の旗が太陽を浴びて輝いているさまを眺め、かたわらのエストラーベンに、あの旗、この旗とそれぞれがどこの領国に属するものか尋ねた。彼は、私の尋ねる旗はすべて知っていた。旗は何百とあり、その中にはペリングの〈嵐の境界〉やケルム国などの遠隔の領地や郷や聚落《しゅうらく》などの旗もあった。

「わたしはケルム国の出身ですよ」彼の博識を賞讃すると彼はそう言った。「領国のことを知るのはわたしの仕事ですし、彼らはカルハイド人です。この国を治めることは、この国の諸侯を治めることです。いままでそれが成し遂げられたことはないが。こういう諺《ことわざ》を知っていますか、『カルハイドは国家ではなく、家族紛争だ』という？」私は知らなかった。おそらくエストラーベンの創作ではあるまいか。彼の特質がよくあらわれている。

　このときキヨレミの一員、つまりエストラーベンを長と仰ぐ上院ないしは議会の議員が、人ごみをかきわけ近づいてきて、エストラーベンと話をはじめた。王の従弟にあたるペメル

・ハルジ・レム・イル・チベである。その声はひどく低く、態度はいささか横柄で、ときどき薄笑いをうかべる。エストラーベンは太陽を浴びた氷のようにたらたらと汗をながしながら、氷のように冷たく滑らかに、チベの呟きに大声で答えている。そのごく普通の丁寧な言動のせいで、相手が愚鈍に見える。王のモルタル塗りの仕事を眺めながら耳をそばだてるが、チベとエストラーベンのあいだを流れる敵意のほかはなにも理解できない。いずれにしても私には関係のないことだ。私はただ、古風な感覚で国家を支配する人々、二千万の民衆の運命を支配する人々の行動に興味があるだけだ。エクーメンが採用した方式のもとでは、権力はきわめて巧妙で複雑なものになっているので、ごく鋭敏な頭脳をもつ人々にだけその動きが見える。ところがここでは、権力はいまだに限られたもの、だれの目にも見えるものだ。エストラーベンを例にあげれば、ひとはこの男の権力を、その性格を拡大したものとして受けとめている。彼は、意味のないゼスチュアをしてはならないし、人々が耳を傾けないような意味のない言葉を話してはならない。彼はそのことを知っており、知っているということが大方の人々より明確なリアリティを彼にあたえている。存在の確かさ、実在性、人間としての威容などを。一事成れば万事成るというわけだ。私はエストラーベンを信じていない。彼の動機は永遠にはかりしれない。私は彼が好きになれない。しかし彼の権威を太陽のぬくもりのように感じ、そして反応してしまう。

こんなことを考えているうちにいつのまにかまた雲がひろがって、この世界の太陽は光を失い、たちまち雨まじりの突風が上流に向かって吹きだし、雨は堤防の上にいる群衆の頭上にぱらぱら降りかかり、空が暗くなる。工が渡り板をおりるとき、日の光がいっとき雲間から洩れ、王の白い姿と巨人なアーチが、暗くなった南を背景に一瞬くっきりとうかびあがる。雲が閉じる。冷たい風が、港－王宮通りを吹き抜け、河は鉛色に変じ、堤防の並木はぶるぶると身震いする。パレードは終わった。半時間後に雪が舞いだした。

王の車が港－王宮通りを走りだし、群衆が緩慢な潮の流れに押しながされる小石のように動きはじめると、エストラーベンが私を振り返って言った。「今夜、いっしょに食事をしませんか、ミスタ・アイ？」

私は嬉しいというより驚いて、招待に応じた。この七、八ヵ月間、彼は私のために多大の尽力をしてくれたが、自邸へ招待するというような個人的な好意は、期待もせず望んでもいなかった。ハルジ・レム・イル・チベがまだ近くにいて聞き耳をたてており、エストラーベンはわざと彼に聞かせるように仕向けたようだ。この女々しい陰険な策略を不愉快に思い、私は舞台をおりると腰をかがめるようにして群衆の中へまぎれこんだ。私の背丈は標準のゲセン人と比べて非常に高いわけではないが、こうして群衆のなかに入ると、相違はきわだった。おい、見ろ、使節だ。むろんこれは私の任務の一部であるが、それは時が経つにつれ私にとって気楽になるどころか苦痛になっていた。近頃は、名もなき者、他者と同じものになりたいと思うようになった。ほかのひとびとのようになりたいと切望している。

酒樽通りをしばらく進んでから、宿舎のほうへ道を折れた。するととつぜん人影がまばらになり、いつのまにか私の横を歩いているチベに気づいた。

「とどこおりなく儀式も終わりましたな」と王の従弟は私に笑いかけた。長くて黄色い清潔な歯が、老人でもないのに柔らかそうなきれいな皺《しわ》が一面にはりめぐらされた黄ばんだ顔にちらりと見えた。

「新港の完成はめでたいですね」と私は言った。

「いや、まったく」ふたたびちらりと見える歯。

「要石の儀式はたいへん感動的で——」

「いや、まったく。あの儀式は古代から伝わるものです。だがエストラーベン卿がむろん全部説明されたことだろう」

「エストラーベン卿はとても親切な方です」

私はそっけなく答えたが、チベには、私の言葉がすべて裏をもっているように受けとれるらしい。

「いやいや、まったく。エストラーベン卿が異国人には親切なことはつとに名高い」彼はまた笑った。むきだされた歯の一本一本には、裏の裏の裏の三十二本分の意味があるように思われた。

「わたしのようにまったく異質の異国人は数少ないですからね、チベ卿。数々のご親切を心から感謝しています」

「いや、まったく。いや、まったく！　感謝とはたぐいまれな高貴なる感情で、詩人どもがほめたたえておりますよ。なかんずくエルヘンラングでは、きわめてたぐいまれです、なぜかというと、それは実行不可能だからです。われわれが生きているこの時代は、困難な恩知らずの時代です。何事も祖父母の時代のようにはいきません、そうでしょう？」

「よくはわかりませんが、同じ嘆きを方々の世界で聞いてきました」

チベは、狂気を確かめるかのように私の顔を凝視した。そしてまた長い黄色の歯をむきだした。

「ああ、そうですね！　まったくそのとおり！　あなたがよその星から来た方だということをつい忘れてしまう。あなたにはむろん忘れられるようなことではないでしょうか。しかし、それを忘れられれば、ここエルヘンラングでの生活も、あなたにとって、より健康的に、より単純に、より安全になるでしょうな？　いや、まったく！　あ、わたしの車だ、邪魔にならぬようここに待たせておきました。あなたの嶋までお送りしたいのはやまやまですが、残念ながらその光栄には浴せません、王宮へ間もなくおもむく予定がありまして。貧しい親戚は遅れるべからずという格言もありますからねえ？　いや、まったく！」

王の従弟は、黒い小さな電気自動車に乗りこむと、振り向いてにっと歯をむきだし、目は皺の網に包みこまれた。

私は徒歩で嶋(原註)へ帰った。

原註　カルハイド語でカルホッシュ、島の意。カルハイドの都市居住者の大半を収容する下宿式アパートの通称。二十から二百の個室を有す。食事は共同。ホテル形式、コミューン形式、両者を兼ねあわせたものなどがある。これらは、郷《ごう》というカルハイド社会の基本構成要素の都市における変形である。むろん郷の地方氏族的系統的定着性には欠けている。

前庭は根雪がすっかり溶けて土があらわれている。地上十フィートのところにある冬用の扉は、秋の深雪の季節が来るまで数ヵ月間みな閉ざされている。ぬかるみと氷と庭に繁茂する柔らかな春の芽生えにかこまれた建物の横手のあたりでは、若いカップルが立ち話をしている。二人の右手が握りあわされている。二人はケメルの第一期に入っているのだ。冷たい泥に素足をうずめ、手を握り合い、目を見つめ合っている二人の上に大きな雪片がひらひらと舞いかかる。〈冬〉の春。

嶋で夕食をとった。レムニ・タワーのゴングが四の刻を打ち鳴らしたとき、私は夜食をとるために王宮にいた。カルハイド人は一日に四度しっかりした食事をとる。朝食、昼食、夕食、そして夜食。その合間にもしじゅうむしゃむしゃ食っている。惑星〈冬〉には、食用になる大きな動物もいないし、哺乳動物類の生産物、つまりミルク、バター、チーズのたぐいもない。高蛋白質、高炭水化物質の食料といえば、せいぜい卵と魚肉と木の実とハイン産の穀物だけである。酷寒をしのぐには低カロリーの食事なので、しばしば燃料補給をしなければならない。まるで数分ごとに食べているような補給の仕方にもどうやら慣れた。ゲセン人は、のべつまくなし腹に詰めこむ技術ばかりではなく、たえまなく腹をすかせる技術も完成させたということを知ったのはあの年だった。

雪はまだ降っていた。おだやかな春のブリザード。過ぎ去ったばかりの雪解けの季節の苛酷な雨よりははるかに快い。降りしきる雪の静かな薄闇に包まれる王宮の中を歩いていき、一度だけ道に迷った。エルヘンラングの工宮は、城壁にかこまれた都市である。そこにはいくつもの宮殿、塔、庭園、前庭、回廊、屋根をかけた橋、地下道、樹林、天守閣などの、何世紀にもわたる大規模なパラノイアの産物が、雑然と詰めこまれている。それらを圧してそびえたつのが王宮殿の数奇をこらした荘厳な赤い城郭であり、常時使われているとはいえ、その住人は王ただひとりである。召使い、従者、貴族、大臣、議員、警護官などは、城壁の中の館、砦、天守閣、営舎、小舎などで起居している。エストァーベンの住居は王の特別の寵愛を受けているしるしとして、紅隅館があてられている。これは四百四十年前、エムラン三世の寵愛したケメルの伴侶、ハルメスのために建てられたもの、その壮麗さはいまなお目をみはらせるものがあるが、ハルメスは内陸党の隠密によってかどわかされ、手足を切りとられ、痴愚になりはてた。エムラン三世はそれから四十年後に死去したが、いまだに、その不幸な王国に恨みを残している、薄幸の王、エムランとして。この悲劇も大昔のことなので、恐怖は濾過《ろか》され、不信や憂愁の確かな気だけが館の石積みや影にまとわりついている。庭は小ぢんまりと石塀でかこまれていた。セレムの樹が岩を配した池におおいかぶさっている。館の窓からもれる薄明りの帯の中に、雪片と、セレムの樹の白い胞子の糸のような莢《さや》が、ひらひらと黒い水面におちていくのが見える。エストラーベンは、この寒さになにもかぶらず外套も着ないで、雪と胞子がこやみなくひそやかに落下していくさまを眺めながら私を待っていた。私を見ると穏やかに挨拶《あいさつ》をして館の中へ導いた。ほかに客はいなかった。

私は驚いたが、すぐ食卓に案内された。ひとは食べるあいだ仕事の話はしない。加えて私は、豪華な食卓に目をうばわれた。料理人の手で見事に調理されたかの永遠のブレッド・アップルまであり、私はその料理人の技《わざ》に舌をまいた。食事のあと炉ばたで熱いビールを飲んだ。どこの家のテーブルにも、飲んでいるまに酒の表面に張ってしまう氷をかく道具がそなえてあるような世界で、熱いビールはまたとない馳走である。

エストラーベンは食卓では快活に会話をはずませた。が、暖炉をはさんで向かいあうと黙りこんでしまった。惑星〈冬〉に来てはや二年になるが、いまだに私は、ここの住民を、彼らの目を通して見ることができない。そうしようと努めるのだが、そうした私の努力は、ゲセン人をまず無意識的に男として見、それから女として見、しかるのちに、彼らの特質からいえばまったく不当な、私にとってはきわめて本質的な男女いずれかの範疇《はんちゅう》に押しこむという形をとってしまう。かくして私は湯気のたつすっぱいビールを飲みながら、食卓におけるエストラーベンは、女性的で、魅力と感受性にあふれ、実体を欠き、見た目には美しく如才ないと思った。彼に嫌悪や不信を感じるのは、この心地よいしなやかな女性らしさの故だろうか？　炉ばたの火が照らしだす暗がりの、私の横にすわっているこの色浅黒い皮肉屋の権力者を女と考えるのは不可能だ。それなのに彼を男と考えると、私はいつも詐欺をしたようなうしろめたさをおぼえるのだ。彼自身に対してか、あるいは私の彼に対する態度にか？　彼の声音はやわらかく、ひびきがあるが、低くはない、男の声とも言えず、女の声とも言いがたい……で、その声はなにを言おうとしているのか？

彼は言っている。

「あなたをなかなか家へお招きできなくて申しわけありませんでした。しかしこれで、われわれのあいだの保護者と被保護者の関係がなくなってほっとしました」

私はしばらくその言葉の意味をはかりかねていた。たしかにこれまで彼は、王宮における私の保護者であった。彼がとりはからってくれた明日の王との謁見によって、私が彼と同等になるというのだろうか？

「おっしゃる意味がわかりません」と私は言った。

これに対して彼もまた途方にくれたように黙っていた。

「いや、おわかりかと思ったが」彼はようやく口を開いた。「ここに来るということが……つまり、わたしはもはや王に対する、あなたの代弁者ではないということが」

自分が恥じ入るのではなく、私が悪いというような口振りだった。彼の招待を受けいれることには、明らかに私のあずかりしらぬ意味があったのだ。しかし私の手ぬかりは儀礼上の問題で、彼の手ぬかりは道義上の問題である。私の頭にまずひらめいたのは、ああやっぱりエストラーベンを信用しなくてよかったということだ。彼は単に如才ないのではなく、単に権力を持っているのではなく、不実な人間だったのだ。私がエルヘンラングへ来てから数カ月、私の話に耳をかたむけ、私の質問に答え、私の体や私の船の特殊な異質性をたしかめるために医者や技師を紹介し、私が接触したい人々との仲をとりもってくれたのはみんな彼なのだ、そして私を、奔放な想像力の生みだした怪物という当初の地位から、いま王に受けいれられようとしている神秘の使節という地位にまでひきあげてくれたのも彼である。そのような危険な高みに私をひきあげておきながら、とつぜん、庇護の手をひくと冷やかに言うのである。

「あなたを頼るようにということでしたが――」

「これは誤りでした」

「すると今回の王との謁見に際して、あなたはわたしの使命についてあらかじめ王のお耳に入れておいてくださらなかったのでしょうか――」〝お約束しておいたのに〟という言葉をのみこむだけの分別を私はもっていた。

「それはできないのです」

私は怒りをおぼえたが、彼は怒りもせず弁明もしなかった。

「理由をおきかせくださいませんか？」

やや間をおいて彼は、「ああ」と言った。そしてまた口をつぐんだ。私は、その沈黙のあいだに、無能で無防備な異星人は、王国の首相に向かって、なかんずく権力の基盤やその王国の政府の機能というものを理解していない、いや未来永劫理解しそうもない首相に向かって、条理を求めるべきではないのではないかと思いはじめていた。明らかにこれは、シフグレソルの問題だ――つまり、威信、面子、地位、矜持《きょうじ》というような、カルハイドにおける、ゲセンの文明全般における、社会的威信に関する翻訳不能の重要な原理の問題なのである。もしそうなら私に理解できるはずがない。

「今日の儀式のさいに王がわたしに言われたことを聞かれましたか」

「いいえ」

エストラーベンは炉の上に身をのりだし、熱い灰の中からビールの罎《びん》をとって私のコップにふたたび注いだ。そのままなにも言わないので、私がかわって言った。「王は、わたしに聞こえるところでは、あなたに何も言われませんでした」

「わたしに聞こえるところでも何も言われなかった」と彼は言った。

私はまたもや言外の含みを悟りそこねたことに気がついた。彼の女々しい遠まわしな言い方に私は腹を立てながら言った。

「するとつまり、あなたは王の寵愛を失ったということを、言いたかったのですか、エストラーベン卿？」

彼はそのとき憤慨したのだと思うが、そんな素ぶりも見せずにこう答えた。

「なにも言いたかったわけではありません、ミスタ・アイ」

「おねがいだから言ってください！」

彼は好奇の目で私を見た。「ではこう言いますか。王宮には、あなたの言葉を借りれば、王の寵愛を受けている人々がいるが、彼らはあなたの存在やあなたの使命が気に入らないのです」

するとおまえも、あわてて彼らにくわわり、わが身大事と私を売ったのかと思ったが、いまさらそんなことを言っても仕方がない。エストラーベンは廷臣であり政治家であり、私は彼を信じていた愚か者なのだ。両性具有社会においてさえ、政治家は、しばしば完全な人間にはほど遠いものだ。私を夜食に招待したということは、彼がいとも簡単に私を裏切ったように、私も彼の裏切りを簡単に受けいれるだろうと彼が考えていたことを示している。面子をたてるということが誠実さより明らかに重要なのである。私はやむなくこう言った。

「わたしにしてくださった数々のご親切がご迷惑になったようで申しわけありません」

恥じ入ったか、エストラーベン。私は道徳的な優越感にひたったが、永続きはしなかった。彼はどこまでもはかりしれない人物だった。

彼は椅子の背によりかかり、火影《ほかげ》が彼の膝と小さなふっくらした手と、その手にもった銀のコップをあかあかと照らしだしているが、その顔は影になっていた。浅黒い顔はいつも、狭い額にかかる豊かな髪、太い眉、濃い睫毛《まつげ》、表情の陰鬱さなどによって陰影がつくられている。猫やあざらしやかわうその顔の表情を読むことができるだろうか？　ゲセン人の中には、こうした動物のように、話をするときもキラキラ光る目の表情がいっこうに変わらないものがいる。

「自業自得ですよ」と彼は答えた。「あなたにしてさしあげたこととはなんの関係もありません、ミスタ・アイ。ご存じでしょうが、カルハイドとオルゴレインは、サシノス付近の〈北の滝〉で国境争いをしています。アルガーベンの祖父君は、シノス谷はカルハイドの領土であると主張していますが、オルゴレインの人民政府はこの主張を認めようとしません。一片の暗雲から雪が降りはじめ、いよいよ激しさを増している。わたしはシノス谷に居住しているカルハイドの農夫たちに、既存の国境から東へ後退するように手を貸してやったのです。シノス谷が、数千年来そこに居住しているオルゴレイン人の手に返れば、争いも自然におさまるだろうと考えたからです。数年前、わたしは〈北の滝〉の行政局におりましたが、そのとき数人の農夫と知り合ったのです。彼らが侵略によって殺戮されたり、オルゴレインの更生施設へ強制送還されるのは考えるだに嫌です。なぜ争いの種を取りのぞかないのか？……だがこれは愛国的な考えではないのです。実を申せば、臆病な行き方で、王ご自身のシフグレソルをつぶすものです」

彼の反語的表現、オルゴレインとの国境争いの紆余曲折などは、私には興味がない。私は、われわれの間に横たわる問題にたちかえった。彼を信用しようとしまいと、利用はできるかもしれない。

「その少数農民の問題が、王にわたしの使命を伝えるという機会を失わせるのだとしたらまことに遺憾です」と私は言った。「数マイルの国境線よりはるかに重要なものが、危機に直面しているのです」

「そう。はるかに重要です。しかし、国境から国境まで百光年をへだてているエクーメンは、いましばらく辛抱してくれるでしょう」

「エクーメンのスタバイルは非常に忍耐強い人々です。百年であろうが五百年であろうが、カルハイドをはじめゲセンの諸国民が、人類同盟に加わるか否かを慎重に決定するのを待っているでしょう。わたしはただ個人的な希望から話をしているのです。そして個人的な失望から。たしかに、あなたの支持があれば大丈夫だと――」

「わたしもそう思っていたのですが。いや、氷河は一夜にしてならずのたとえです……」

陳腐なたとえが彼の唇にのぼったが、彼の心はそこにはなかった。じっと考えこんでいる。私は想像した、彼が権力ゲームの盤上で私を、他の駒とともに動かしているさまを。彼はようやく口を開いた。

「あなたは、あいにくな時に、われわれの国にやってきたのです。情勢は変わろうとしている。われわれは方向を転換しようとしているのです。いや、そう言うよりはむしろ、われわれはいままで辿《たど》ってきた道を遠くまで行き過ぎてしまったと言ったほうがいい。あなたの存在とあなたの使命は、われわれが道を誤たぬように導いてくれるかもしれない、まったく新しい選択権をあたえてくれるかもしれないとわたしは考えた。しかしそれは適切な時機――適切な場所でなければならない。すべてはまったく運まかせです、ミスタ・アイ」

私は彼の一般論にいらだちをおぼえた。「いまは適切な時機ではないと言われるのですか？　王との謁見はとりやめろと忠告してくださるのですか？」

カルハイド語ではもっとひどい言い方をしたのだが、エストラーベンは笑いもしなければ、渋面もつくらなかった。

「王だけがとりやめの特権をもっておられるのですから」彼はおだやかに言った。

「ああ、まったく、そうでした。そのようなことを言うつもりではなかったのですが」

私はしばし頭をかかえた。地球の自由で開放的な社会に育った私には、カルハイド人たちの重んずる儀礼上のしきたりや感情を面にださないことなどけ終生身にはつくまいと思う。王というものが何であるかは私も知っている。地球の歴史にも土はあまた登場するが、特権というものを肌で感ずることはできなかった――特権というものを経験することはなかった。私はコップを取りあげ、強く熱い酒を飲んだ。

「あなたの助けが頂けるのであれば王に言おうとしたことも、もう言わないことにしましょう」

「けっこうでしょう」

「なぜけっこうだと?」と私は訊いた。

「いいですか、ミスタ・アイ。あなたは狂人ではない。わたしも狂人ではない。しかしあなたもわたしも王ではない、そうですね……あなたはたぶん、自分の使命はゲセンとエクーメンのあいだに同盟を結ばせることであると、アルガーベン王に、理性的に話すつもりでいますね。王は、理性の上では、そのことをすでに知っておられる。ご存じでしょうが、わたしがお話し申しあげた。あなたの問題を検討するようにと迫った、王があなたに興味をいだくように仕向けた。しかしそれがまずかった、時機をあやまったのです。わたし自身が興味をもちすぎ、あの方が王であること、そして物事を理性的に見るのではなく、王の立場で見るということを失念していたのです。わたしが王に話したことは、王にとっては、自分の権力がおびやかされている、自分の王国は宇宙の微塵《みじん》にすぎない、自分の王位は、何百という世界を支配する人々から見れば物笑いの種にすぎぬということだったのです」

「しかしエクーメンは支配はしません、対等です。エクーメンの力とは、正確にいえば、そのメンバーである各惑星の力です。エクーメンと同盟を結ぶことによって、カルハイド王国は永久に脅威から守られ、いよいよその重要性を増すことでしょう」

エストラーベンはしばらく答えなかった。すわったまま炉の火を見つめていた。その炎が、彼のもつコップや、首にかけた幅広の官職をあらわす銀鎖にちらちらと照りかえしている。古い館はしんと静まりかえっていた。食事中は召使いが控えていたが、すでに各自の家にひきとっていた。カルハイドには奴隷制度や個人間の雇用制度は存在せず、人を雇うのではなくサービスを雇うという形になっている。エストラーベンのような人物には当然身辺警護のものがいるはずだが――カルハイドでは暗殺は大繁盛である――今夜はその姿も見えず、人声もしなかった。館にいるのは私たちだけだった。

異世界の、氷河時代の真只中の、雪が変容させた奇妙な都の、暗い館の壁の内側で、私はただひとり、見知らぬ人と相対していた。

今晩私が言ったこと、いや惑星〈冬〉へやってきてから私の言ったことのすべてが、不意に愚かしく途方もないことのように思われた。目の前のこの人物にしろ、ほかのだれにしろ、いったいどうすれば、他の星、他の世界、他の種族、宇宙のはるかかなたのどことも知れないところに存在する博愛的な政府の話を信じさせることができようか？　まったくナンセンスだ。私は奇妙な船に乗ってこのカルハイドにやってきた、私自身、肉体的、その他もろもろの点でゲセン人とは異なっている。それらの説明も必要だった。だが私のした説明は、途方もないものだった。私自身からしてあのときは信じられなかった。

「わたしはあなたを信じます」

見知らぬ人、さしむかいの異星人は言った。折しも私は、自分の疎外感について考えこんでいたところだったので、いささか当惑して彼を見あげた。

「アルガーベン王もあなたの言葉を信じるでしょう。しかし、あなたを信用はしない。なぜかというと、王は一部ではもはやわたしを信用していないから。わたしは誤りをおかした、不用意だった。あなたを危険な立場に追いこんでしまったあとでわたしを信用しなさいとは言えない。わたしは王のなんたるかを忘れていた。王自身の目に映る王はカルハイドであるということを忘れていた。愛国者のなんたるかを、そして王が必然的に完璧なる愛国者であることを忘れていたのです。あなたにおたずねしたい、ミスタ・アイ、あなたは、愛国心とはなにか、ご自身の体験でご存じか？」

「いや」と私は答えたが、突如としてのしかかってきた強烈な個性の力に震えた。「わかっているとは思いませんね。あなたのおっしゃる愛国心が、国土への愛ではないのだとすると。わたしはそう理解してきたのですが」

「いや、愛ではありません、わたしの言う愛国心とは。恐怖です。他者への恐怖です。しかもこの表現は、政治的なものであって詩的なものではない、憎悪、紛争、侵略。この恐怖は日ましにわれわれの体内で成長している。年ごとに深まっている。われわれは、わが道をあまりにも長く辿りすぎてしまった。そしてあなたは、何世紀も前に国家より大きなものになった世界から来たあなたは、わたしが何を言おうとしているのかほとんどわからないあなたは、新しい道を示してくれたあなたは――」彼は絶句した。しばらくして口を開いたときにはふたたび自制心をとりもどし冷静かつ丁重になっていた。「あなたの使命を王にとりもつことをお断わりするのは、その恐怖のためです。といってもわたし自身の恐怖ではないのですよ、ミスタ・アイ。わたしは愛国心にもえて行動しているのではない。つまりゲセンにも、他の国々があるということです」

彼が何を言おうとしているのかはかりかねたが、この言葉になんらかの含みがあることはたしかだった。この荒涼たる世界で私が出会った曖昧模糊として計りしれない、近づきがたい人々の中で、彼はその最たるものであった。迷路のように複雑な彼のゲームに私は加わりたいとは思わない。私は答えなかった。彼はしばらくしてやや慎重に言葉をついだ。

「あなたのお話から理解すると、エクーメンは、人類の全体的利益に奉仕しているのですね。ところで、たとえばオルゴレイン人は全体的利益を局所的利益に優先させるという経験を有するが、カルハイドではそのような経験は皆無です。オルゴレインの人民政府は、知性はないにしてもほとんど正気の人間だが、カルハイドの王は狂気であるばかりか、むしろ愚鈍な人間です」

エストラーベンが忠誠心をまったく欠いていることはこの一語で明らかだった。私はかすかな嫌悪をこめて言った。「そういうことなら、あの王には仕えづらいでしょうね」

「はたして王に仕えてきたのかどうか疑わしい」と王の総理大臣は言った。「あるいは仕える気があったのかどうかも。わたしはだれの召使いでもない。人間は己れの影を投げかけるべきで……」

レムニ・タワーのゴングが六の刻、真夜中の刻を告げたので、腰をあげる口実とした。廊下に出て外套を着ていると、彼が言った。

「さしあたりわたしはチャンスを失ったようだ、あなたはエルヘンラングを立ち去るだろうから――」なぜそう思うのか？　「――しかしいつかまたあなたにいろいろと質問できる日がくると信じます。知りたいことは山ほどある。ことにあなたの心話術について。少しも説明しようとしてはくださらなかったが」

彼の好奇心は本物のようだ。権力者の厚かましさだろう。しかし私を援助すると言った彼の約束も本物のように思われたのだ。むろん私は、いつでもお教えしましょうと答え、それがこの夜のしめくくりとなった。彼は庭まで送りに出てきた。庭には雪がうっすらと積もり、ゲセンの赤茶けた大きな月の光を浴びていた。外へ出たとたん私は震えあがった。なにしろ氷点下だ。だが彼は驚いたように、「寒いのですか？」と訊いた。彼にとっては、おだやかな春の宵なのである。

私は疲れてもいたし、気分も沈んでいた。私は言った、「この星へ来てからずっと寒いのです」

「この世界のことを、あなた方の言葉ではなんと言いますか？」

「ゲセン」

「あなた方自身の言葉では名をつけなかったのですか?」

「いえ、最初の調査隊がつけました。彼らは惑星〈冬〉と呼んでいました」

石塀にかこまれた庭園の門の前で私たちは立ちどまった。塀のそとには王宮の庭園と屋根が、さまざまな高さの窓からもれる灯のほのかな金色の断片に照らされた黒ずんだ雪の堆積のあいだに、ぼんやりとうかびあがっている。せまいアーチの下に立って振り仰ぎながら、あの要石も血と骨とで塗りかためられたのだろうかと思った。エストラーベンは別れを告げて引き返していった。彼はいつもくどい挨拶はしなかった。私は月光に照らされた淡雪を長靴で踏みしめながら、静まりかえった王宮内の小路をいくつも通りぬけて表通りに出ると嶋へ向かった。寒くて、心もとなくて、不信と孤独と恐怖がひしひしと私をさいなんだ。

2　ブリザードのこちら

エルヘンラングの歴史学問所の古文書におさめられていた北カルハイドの〈炉辺夜話〉のサウンドテープ集より。語り手は姓名不詳。アルガーベン八世の治世下に収録された。

いまを去ること二百年前、ペリングの〈嵐の境界〉、シャスの郷《ごう》にケメルを誓った二人の兄弟がおりました。当時は今と変わらず、同じ両親の血をひいた兄弟は、どちらかが子供を生むまではケメルの誓いを守ることが許されていましたが、子供を生んだのちには別れねばなりませんでした。その後は死ぬまでケメルを誓うことは許されなかったのです。ところが二人はこの禁を犯しました。一方が身ごもると、シャスの領主は、二人にケメルの誓いを破れと、二度とケメルのあいだは会ってはならぬと命じました。この命令をきくと、身ごもった兄は絶望し、どんな忠告にも耳をかさず毒をあおって自殺してしまいました。そこで郷の人々は残された弟に自殺の汚名を着せて郷からも領地からも追いだしてしまいました。そのうえ領主も彼を追放し、噂は彼よりも早く、人々の耳に届きましたから、彼を迎えいれるものはだれもありません。三日三晩もてなしたのちは、不逞の輩として追いはらいました。こんなふうに彼は諸所方々を流浪しましたが、自分の国では、もうだれも頼るものがいないことや、自分の罪は永遠に許されないということがわかったのです（原註）。

原註　近親相姦を規制する法規に違反した彼は、それが兄の自殺の原因と見なされたため、犯罪者ということになった。（G・A）

彼は若くもあり、あまり苦労もしていなかったので、こんなことになろうとは夢にも思っていませんでした。そこでやむなく、はるばる山をこえてシャスへ戻りましたが、追放の身なので外ノ郷の戸口に立っておりました。そして郷の仲間たちにこう言いました。

「わたしには顔がない、わたしは人の目には見えない。話しても人の耳には聞こえない。ここへ来てもあたたかく迎えてもらえない。わたしを迎えてくれる炉辺も、わたしにさしだされる食物も、わたしを寝かせてくれる寝床もない。それなのに名前だけはある。ゲセレンというのがわたしの名だ。この名をこの郷に呪いとしておいていこう。わたしの汚名もおいていこう。どうかわたしのためにとっておくれ。さあ、名なしとなったからは、わたしは死を探しにいこう」

　郷の人々はそれを聞くとわっとばかりに彼に襲いかかり殺そうとしました。なぜならば、殺すほうが、自殺をされるよりも、その家におちる影は薄いのですから。彼はその手から逃げだし、追手を振りきり、北へ、氷原へむかっていちもくさんに走りました。追手は悄然とシャスへかえりました。しかしゲセレンはどんどん走って、とうとう二日ののちにはペリング氷原(原註)にたどりついたのです。

原註　ペリング氷原とはカルハイドの北限の地域に広がる氷原で、グセン湾が凍結する冬期には、オルゴレインのゴブラン氷原と地続きになる。

氷の上を北へ向かって、二日二晩歩きました。食べものもなく、上衣のほかに着るものもありませんでした。氷原には草一本なく、けもの一匹かけまわる姿はありません。ころはスミの月、初めての大雪が日に夜をついで降りつづいていました。ゲセレンは吹雪のなかを歩きつづけました。二日目になると、体が弱ってきたのがわかりました。二晩目には体を横たえてしばらく眠らなければなりませんでした。三日目の朝目ざめてみると両手が凍傷にかかり、足も凍傷にかかっていましたが、手が使えないので長靴の紐をはずして足の様子をみることもできません。とうとう両手両膝をついて這っていきました。なにもそうまでして進まなくてもよかったのです。なぜならそこで死のうと、その少し先で死のうといっこうに違いはなかったのですから。でも、なぜかゲセレンは、どうしても北へ行かなくてはならないという気持にかりたてられたのです。

ようやく降りしきる雪がやみ、吹きすさぶ風がやみました。太陽が顔をだしました。這いずっているゲセレンには前方が見えません、毛皮の頭巾が目におおいかぶさっていたからです。手も足も顔ももう寒さを感じなくなったので、きっと凍傷のせいで感覚がなくなったのだと思いました。でもまだ這うことはできます。氷原に積もった雪が、なんだか奇妙なぐあいに見えて、まるで氷の上にまっしろな草が生えたようでした。それは草の葉のようにゲセレンがさわるとおじぎをして、また起きなおりました。ゲセレンは這うのをやめて体をおこし、頭巾をうしろにはねのけてあたりを見まわしました。見わたすかぎり白い草の原が白くまばゆくかがやいています。白い葉をつけた白い木の森がありました。太陽はかがやき、風もなく、白一色の世界でありました。

ゲセレンは手袋をぬいで両手を見ました。まるで雪のように白くなっておりました。でも凍傷はあとかたもなく消えていて、指をうごかすことも、両足で立つこともできました。痛みも寒さも飢えももうちっとも感じません。

氷原の北のかたを眺めますと、ご領地の城かと見まごう白い塔がそびえたっておりました。そしてはるかかなたから、だれやら、こちらへ向かって歩いてくるのです。近づくにつれ、その人が裸であることがわかりました。肌はまっしろ、髪もまっしろでありました。だんだんそばに近づいてきて声がとどくばかりになりましたので、ゲセレンはききました。

「おまえはだれだ？」

白い人はこたえました。

「わたしはおまえの兄だ。ケメルを誓ったホードだ」

ホードとは、自殺した兄の名でありました。その白い人は、姿も顔も兄でした。けれども兄の肉体にはもはや生命は宿っておりませんでした。その声は氷がきしむようなかぼそい声でした。

ゲセレンはききました。

「ここはどこですか？」

ホードはこたえました。

「ここはブリザードのこちら側だ。自殺をした者たちが住んでいる。ここでおまえとわたしはちぎりを結ぶのだ」

ゲセレンはおそれおののき、こたえました。

「わたしはここにとどまるつもりはない。もしおまえがわたしといっしょに南の土地にのがれていれば、そこで一生のちぎりをかわすことができただろうに、わたしたちの背信をだれにも知られずに。でもおまえは、ちぎりを破り、命ともどもなげうってしまった。もうおまえはわたしの名を呼ぶこともできない」

それはまことでありました。ホードは唇をうごかしましたが、弟の名を呼ぶことができませんでした。

兄はゲセレンを捕えようと近づいて、ゲセレンの左の手をつかみました。ゲセレンはその手をもぎはなしてのがれました。南へむかってゲセレンは走りました。走りながら、行手に降る雪が白い壁のように立ちはだかっているのが見えたので、そのなかにとびこむと、ゲセレンはふたたびがっくりとひざをつき、もう走ることはできず、両手両膝をついて這いだしたのでした。

氷原へたどりついてから九日目に、ゲセレンは、シャスの北東にあたるオルホックの郷で、郷の人々によって発見されました。人々は、ゲセレンが何者か、またどこから来たのかも知りませんでした。人々が発見したのは、雪の中を飲まず食わず這いずっていた者、雪の反射で目は見えず、日灼けと凍傷で顔はまっくろ、はじめは話すこともできませんでした。凍った左手は切断しなければなりませんでしたが、あとあとまで残るようなひどい傷はほかにはありませんでした。ある者が、これはシャスのゲセレンだと言いだしました。ゲセレンの噂は聞いていたのです。またある者は、そんなはずはない、ゲセレンなら秋の最初のブリザードに、氷原へ入って死んだはずだと言いました。ゲセレン自身も、自分の名はゲセレンではないと言いました。その後元気になったゲセレンは、オルホックと〈嵐の境界〉を去り、南の国へ行って、そこでイノックと名乗りました。

レルの平原に住むイノックがすっかり年老いたころ、故郷からやってきた旅人に会いましたので、こうたずねました。「シャス領の様子はどうかね？」

すると旅人はこたえました。シャスは凶運に見舞われている。田畑にはなにひとつ実らない。みんな病気で枯れてしまい、春まく種は地中で凍り、実った穀物はたちぐされてしまう。それがもう長い長いあいだつづいていると。そこでイノックは、「わたしはシャスのゲセレンだ」と名乗って、氷原へ流浪していったこと、そこで遭ったことなどを物語りました。語りおえるとこう言いました。「シャスの人たちにこう伝えておくれ、わたしは名前と影をとりもどしたと」それからいく日もたたぬうちにゲセレンは病いにたおれて死にました。旅人はゲセレンの言葉をシャスの人に伝えました。そのときからシャスはふたたび栄え、家も畑も郷も昔のように豊かになったということです。

3　狂気の王

私は夜がふけてから眠った。朝めざめると午《ひる》近くまで、王宮の礼儀作法に関する私自身のノートや、私の先達である調査隊の人々が書き記したゲセン人の心理や生活様式の観察記録を読んですごした。読んでもすこしも頭に入らなかったが、すでに諳《そら》んじている事柄ではあるし、こうして読むのは、なにもかもが失敗だったとささやきつづける心の声を閉めだすためだったから、頭に入ろうと入るまいと、どうでもよかった。だがその声をどうしても閉めだせないとわかると、私はその声に反駁《はんばく》し、エストラーベンがいなくてもやってみせる――彼の手を借りるよりうまくやってみせると断言した。所詮、ここでの私の任務は、一人でやる仕事だ。先遣隊は一人ときまっている。エクーメンからもたらされるいかなる世界の情報も常に一つの声、一つの肉体をもつ人間、孤独な一人の人間によって語られている。そしてその人間はかのペレルジが第四タウラス星で殺されたように殺されるかもしれない、あるいはガオの三人の先遣隊のように次々に狂人とともに監禁されるかもしれない。だが、この方針は続けられている、それなりの成果をあげているからだ。真実を語る一つの声には、艦隊や歩兵部隊よりも強力な力がある。時間さえ、たくさんの時間さえあたえられるならばだ。

しかしエクーメンには時間はたくさんある……おまえにはには時間がないと、内なる声が言うが、私はその声を押しだまらせ、そして二の刻に、冷静にかたい決意をもって王との謁見のために王宮へ伺候《しこう》した。だがその意気込みも王に謁見する前の控え室でことごとく挫けてしまった。

衛士と侍従が、王宮の長い廊下や大広間を通って控えの間に導いてくれた。侍従はしばらく待つようにと告げると、私をひとり、窓のない、天井の高い部屋に残して去ってしまった。そこに立つ私は謁見のために美々しく飾りたてていた。四箇目のルビーを売り（調査隊の報告によると、ゲセン人は地球人と同じく炭素系の宝石を珍重するということだったので、出費に当てるためにポケットに宝石をいっぱいつめこんで惑星〈冬〉へやってきたのである）、代金の三分の一を、昨日の式典のための装束と、今日の謁見のための装束にあてた。いっさいが新しく、カルハイド流に厚手で仕立てもよかった。白い毛織りの上衣、灰色の革ズボン、陣羽織のような青銅色の革の長い外衣、すなわちヒエブ、真新しい帽子、ヒエブのゆるやかなベルトに、はすにはさんだ真新しい手袋、新品の長靴……立派な身支度をしているという安堵感が、冷静さと決意を倍加してくれる。私は平然と四囲を見まわした。

王宮殿のすべての間《ま》と同じように、控えの間も天井が高く、赤く、古く、がらんとしていて、過去の世紀の風が吹きこんでくるような、かびくさい冷気がただよっている。火が暖炉でごうごうと燃えさかっているが、なんのたしにもならない。カルハイドの火は体をあたためるものではなく魂をあたためるものだ。カルハイドにおける機械工業時代は少なくとも三千年前に端を発し、三十世紀のあいだに、蒸気や電気などの諸原理を用いた経済的で優秀なセントラルヒーティング装置が開発された。だが彼らはそれらの装置を各戸にそなえたりはしなかった。彼らはおそらく生来の耐寒性を失うことをおそれたのだろう。あたたかいテントの中で育てられた北極の鳥が極寒の空にはなたれたとき、足に凍傷を負うように。しかし熱帯産の鳥である私には、いかんせん寒い。戸外も寒いし、室内も寒い、どこへ行っても程度の差こそあれまったく寒い。私は体を暖めるために部屋の中を行ったり来たりしていた。細長い控えの間には、私と火のほかに、わずかな調度があるばかりだ。床几と卓、卓の上には堆石の鉢と、銀と骨を象嵌した見事な木彫細工の古風なラジオがのっている。ラジオからかすかな楽の音が聞こえていたので、少し音量を大きくしてみると、歌謡にかわって王宮のニュースが流れてきた。カルハイド人はいったいにあまり文字を読まず、ニュースや文学も目で読むより耳で聞くことを好むのである。書物やテレビジョンはラジオほど普及しておらず、新聞というものは存在しない。家のラジオで朝のニュースを聞き逃してしまったし、いまもうわの空で聞いていたのだが、ある名前が何度もくりかえされたので、とうとう私の注意をひき、私は足を止めた。エストラーベンがどうかしたのか？　布告がくりかえし読みあげられた。

「ケルムのエストレの領主、セレム・ハルス・レム・イル・エストラーベンは、本布告によって領主の称号、および議院の議席を剝奪され、王領ならびにカルハイドの全領地より立ち去ることを命ぜられる。万一、三日のうちに王領及び全領地より立ち去らぬ場合、もしくは今後王領へ立ち戻った場合には詮議無用にて即刻断罪されるものである。カルハイドの臣民はハルス・レム・イル・エストラーベンに話しかけてはならない。その館もしくはその領地に留ってはならない。万一違反のときは禁固刑に処す。カルハイドの臣民は、ハルス・レム・イル・エストラーベンに金銭、物品を貸与してはならない。またその負債を支払ってはならない。違反のときは禁固もしくは罰金の刑に処す。ハルス・レム・イル・エストラーベンが追放された旨を、その罪名は叛逆罪である旨を、カルハイドの全臣民に知らしめよ。此者は王に忠誠を誓いながら、ひそかにあるいは公然と、議会および宮廷において、カルハイドの統治者はその主権を放棄し、さる人民同盟の劣等の属国となるべく、その主権を譲渡せよと主張した。されどこの人民同盟についてはすべての臣民に知らしむべし。すなわちこの人民同盟なるものは実在せず、カルハイドの権威を弱め、カルハイドの当面の敵に利をあたえんとする、陰謀を企むさる叛逆者等《ら》の捏造《ねつぞう》せるものであった。オドグイルニ・ツワ、八の刻、エルヘンラング宮、アルガーベン・ハルジ」

　この布告は印刷され市中のいくつかの門や道標に貼りだされていた。前述の布告はこの貼紙の一部をそのまま読みあげたものである。

　私の最初の衝動は単純なものであった。自分に不利な証言を、人々の耳に入れまいとするかのようにラジオのスイッチを切った。そして扉にかけよった。むろん扉の前で私は止まった。そして暖炉の横のテーブルのところにひきかえし、そこに立っていた。もはや冷静さも決意もふっとんでいた。ケースからアンシブルを出し、緊急救助信号をハインへ送りたいと思った。私はこの衝動も押し殺した。最初の衝動よりいっそう愚かしいことだったたから。さいわいそれ以上の衝動にかりたてられる時間はなかった。向こう正面の二重扉があき、侍従があらわれて、私の名を呼んだ。

「ゲンリー・アイ」

私の名はGENLYだが、カルハイド人はLの発音ができず、GENRYと発音する。侍従は私をアルガーベン十五世のいる赤の間へ導いた。

王宮殿の赤の間は天井の高い、むやみに広く長い部屋である。暖炉まで半マイル。うすよごれた赤い垂れ幕、長い歳月を経てぼろぼろになった旗がさがっている天井まで半マイル。窓だけが厚い壁にあけられた割れ目であり、採光はとぼしく、うす暗い。王の御前まで、半月もかかるかとおもわれるような長い道のりをたどるあいだ、私の新しい長靴はキュッ、キュッとなった。

アルガーベンは、三つの暖炉のうち、もっとも大きい中央の暖炉の前にしつらえられた低くて大きな台座に立っていた。赤味をおびた薄明りにうかびあがる短軀、ややせりだした腹、ぴんとのばした背、浅黒く、体型に目立ったところはなく、親指にはめた大きな印形《いんぎょう》の指輪だけがきらめいている。

私は玉座の前に立ち、あらかじめ教えられたとおり、王の言葉を待った。

「ここへ、ミスタ・アイ。かけてよい」

命令に従い私は中央の暖炉の右手にある椅子に腰をかけた。これらはすべてあらかじめ訓練してきたことだ。アルガーベン王は腰をおろさなかった。私から十フィートばかりはなれたところに、ごうごうと燃えさかる炎を背にして立っている。王はやおら口を開いた。

「余に話さねばならぬことを話せ、ミスタ・アイ。声明書をたずさえているということだが」

私のほうに向けられた顔、炎と影とで、赤くまだらに染められた顔は、惑星〈冬〉の赤いどんよりした月のように、平べったく残忍な感じがする。はるか遠くに廷臣にかこまれているのを見たときより、王らしさ、人間らしさにとぼしい。声はか細い。狂気に満ちた獰猛そうな頭《かしら》を奇妙な角度に傾け傲慢さを誇示している。

「陛下、わたくしは申しあげねばならぬことをすっかり忘れてしまいました。たったいまエストラーベン卿の追放をラジオで聞きまして」

アルガーベンは、私の言葉を聞いて、にんまりと笑った。それから、内心は怒っているくせに表面はおかしがっている女のようににけたたましく笑った。

「高慢ちきの、気どりやの、忠義面した裏切り者めが！　おまえはゆうべあやつといっしょに食事をしたろう？　あやつはきっと、自分がどれほど権勢のある人間か、いかに巧みに王を操っているか、というようなことを吹聴しおったのだろう。わたしが王にうまく話しておいたから、王と話をつけるのは簡単だと言ったのだろう？　そうであろう、ミスタ・アイ？」

私は口ごもった。

「興味があるというなら、あやつが余に申したことを教えようか。おまえとの謁見は拒否せいと、待ちぼうけを食わせてやれと、オルゴレインかどこかへ追放せいと、事あるごとに進言してくれたのだわ。この半月というもの、そう言いつづけてきたのだわ、あの愚か者めが！　ところが、オルゴレインへ追放されたのは、あやつのほうだった、ほっほっほっ！」ふたたびけたたましい、わざとらしい笑い。王は手をうちながら笑った。衛士が、台座のはしの垂れ幕のかげから声もなくあらわれた。王が一喝すると衛士は消えるようにいなくなった。アルガーベンはなおも笑ったり、うなり声を発したりしながら、私に近づいて、まじまじと顔を見つめた。黒い虹彩がオレンジ色に映えた。予期していたよりずっと恐しい感じがした。

王がこのようなたわごとをわめいている限り、こちらは単刀直入にいくよりしかたがないと思った。私は言った。

「陛下、ただ一つ伺いたいのはエストラーベンの犯罪に、このわたしも関係があるとおぼしめしですか？」

「おまえが？　いいや」王はいっそう近々と顔をよせて私を見つめた。「余は、おまえがいったい何者なのか知らぬ、ミスタ・アイ、性的奇形か、人造怪物か、天空からの来訪者か、だが叛逆者ではない。おまえは単なる道具なのだ。余は道具を罰しはせん。道具は腹黒い職人の手にわたれば、わるさをするがな。おまえに忠告をしてやろう」

アルガーベンは、妙に満足そうに忠告という言葉を強調した。そのときふと、この二年間、だれもこの私に忠告を与えてくれるものはなかったと思った。質問には答えてくれたが、公然と忠告はしてくれなかった、あのもっとも協力的であったエストラーベンでさえも。これはシフグレソルに関係があるにちがいない。

「だれの道具にもなるな、ミスタ・アイ」と王は言った。「党派には近づかぬがよい。おまえ自身の嘘をつけ、おまえ自身の行動をなせ。そしてだれも信じるな。わかるな？　だれも信じるな。あの二枚舌の、冷血漢の裏切り者め、余はあやつを信じておった。あのいまいましい首に銀の鎖をかけてやったのだ。あの鎖でくびり殺してやりたいわ。もう二度と信用するものか。二度と。だれも信用するでないぞ。ミシュノリの汚物溜のなかであやつを飢えさせ、塵芥《じんかい》をあさらせるがいいのだ。あやつのはらわたを腐らせてやれ、もう二度と――」

アルガーベンは体を震わせ、げえっと音をたてて息を呑み、私に背を向けた。そして燃えさかる丸太を足で蹴りあげたので火の粉がぱっと舞いあがり、顔や髪の毛や黒い上衣にふりかかった。王はそれを開いた両手でつかまえようとした。

向こうをむいたまま王は金切り声をはりあげた。「言うべきことを言え、ミスタ・アイ」

「質問をしてもよろしいでしょうか、陛下？」

「うむ」王は火と向かいあったまま、足から足へ重心をうつしかえる。私は土の背に向かって話さねばならなかった。

「陛下は、わたしが、わたしの言葉どおりのものであることをお信じになりますか？」

「エストラーベンは、おまえに関するおびただしい資料テープを医者に持たせてよこした。

おまえの乗り物をあずかった工場の技師は、さらに多くのテープを持ってきおった。あやつらがみな嘘をいうはずはない。ところがみながみな口をそろえ、おまえは人間ではないと申すのだ。では、おまえはなんなのだ？」

「では、陛下、わたしのようなものがほかにもいるのです。つまりわたしは代表として……」

「その連合の、その勢力のか……なるほど、よかろう。ではなんのためにおまえをここへ送りこんだか、そう余に訊いてもらいたいのだな？」

アルガーベンは、正気でもなく、賢くもないが、シフグレソルをいかに高い水準において守っていくかが人生の最大目標であると考えている人々との会話に必要な遁辞《とんじ》とか挑戦とか修辞的な微妙な言いまわしなどにはたけている。このシフグレソルという人間関係はいまだにまったく理解不可能だが、これの競争的な面や権力追求的側面について、また、そのためにこれから生ずるたえまない果たし合い的会話技術については、ある程度までは理解しているつもりである。つまり私はアルガーベンと果たし合いをしているのではなく、彼と意思の疎通をはかろうとしているということ自体が、伝達不能の事実なのだ。

「それについては何度も申しあげてきました、陛下。エクーメンはゲセンの諸国家と同盟を結びたいのです」

「なんのために？」

「物質的な効用。知識の拡大。知的生活の分野における複雑性や緊張度の増大。豊かな調和と、神の、より偉大なる栄光。好奇心。冒険心。喜び」

私は、人間を支配するものたち、すなわち王や征服者や独裁者や将軍たちによって語られた言葉を語っているのではない。彼らの言葉の中には、王の質問に対する答はない。アルガーベン王は、むっつりと放心の体《てい》で火を見つめ、足から足へ重心をうつしかえる。

「その天空の果てにある王国、エクーメンとかいう国は、どのくらいの大きさなのか？」

「エクーメンには、八十三の居住可能の惑星があり、それらには三千の国家、あるいは人類のグループが――」

「三千と？　ふうむ。ではなぜ、われらが、三千に対する一つの国が、天空のかなたに住む怪物どもとかかわりをもたねばならないのか？」

王は振りかえって私を見つめた。王はあいかわらず言葉の果たし合いをやりながら、修辞的質問、いわばざれごとを放っているのだ。だがこのざれごとには深い意味はない。王は――エストラーベンが警告したとおり――動揺し、警戒している。

「八十三の惑星に三千の国家です、陛下。しかしゲセンにいちばん近いところでも、ほぼ光速に等しい速度でとぶ宇宙船でも十七年かかるのです。ゲセンが、これらの隣人たちの侵略や紛争にまきこまれるのではないかと心配されるならば、彼らとのこの距離をお考えください。宇宙はるばるこれだけの距離をとんで侵略にくるほどの価値はありません」私は戦争についてはもっともな理由があり言及しなかった。カルハイド語に戦争という言葉はないのだ。

「しかし交易は有用です。アンシブルによって伝えられるアイディア、技術、あるいは、有人、無人の宇宙船によって運ばれる物資や手工芸品。大使や学者や商人もやってくるかもしれません。この国の人々もあちらへ出かけていくかもしれません。エクーメンは王国ではないのです、連合体、交易所、知識の交換所なのです。エクーメンなくしては、人類世界間のコミュニケーションは混乱するでしょうし、交易もおわかりのように非常に危険なものになるでしょう。人間の生命は非常に短いので、ネットワーク、中央集中網、管理体制、一貫性などがなければ、惑星間のタイム・ジャンプに対処できません。それゆえエクーメンの一員になるのです……われらはみな人類です、陛下。われらすべて。あらゆる人類世界は、何億年も前に、ハインという一世界からつくられたのです。われわれはさまざまに異なってはいますが、同じ郷《ごう》の息子です……」

私の話は、王の好奇心をかきたてることもなく、また確かな保証も与えなかった。私はいましばらく話を続け、エクーメンの存在が脅威を与えるどころか、王のシフグレソル、あるいはカルハイドのシフグレソルを高めることになろうと仄《ほの》めかしてみたが、空しかった。アルガーベンは檻に入れられた雌のかわうそのようにむっつり顔で、前にうしろに、足から足へ、うしろから前へと、重心をうつしながら、歯をむきだして歪んだ笑みをもらすばかりだった。私は話すのをやめた。

「みんな、おまえのように黒いのか?」

ゲセン人の肌は一般に黄褐色、あるいは赤褐色であるが、私のように黒い肌のものもたくさんいる。

「もっと黒いのもいます。色はさまざまです」そう言って私は、アンシブルと視覚資料を入れたケース（赤の間に近づくための四つの検問所の一つ一つで、衛士によってうやうやしく調べられた）を開けた。視覚資料――フィルム、写真、絵画、アクティブ、そしていくつかのキューブ――は人類の小美術館である。ハインの、チフウォーの、セティアンの、そしてSや地球《テラ》やアルテラの、キャプテイン、オルール、第四タウラス、ロカノン、エンスボ、シメ、グデ、そしてシーシェル・ヘイブンの……

王は興味なさそうに、そのうちの二枚ほどをちらりと眺めた。

「これはなにか？」

「シメの人間、女性です」

ゲセンには女性という言葉はないので、ゲセン人がケメルの絶頂期にある人間を指している言葉、すなわち、雌の動物にあたる言葉を用いなければならなかった。

「一生、そうなのか？」

「そうです」

王は立体写真を下へおとし、足から足へ体重をうつしかえ、私を見つめた、というより私の向こうのなにかを見つめた。その顔に火影がゆらいでいる。

「みんな、おまえのようなのか？」

このハードルは彼らのために低くしてやることはできない。けっきょくは、彼らが自分の足で越えることを学ばねばならないのだ。

「そうです。ゲセンの生態生理学は、わたしの知る限りでは、人類世界においてはきわめてユニークなものです」

「すると、それらの惑星に住むものたちは、一生涯ケメルの状態だというのか？　変質者の社会なのか？　チベ卿はそう言っておったが、冗談なのかと思っていた。ふむ、事実だとしても忌むべきことよ、ミスタ・アイ。いったいなぜ、われわれこの地の人間が、それほどグロテスクな違いをもつ生物とかかわりをもたねばならぬか、耐えねばならぬか、その理由がわからぬ。だがおそらくおまえは、余に選択の余地はないことを告げにきたのであろうな」

「カルハイドにとって選択の余地は王ご自身にあるのです」

「もしおまえを追放したら？」

「立ち去るのみです。次の世代でまた試みましょう……」

この言葉は王に衝撃をあたえた。王は大声で言った。「おまえは不死なのか？」

「いいえ、不死ではありません、陛下。ただタイム・ジャンプというものが役に立ちます。もしわたしがいま、ゲセンにいちばん近いオルールへ行くとしますと、惑星時間の十七年という年月がかかります。タイム・ジャンプというのは、ほぼ光速に近い移動機能です。もしわたしがタイム・ジャンプによってオルールに到着し、折返しすぐ戻ってくるとしますと、わたしがその間宇宙船内ですごした数時間という時間は、このゲセンでは三十四年という年月になるのです。ですからわたしはまたはじめからやりなおすことができるのです」

しかしこのタイム・ジャンプという考えすらも、私のこの話に耳をかたむけたホルデン島の漁夫から総理大臣にいたるまでのあらゆる人々を不死という幻影によって魅惑したこの考えすらも、王の心をときめかすことはできなかった。きいきいした声で、「それはなにか？」――とアンシブルを指す。

「アンシブル送信機です」

「無線機か？」

「電磁波などのエネルギー波を用いてはおりません。これが作動する原理、すなわち同時性の定数は、いくぶん重力に似ており――」私はまたもや、自分の話している相手が、私に関するあらゆる報告書を読破し、私の説明を理解しようと熱心に耳をかたむけているエストラーベンではなく、退屈している王だということを忘れてしまった。「これは、陛下、いかなる地点においても二カ所から同時にメッセージを交換することができます。いかなる場所であろうともです。一方は、ある程度の質量をもった惑星上に固定されねばなりませんが、もう一方は持ち歩けます。これがそのもう一方です。座標は母世界ハインにセットしてあります。ナファル宇宙船で、ゲセンからハインまで六十七年かかりますが、いまわたしが、このキイボードでメッセージを書きますと、書くと同時にハインで受信されます。ハインのスタバイルになにかお伝えになりたいことはありませんか？」

「天空語は話せない」

　王は意地の悪い笑いをうかべながら言った。

「あちらには補佐役がおります――カルハイド語を操る者に待機命令を出しました」

「というと、いかにしてカルハイド語を?」

「陛下もお聞きおよびでしょうが、ゲセンにやってきたものはわたしが最初ではありません。すでに調査隊が来ており、彼らは、その存在をゲセン人に告げず、なしうる限りゲセン人として通してきました。そして一年間、カルハイドとオルゴレインと多島国を歩きまわったのです。それから帰って、エクーメンの協議会へ報告書を提出しました。これが四十年前、陛下の祖父君の時代です。彼らの報告書によればきわめて有望でした。わたしは彼らの集めた情報や、記録した言葉を学んでやってきたわけです。この装置の働きをごらんになりませんか、陛下?」

「余は奇術は好まぬ、ミスタ・アイ」

「これは奇術ではありません。この国の科学者たちが調べて——」

「余は科学者ではない」

「陛下は、この国の君主です。エクーメンに属する母世界の、あなたと対等な者が、あなたのお言葉を待っているのです」

王は私を猛々しくにらみすえた。私は王に興味をもたせよう、王を喜ばせようとして、威信という罠へ追いこんでしまったのだ。まずいことをしてしまった。

「よろしい。そこにあるおまえの機械に、なにが人間を叛逆者にするのか訊いてくれ」

カルハイド文字が並んでいるキイを私はゆっくりと打った。

『カルハイドのアルガーベン国王より、ハインのスタバイルに問う、なにが人間を叛逆者にするのか？』

小さなスクリーン上に輝く文字があらわれ、そして消えた。アルガーベンは目をこらして見ている。そわそわと体を動かす動作がしばしやんだ。

間があった、長い間が。七十二光年かなたにいるだれかが、カルハイド語を、哲学体系記憶コンピュータ、でなければカルハイド語用の言語コンピュータに必死になってパンチしているにちがいない。ようやくスクリーン上に明るい文字があらわれ、しばらく画面に浮いていたが、やがてゆっくりと消えていった。

『ゲセン・カルハイドのアルガーベン国王へ、こんにちは。人が何によって叛逆者となるか、私は知らない。自分を叛逆者と考える者はいない。ゆえにその理由は見つけがたい。ハイン・セールにて、スタバイルを代表して、スピモル・G・F、93／1491／45』

これらの文字がテープに記録されると私はそれをひきぬいて王にわたした。王はそれをテーブルの上におとし、ふたたび中央の暖炉に近々と歩みより燃える丸太を蹴りあげ、ぱっとあがる火の粉を両手ではらいおとした。

「予言者から得られるような有用な答がほしかった。そんな答はだめだ、ミスタ・アイ。その箱も、その機械も、みんなだめだ。おまえの乗り物、おまえの船もだめだ。どれもこれもごまかし、いかさまだ。おまえは、余に信じろという、おまえの話やおまえのメッセージを。だがなぜ信じる必要が、耳をかたむける必要があるのか？　かりに天空の星々の中に、怪物どもがうようよと住んでいる八千の世界とやらがあるとしても、それがなんだというのだ？

そんなものに用はない。われらは、われらが道を選び、長年それに従ってきたのだ。カルハイドはいま、新紀元、偉大なる新世紀の淵に立っている。われらはわれらが道を行くのみだ」彼は口ごもった、まるで議論の筋道を見失ったかのように——おそらく元来は彼自身の意見ではないのだろう。エストラーベンが、もはや王の耳でないとすると、だれかが後継者の地位にすわったはずである。「そしてもしエクーメンが、われらに何か望むものがあったとしたら、おまえひとりをよこすはずがないではないか。これは悪い冗談、いかさまだ。よその星の者なら、ひとりではなく、何千人が一気に来るはず」

「しかし、入口の扉を開けるには一千人はいりません、陛下」

「扉を開けておくには、そのくらい入用だろう」

「エクーメンは、あなたご自身の手で扉を開けてくださるのを待っているのです、陛下。なにも強制しようというのではありません。わたしはただ一人で送られてきたのです、そしてただ一人で踏みとどまっているのです。あなたがわたしを怖れることのないように」

「おまえを怖れる？」

王は、影が醜いあばたをおとしている顔を振りむけ、にやりと笑い、甲高い声で言った。「たしかに余はおまえを怖れている、ミスタ・アイ。おまえを送った者たちを怖れている。嘘つきを怖れている、陰謀家を怖れている。そして余がもっとも怖れるのは、苛酷な真実だ。だからこそ余はこの王国をうまく治めているのだ。恐怖だけが人間を支配できる。ほかのものではだめだ。長続きがしない。おまえがおまえの言うとおりのものだとしても、それでもおまえは道化者、いかさま師だ。星と星のあいだには、真空と恐怖と暗黒があるばかりよ。それなのにおまえは、そこから、たったひとりで、余を愕《おどろ》かせようとしてやってきた。だが余はもう怖れている。余は王だ。恐怖は王だ！　さあ、策略と罠をかついで立ち去るがいい。もう何も言うことはない。ただしカルハイドにおける自由はおまえに保障する」

そこで私は王の御前を退出した――キュッ、キュッ、キュッ、赤っぽい薄明りにつつまれた長い赤い床をえんえんと歩いたのちに、ようやく二重扉が私と王をへだてた。

私は失敗した。ものの見事に失敗したのだ。しかし王宮の庭を歩いていく私を悩ませたのは、己れの失敗ではなく、エストラーベンがここにおいて果たした役割についてだ。なぜ王は、エクーメンの大義名分を鼓吹《こすい》したというかどで（どうもこれがあの布告の理由らしい）エストラーベンを追放したのであろうか。エストラーベンは（王の言葉によれば）それとは反対の動きをしていたというのに。私に近よらないようにと、彼はいつから王に進言していたのだろう、なぜ？　その彼がなぜ追放され、私はなぜ自由の身でいられるのか？　どちらがたくさん嘘をつき、そしてなんのために嘘をついているのか？

エストラーベンは護身のため、王は面子《メンツ》をたてるためなのだと私は判断した。それなら筋はすっきり通る。しかしエストラーベンはほんとうに私に嘘をついたことがあるだろうか？　私にはわからない。

紅隅館の前を通りすぎる。庭の門が開いている。黒ずんだ池に斜めに突きだしているセレムの木と、午後の灰色の光をあびてひっそりと横たわっているピンクの煉瓦の小径に私は視線をやった。池の端の岩かげにまだ雪がすこし残っている。昨夜エストラーベンが、雪の降りしきる中あそこで私を待っていたのを思いだす。昨日の式典できらびやかな装束を着けて汗を流していた彼に、私はいま憐憫を感じた。人生の絶頂期にあり、権勢を誇っていた人物――そしていま凋落の一路をたどっている人物に苦々しい憐憫の情をひしひしと感じた。三日前に宣告された死を背負って国境へひたすら逃げていく彼、だれも話しかけるものはいない。死刑の宣告はカルハイドではめったにない。惑星〈冬〉の生活は厳しい、だからこの国では、死は法律にまかせず、もっぱら苛酷な自然、あるいは怒りにまかせる。死刑の宣告を受けたエストラーベンは、どのように逃げのびるだろうか。自動車は使えないだろう、自動車はすべて王室の財産だから。船か陸舟が彼を運ぶのだろうか？　それとも背負えるだけのものを背負って歩いているのだろうか？　カルハイド人は日常、ほとんど徒歩で行動する。ここには荷物を運ばせる家畜もいないし、空を飛ぶ乗り物もない。また一年の大半は天候が、動力でうごく乗り物の運行を妨げる。それに彼らはせっかちな民族ではない。だから彼らは歩く。私は想像した、誇り高きかの人が、一歩一歩、流浪の旅へ踏みだしていく姿を、湾へ通ずる長い道をとぼとぼと歩いていく小さな姿を。紅隅館の門の前を通りすぎるとき、こんな想いが私の脳裡に去来した。エストラーベンと王の行動と動機についての憶測がそれにだぶった。私は彼らに負けた。私は失敗した。さて次はどうなるのか？

オルゴレインへも行かねばならない、カルハイドの隣国でありライバルである国へ。だがいったんあちらへ行けば、カルハイドへは戻りにくくなるのではあるまいか、ここでの任務はまだ完了していないのだ。エクーメンから与えられた私の使命は、私の一生を賭け得ることだし、またそうなるかもしれないのだから、なにも急ぐことはないのである。カルハイドについて、とくにとりでについて充分な知識を得ないうちにオルゴレインへ行くこともあるまい。この二年間、私はおびただしい質問に答えつづけてきた、だから今度は私が訊く番だ。だがエルヘンラングにおいてではない。エストラーベンは私に警告したのだということにいまようやく私は気づいた。彼の警告を信じないとしても、無視するわけにはいかない。彼は遠まわしにだが、私に都を宮廷を出ていけと言ったのだ。そのときなぜかチベ卿の歯が目にうかんだ……ともあれ王はこの国における自由を保障してくれたのだ、ありがたく利用しよう。エクーメンの学校で教えられたように、行動が挫折したときは、情報を蒐集せよだ、情報集めが挫折したときは、眠れ。私はまだ眠くはない。東のとりでへ行こう、そして予言者から情報を集めるのだ。

4　十九の日

東部カルハイドの民話。ゴリンヘリソグ郷《ごう》のトボルド・チョルハワによって語られ、G・Aによって記録さる。93／1492。

ベロスティ・レム・イル・イペ卿が、サンゲリングのとりでにあらわれ、予言の代価として四十ベリルと果樹園の半年分の収穫物をさしだされました。代価は受けとられました。そこで卿は織り人オドレンに問われた。その問というのはこうです。余はいつ死ぬか？

予言者たちはうちそろって暗闇へ入っていきました。暗闇の端でオドレンはその問に答えました。汝はオドストレス（十九の日）に死ぬであろう。

「何の月の？　何の年の？」とベロスティはさけびましたが、代価が足りず、これ以上の答はきけませせなんだ。そこでベロスティは囲いの中に駆けこんで織り人オドレンの首をつかみ、それをしめあげ、答えなければこの首をへしおってやるぞとわめいたのでござります。そばにいたものが屈強な体のベロスティを抱きとめ、むりやりにひきはなしました。ベロスティはみなの手を振りほどこうとあばれながら、「答えてくれ」とさけびました。

オドレンは申しました。「答は与えられた、代価は受けとった。去れ」

ベロスティ・レム・イル・イペは怒り狂いながら、チャルーセへ、家伝来の第三の領地、北オスノリネルの貧しい領地、予言の代価を支払ったためにいっそう貧しくなった領地へと戻られました。そして頑丈な住居の塔のてっぺんの部屋にとじこもったまま、友にもあわず敵にもあわず、種まきにも収穫にも、ケメルのときにも紛争のときにも姿をあらわさず、その月も、またその次の、次の月も、とうとう六月《むつき》たち、十月《とつき》たち、それでも囚人のように部屋にとじこもったまま死を待っておりました。毎月のオネセルハドとオドストレス（十八の日と十九の日）には飲まず食わず、眠りもやらないのでございます。

ベロスティとケメルの誓いをかわしていたのはゲガネル族のヘルボルでした。ヘルボルは、グレンデの月にサンゲリングのとりでへやってくると織り人オドレンに申しました。「わたしに予言をきかせてくれ」

「代価はなにか？」とオドレンはたずねました。なぜかというと相手は身なりもみすぼらしく、靴もぼろぼろで、橇《そり》も古ぼけてはいるし、身のまわりのものはみな修繕の要るものばかりでしたから。

「わたしの命をあげよう」とヘルボルは申しました。

「ほかになにもないのですか」とオドレンは、急に高貴の人に話すような口調になりました。

「ほかにくださるものはないのですか？」

「なにもないのだ」とヘルボルは申しました。「わたしの命が、あなたにとって価値のあるものかどうかわからぬが」

「あなたの命は、われらにとってなんの価値もありませぬ」とオドレンは申しました。

するとヘルボルは屈辱と愛にうちのめされ、へたへたとひざまずいてオドレンに向かってさけびました。「どうかわたしの問に答えてくだされ。自分のために頼むのではないのだ！」

「ではだれのためですか？」とオドレンはききかえしました。

「わたしのケメルの伴侶、アシェ・ベロスティのため」ヘルボルはそう言って泣きました。

「ここへ来て答にならぬ答を聞いてかえってからは、愛も愉びも力も失ってしまった。そのために死ぬかもしれぬ」

「それはそうでしょう。死をおいて、ほかに死ぬ理由があるでしょうか？」と織り人オドレンは申しました。しかしヘルボルの熱意にうごかされてとうとうこう申しました。「あなたの問の答をさがしましょう、ヘルボルよ。だが代価はいりませぬ。だが常に代価はいるということを忘れぬように。問うものは支払うべきものを支払うのです」

そこでヘルボルは感謝のしるしにオドレンの両手を目に押しあてました。こうして予言が行なわれることになったのでござります。予言者たちはうちそろって暗闇へ入っていきました。ヘルボルはそのあとに従い、問を発しました。その問とはこうです。アシェ・ベロスティ・レム・イル・イペはあとどれだけ生きるか？　こう問えば、あと何日とか、何年とかいう答が得られるだろう、そうすれば愛する人の心は、安らぎを得られようと、ヘルボルは考えたのでした。予言者たちは暗闇の中で動きまわり、ついにオドレンが、生身を火であぶられているような烈しい苦悶のさけびをあげました。

ゲガネルのヘルボルより長く生きるであろう！

ヘルボルのねがっていた答とはちがっておりましたが、これがあたえられた答でした。けれども、ヘルボルは忍耐強い心をもっていましたので、その答をたずさえ、グレンデの雪をかきわけかきわけチャルーセへ帰ったのでございます。領地へ戻り頑丈な住居に入って塔へのぼってみますと、ケメルの伴侶のベロスティは、あいかわらず、くすぶっている火のそばで、赤い石の卓の上に両手をのせ、深くうなだれてすわっておりました。

「アシェよ」とヘルボルは声をかけました。「わたしはサンゲリングのとりで、行き予言者の答を得た。おまえがあとどれだけ生きるかと問うた、その答はこうだった。ベロスティはヘルボルより長く生きるだろう」

ベロスティはまるで首の蝶番《ちょうつがい》が錆びついてしまったように、ゆっくりと顔をあげました。そしてこう申しました。「それではおまえは、わたしがいつ死ぬかきいてきてくれたのだね？」

「わたしは、おまえがあとどれだけ生きるかきいてきたのだ」

「どれだけだと？　ばかめが！　おまえは予言者に問うたのに、わたしが何の年の何の月の、何の日に死ぬのか、わたしに残されているのはあと何日なのか、きかなかったのだな――あとどれだけ生きるかときいたのだな？　おお、阿呆めが、しようのない愚かものめが！　おまえより長く生きるだと、ふん、おまえより長くだと！」ベロスティは赤い石の大きな卓を、まるで銀紙かなんぞのようにひょいともちあげて、ヘルボルの頭上に打ちおろしました。ヘルボルはばったり倒れ、卓がその上にのしかかりました。ベロスティはしばらく狂乱の体《てい》で立ちすくみました。やがて石をもちあげてみますと、ヘルボルの頭は押しつぶされていたのでございます。ベロスティは石を台座にもどしました。そして死人のかたわらに横たわり、まるでケメルのときのようにその体を抱き、こうしてすべては穏やかになりました。その後チャルーセの人々が塔にのぼってきて錠をこわして部屋に入り、二人を見つけました。その後ベロスティは発狂し、鍵のかかる部屋にずっと閉じこめねばなりませんでしたと。なぜなら、ヘルボルがまだどこかに生きているとおもっていつも探しにいこうとしたからです。こうしてひと月、ベロスティは生きておりましたが、セルンの月の十九の日、オドストレスの日に、みずからくびれて死んだのでございます。

5　予知の統御

宿のおかみ、能弁な男が私の東への旅に指図をしてくれた。

「とりでへ行くのならカルガブを越えなければなりませんよ。いくつも山を越え旧カルハイドへ入って前王の都レルへ行くんです。ひとつお教えしますと、わたしと同郷《ごう》の者が、エスカル路越えの隊商をやっておりますがね、きのうそいつがオルシュを飲みながら言うことには、夏のはじめにゲセニ・オスメに出立する、今年の春はあたたかだったから、道の雪はもうエンゴハルまではとけているだろう、あとは除雪機が二、三日で雪を片づけてくれるだろうって。わたしにカルガブを越えろといったってそれは無理ですよ、わたしはエルヘンラングの人間で、わたしの頭の上には屋根があるからね。でもわたしはヨメシュ教徒ですから。九百年の王座を守る人たちに栄えあれ、メシェの乳に祝福あれ！　だれでもどこでもヨメシュ教徒になれますよ。われわれはみな新参者です、なぜかというとわが主メシュは二千二百二年前にお生まれになりましたが、ハンダラの古き教えはそれより一万年前にあったのですよ。もしあなたが古き教えを探し求めるならば、古き土地へ戻らねばなりませんよ。よろしいか、ミスタ・アイ、わたしは、あなたがまたこの嶋へ戻ってくるまで、この部屋をあけておきましょう。だがあなたは賢いひとだから、しばらくエルヘンラングから出たほうがよいことはご存じでしょうね。叛逆者があなたを館に招いてたいそう親密なところを派手に見せつけましたからね。こんどはチベ老が王の耳になりましたから、これでまたなにもかもよくなりましょうよ。新港《しんみなと》へ行けばわたしの同郷のものがいるから、わたしにきいたといえば……」

というわけである。彼は前にも述べたようにたいへん能弁で、私がシフグレソルにこだわらないことを知って、事あるごとに忠告してくれた。もっともその忠告は、もしこうこうなら、とか、あたかもこうこうのごとく、とかいうような表現でごまかされてはいたが。彼は私の嶋の管理人だが、私の目には下宿のおかみのように映った。歩くとブリンブリンとゆれるたいこ腹やぽちゃぽちゃした顔、詮索好きで親切で、おせっかいなところが。よくしてくれるかわりには、留守のあいだに私の部屋を、スリルを求める人々に安い料金をとってのぞかせるということもやった。謎の使節の部屋をとくとごろうじろ、というわけだ。容姿といい物腰といい、とても女性的なので、つい、子供を何人生んだかと訊いたことがある。すると彼はうらめしそうな顔をした。一人も生んだことがなかったのだ。だが四人の子を孕《はら》ませた。これは私が常日頃、体験するショックの一つだ。文明上の差異から受けるショックは、この生理学上のショック、つまり、一年の六分の五は雌雄両性器を具備している中性人間のあいだにいる男性として受けるショックとは、比べものにならない。

ラジオの報道は、新総理大臣に就任したペメル・ハルジ・レム・イル・チベの行動に関するものばかりだった。ニュースの大半は、シノス谷における紛争を憂慮している。チベはあくまであの地域におけるカルハイドの所有権を主張するつもりらしい。この惑星程度の文明度ならば、通常はとうぜん戦争がはじまっている。しかしゲセンにおいてはいかなる場合も戦争には発展しない。諍《いさか》い、殺人、不和、復讐、暗殺、拷問、憎悪などは、彼らの人間としての行為のレパートリーに入っているが、戦争だけはやらない。彼らには動員体制をしく能力が欠けているのではあるまいか。その点彼らは獣のように、あるいは女性のようにふるまう。男性のようにあるいは蟻のようには行動しない。ともあれ戦争だけはしたことがない。オルゴレインは私の知る限りでは、ここ五、六世紀のあいだに、動員体制のしける国、つまり本物の国民国家になってきたようだ。威信争いは、従来は主として経済競争だったようだが、カルハイドをして、より大きな隣国と張りあわせ、単なる内輪もめではない国家間の紛争へと発展させるのではあるまいか、エストラーベンが言っていたように。そしてまたエストラーベンが言っていたように愛国心を高揚させるのではあるまいか。もしそうなれば、ゲセンもいよいよ戦争をする条件が満たされるようになるだろう。

　オルゴレインへ行ってこの点に関する私の推測の当否をたしかめてみたい気もするが、それよりもカルハイドでの任務を先に完了してしまいたい気持のほうが大きかった。そこでまた、顔に傷のあるイング通りの宝石屋にルビーを一つ売り、その金とアンシブルと道具少々と着替えを少々、大荷物は持たずに夏の一番目の月の一の日に隊商に加わって旅立ったのであった。

陸航船は新港の風の吹きすさぶ積荷場を未明に出立した。アーチをくぐって東へ向かった。音もなく走る大きな艀《はしけ》のようなキャタピラつきの二十台のトラックは、朝の薄闇のなか、エルヘンラングの深い谷底のような道を一列になって進んでいく。レンズ、サウンドテープ、銅線とプラチナ線、〈西の滝〉産の植物繊維の織物、〈湾〉産の乾魚の切身、ボールベアリング等の機械部品、オルゴレイン産のカディク（穀物）などの積荷はすべて、北限の地であるペリングの〈嵐の境界〉行きである。カルハイドの陸上の運送はすべてこの電動トラックにたよっている。これらのトラックは河や運河では、できるならばはしけに積みこまれる。積雪が深い月には、凍結した河をすべっていくトラクター除雪機や電動橇や当てにならない滑氷船などが、スキーや人間が引く橇などとともに数少ない輸送機関となる。解氷期には、どんな輸送機関も当てにならない。そこで夏がくると貨物輸送の往来がどっとはげしくなる。道路は隊商で埋まる。交通規制が行なわれ、車や隊商は、道路沿いの検問所とたえず無線連絡をする規則になっている。いかに交通が混雑しているときでも、車は時速（地球時間）二十五マイルの速度で着実に進む。ゲセン人は車の速度をもっと早めることができるときも、そうしない。なぜそうしないのかときくと、「なぜそうするのか？」という答がかえってくる。地球人に、「なぜそんなに早く走るのか？」ときくようなもので、われわれはそれに対して、「なぜ早く走ってはいけないのか」と答えるだろう。論議の余地のない好みの問題だろう。地球人は常に前進しなければならない、進歩しなければならないと感じる傾向がある。惑星〈冬〉の人々は、毎年一の年を迎えるので、将来の進歩より現在のほうが大切なのだと感じている。私の好みは地球人のものだから、エルヘンラングを出ていく隊商の几帳面《きちようめん》なペースにはいらいらした。車からおりて駈けだしたかった。しかし、とにかく、傾斜の急な黒い屋根や塔がおおいかぶさる延々たる石畳の街を、私のすべてのチャンスが恐怖と背信に変じたあの太陽のない都を脱けだしたのは、うれしかった。

カルガブの丘にかかると、われわれは沿道の旅籠《はたご》で食事をとるためにひんぱんに小休止した。その日の午後、丘の頂きからはじめて広く開けた眺望をながめた。コストル山が見える、ふもとから頂上まで四マイル。その西側の広大なスロープが、北方の連山の眺望をさまたげているが、これらの山には三万フィート級のものもある。コストル山の南には、無色の空を背景に白銀の峻峰がつらなっている。十三まで数えたが、最後の峰はあまりにも遠く、ぼんやりした光でしかない。その峰の名を運転手が教えてくれた。そこでおきた雪崩の話、突風で吹きとばされた陸航船の話、容易に接近できない高みで何週間も吹雪にとじこめられた雪橇隊の話などを、運転手は、私をこわがらせようとおもしろ半分に話してくれた。自分の前を走っていたトラックがスリップして千ノフィートもある絶壁を墜ちていくのを目撃した話。驚いたのは、それが墜ちるときののろさだという。まるで半日がかりでふうわりと奈落の底へ墜ちていくようで、ようやく四十フィートほどの雪の吹きだまりに音もなくもぐりこんでいったときにはほっとしたという。

三の刻に大きな旅籠で夕食をとった。ごうごうと燃える大きな暖炉と、梁のむきだしした天井と、うまそうな食物をどっさりのせたテーブルがずらりと並んでいる広い大きな旅籠だった。しかし、ここに泊まるのではなかった。私が便乗したのは終夜運行の隊商で、出資している商人たちがうまい汁を吸えるように、ペリングにこの季節の一番乗りをしようと急いで（カルハイド流ながら）いるのである。トラックのバッテリーが充電され、運転手が交代すると、また旅がはじまる。私は寒々とした車のかたいシートの上で一夜をすごした。真夜中近く丘の上の小さな旅籠で夜食をとる。カルハイドは安楽の国ではない。払暁、目ざめたときは、あたりは岩と氷と光と、そして上へ上へとのぼりつめていく狭い道だけの世界になっていた。私はガチガチと震えながら、老女や猫でない限りは、安楽よりまさるものがいろいろあるのだなと思った。

雪と花崗岩のけわしいスロープにはもはや旅籠はない。トラックはときおり食事どきになると、雪に侵食された三十度ぐらいの斜面に音もなく停止する。するとみんなは車からおり、寝台車のまわりに集まって、熱いスープと乾燥したブレッド・アップルの厚い切れはしと、すっぱいビールにありつくのだ。私たちは、雪の上で足踏みをしながら、さらさらした雪を砂塵のように吹きあげる寒風に背を向けて、がつがつと飲み食いする。そしてまた車にのりこみ、えんえんとのぼりつづける。標高一万四千フィートのウェフォスの山道は、正午、日なたで華氏八十二度、日かげで十三度だった。電動エンジンの音はとても静かなので、峡谷の向こうの幅二十マイルぐらいの青い斜面を雪崩がごうごうとおちていく音が聞こえた。

その日の午後おそく、標高一万五千二百フィートのエスカルル山の頂上を越えた。ひねもすのろのろと蟻のように這いあがってきたコストル山の南面のスロープを見あげると、道の四分の一マイルほど上のほうに、奇妙な、城のような形をした岩が見えた。

「あそこにとりでが見えるでしょう？」と運転手が言った。

「あれは建物ですか」

「アリスコストルのとりでですよ」

「しかしあんなところに人は住めないでしょう？」

「いや旧民は住んでいますよ。夏の終わりに、エルヘンラングからあそこへ食料をとどけるキャラバンの運転手をつとめたことがある。一年のうち十カ月も十一ヵ月もあそこから出られなくなりますが、あの連中は平気です。あそこにはたしか七人か八人の住人がいますよ」

これほどの高地に突兀《とっこつ》とそびえたつ巨人な岩のとりでを見上げながら、運転手の言葉が信じられなかった。だが私は自分の不信をとりさげた。こんな高所の凍てついた城に暮らせるものがいるとしたらそれはカルハイド人なのだ。

下りの道は絶壁に沿って大きく南北に蛇行している。カルガノの東斜面は西よりずっと険しく、露出した階段状の断層——山岳がつくりだした険しい断層地塊——が切りたっているからだ。日没ごろ七千フィート下の大きな白い影の中にけし粒のような行列がのろのろと這っていくのが見えた。私たちより一日さきに先発した隊商だ。翌日の夕暮れ近くにはわれわれもその地点に達し、雪崩の誘発を怖れ、雪の斜面をくしゃみをしないようにそろそろと進んだ。そこからしばらくは、東の眼下はるかに、雲と雲の影のつくるまだら模様と銀色の河が縞模様をえがいている広漠たる大地、レルの平原が望まれた。

エルヘンラングを出てから四日目の夕刻にレルに到着した。二つの都は、千百マイルという距離と、数マイルの高さの岩壁と、二千年ないし三千年という年月によってへだてられていた。一行は西門の外で停止した。ここから先は運河となり一行ははしけに移った。車も陸船もレルには入れない。カルハイド人が車を使いだしてから二十世紀もたっているが、この都は、それ以前に築かれたものだ。レルには街路がない。トンネルのような、屋根つきの歩道があり、夏になると、その上も中も自由に歩きまわれるようになる。町家と嶋と郷が四方八方にどこまでも雑然とひろがり、その中に忽然として、ウンの王宮の巨大な塔、血のように赤い無窓の塔がいくつもあらわれる（カルハイドでは無秩序がまかり通っている）。それらの塔は十七世紀前に建立されたもの、初代アルガーベン・ハルジが、カルガブを越え、〈西の滝〉のこの大峡谷を都に定めるまでは、千年間、カルハイドの歴代の王の居城であった。レルの建物はすべてとてつもなく大きく、地下に深く土台をおろして、風雪に耐えられるように作られている。冬は大平原の風が市街の雪を吹きはらってくれるし、大雪のときも、街路がないので除雪をすることもない。人々は石造りのトンネルや、かりに掘った雪穴などを使う。雪の上に出ているのは家の屋根ばかり、冬期に使う玄関が屋根裏部屋の窓のように、屋根のひさしのすぐ下か屋根の部分に作られる。大解氷期の期間は、多くの河川をもつこの平原では、もっとも始末のわるい季節だ。トンネルの歩道は奔流がうずまく水路となり、建物と建物のあいだの空間は運河や湖となり、用事にでるときは、ボートに乗って小さな浮氷をオールでかきわけながら進んでいく。そして、あの赤い塔、不滅の古都の空虚な中心であるあの塔が、夏の砂塵を、冬の雪をかぶった屋根を、春の洪水を見おろして常にそびえたっている。

私は塔の根もとに這いつくばっているような、法外な宿賃をとる陰気くさい旅籠に泊まった。いやな夢をいくつも見て夜明け近くに目をさまし、寝床と食物と私がとるべきルートについての不明確な案内とに対して法外な料金を支払ったのちに、レルからほど遠からぬ古代のとりで、オセルホルドをたずねるために徒歩で出立した。旅籠から五十ヤードも行かないうちにもう道に迷ってしまった。塔を背に、カルガブのほの白く見える町並を右手に見ながら町を出て南へ向かうと、道ばたにいた農家の子供がオセルホルドへ曲がる道を教えてくれた。

正午にそこへ着いた。いや正午にどこかへ着いたことは着いたが、そこがどこなのかわからなかった。林とうっそうとした森があった。森は、この入念な森林居住者の国にしても、ひときわ入念な手入れが行き届いている。一本の小径が丘の中腹沿いに樹林のあいだを縫っている。その小径をしばらく行くと、道を少しはずれた右手に一軒の丸太小屋があった。その前を通ってさらに進むと、かなり大きい木造の建物が左手に見えてきて、どこからともなく新鮮な魚を油であげる香ばしい匂いがただよってきた。

私はいささか不安な気持でゆっくりと小径をのぼっていった。ハンダラ教徒が旅人をどう迎えるかわからない。じつを言うと彼らのことはほとんど知らなかった。ハンダラ教とは、寺とか僧とか階級組織とか誓いとか教義などをもたない宗教である。彼らに神があるのかどうかもいまだにわからない。捕えどころがない。捕えようとしてもいつもするりと逃げてしまう。その唯一の確かな具現物がとりでであり、これは、教徒が、一晩でも一生でも暮らせる隠棲所である。もしも私自身、調査隊も解きえなかった疑問を解きたいと思わなかったならば、この奇妙な、漠々としてつかみどころのない宗派を、その秘所まで追跡しはしなかったろう。かの予言者とは何か、そして彼らはじっさいに何をするのかという疑問。

　私がカルハイドに滞留している時間はもう調査隊より長いが、予言者と予言についての話にそもそも意味があるかどうかは疑わしいと思っている。予言の伝説は、人類の世界ではいたるところで聞かされるものだ。神々が予言する、精霊が予言する、コンピュータが予言する。神託のあいまいさとか統計的確率は、常に逃げ道を提供するものであり、矛盾は信仰によって払拭される。しかし伝説は調べてみる価値はある。私はいまだに、テレパシー能力の存在をカルハイド人に納得させられないでいる。彼らはその目で見るまでは信じないだろう。ハンダラ教の予言者についてもまた然り、この目で見ないうちは信じられない。

　小径をたどっていくと、林の斜面の影の中に、村というか町というか、レルのように雑然と、だがひっそりと、ひなびた風情で家並が散在している。屋根という屋根、道という道に、惑星〈冬〉にもっともありふれたヘメンの木の、薄紅色の肉厚の針葉をつけた枝が、深々とおおいかぶさっている。ヘメンの毬果が方々の小径におちている。風がヘメンの花粉をはこんでくる。家はすべて黒味がかったヘメンの木で作られている。どの家の扉をたたこうかと迷いながら足を止めたとき、樹のかげからふらりと人影があらわれて、私にていねいにあいさつをした。

「泊まるところをお探しですか」とその若者は訊いた。

「予言者に尋ねたいことがあって来たのです」私は、とりあえず、カルハイド人で通すことにしていた。調査隊の連中と同じく私も、原住民で通したいと思うときには、難なくそうできた。カルハイドでは方言が多いから、私の訛りもごまかせるし、私の性の相違も、分厚い服でかくせるのだ。典型的なゲセン人に多いふさふさした毛髪もないし、さがり目でもない。大方のゲセン人より色も黒く、背も高いが、多少毛色がかわっているという程度で通るのである。髯《ひげ》は、オルールを発《た》つ前に脱毛してしまった（そのときはまだ地球の白人種のように髯はおろか体じゅう毛むくじゃらというペルンテルの多毛族の存在を知らなかった）。私はしばしば、なんで鼻をつぶしたのかと訊かれた。私の鼻はぺちゃんこなのだ。ゲセン人の鼻は薄く高く、凍てついた空気を呼吸するのに適応して鼻孔がせまくなっている。オセルホルドの小径にあらわれた若者は、ちょっと珍しそうに私の鼻を見つめ、こう答えた。「たぶんあなたは、織り人と話をしたいのでしょうね。織り人はもし木橇で出かけたのでなければ、林の中の広場にいるはずですよ。それともさきに独身者と話されたいですか？」

「さあ。わたしはまるで無知なので――」

若者は笑っておじぎをした。「これは光栄です！　わたしはここに三年住んでいるが、まだ無知だと人に言えるほどのものは習得してはおりません」

彼はひどくおもしろがっているが、物腰はていねいだった。そこでようやく私は、ハンダラ教徒に関する知識の断片を思いだし、彼らの前で『わたしはたいへん美男子で――』と自慢するのと同じような自慢をしたことに気づいた。

「いえ、つまり、予言者のことはなにも知らないということで――」私はあわてて弁解した。「うらやましいことですね」と若者は言った。「さて、どこへ行くにしてもこの雪原を足跡で汚さねばならない。広場へ行く道をご案内しましょうか？　わたしの名はゴスです」

それはファースト・ネームだったので、「ゲンリー」とだけ私は応《こた》え、アイのほうは省略した。ゴスのあとから林の冷たい木蔭へと入った。小径はしばしば方向を変え、うねうねと斜面をのぼり、そして下った。小径のはたに、あるいは遠くはなれたヘメンの太い幹のあいだに、林と同じ色の小さな家がいくつも建っている。見るものすべてが赤と茶色、しめっぽくて、ひっそりしていて、木の香が強く陰気だった。とある家から、カルハイドのフルートの甘い調べがかすかに聞こえてきた。ゴスは少女のようにしなやかに軽やかに敏捷に、私の数ヤード前を歩いていく。とつぜん彼の白いシャツがぱっと輝いた。と、私は、暗い木蔭から広々した緑の草原に、明るい陽光の下にとびだしていた。

二十フィートほど先に人が一人、横顔をこちらに向け、直立不動の姿勢で立っている。緋色のヒエブと白い上衣が、丈の高い草の緑を背景に、明るいエナメルの象嵌をほどこしたように見える。その人物から百ヤードほどはなれて、白と紺の服を着た人物がもう一人彫像のように立っている。この人は、私が先の人物と話しているあいだも、目もうごかさず、身じろぎもしなかった。

彼らはハンダラ教の行の最中なのである。これは一種の催眠状態で——ハンダラ教徒は否定的な表現を好むので、非催眠状態と呼んでいるが——極度に感覚的な受容と意識を通して到達する自己喪失（自己増大）の境地である。この行は神秘主義の多くの行とは正反対のものであるが、おそらく神秘的体験の行であって、内在性の体験に近づこうとするものであろう。しかし私にはハンダラ教徒の行を確信をもって定義づけることはできない。ゴスは緋色の服の人物に話しかけた。彼は神経を張りつめた不動の姿勢を解き、私たちを見つめ、ゆっくりと近づいてきた。私は畏怖を感じた。午《ひる》の陽光のもとで彼はみずから輝きをはなっていた。

身長は私とほぼ同じ、痩身で、色艶のよい屈託のない美しい顔である。彼の目と目が合うと、私は不意に話しかけたい衝動にかられ、惑星〈冬〉へ来てから一度も使ったことのない、まだ使ってはならない心語を使って心に話しかけたいという衝動にかられた。抑制しがたいほど強い衝動だった。私は心語で話しかけた。なんの反応もなかった。接触は得られなかった。彼はまっすぐに私を見つめつづける。やおら微笑して、おだやかな、やや高い声で言った。

「あなたは使節ですね？」

私は口ごもりながら、「はい」とこたえた。

「わたしの名はファクスです。ようこそおいでくださいました。オセルホルドにしばらく滞在してくださりますか？」

「よろこんで。あなた方の予言の行について学びたいと思っているのです。その代わりに、わたしが何者であり、どこから来たかということを話せと申されるなら——」

「いかようなことでも」ファクスは穏やかな笑みをうかべた。「あなたが宇宙の大海を越え、さらに数千マイルとカルガブを越えてわれわれのもとへ来られたのはまことによろこばしいかぎりです」

「予言についていろいろと聞いておりましたので、オセルホルドへぜひ来たかったのです」

「ではわれわれが予言をするところをごらんになりたいでしょう。それともなにか質問がおありか？」

彼の澄んだ目にあうと真実を言わざるを得ない。「わかりません」と私は答えた。

「ヌスス」と彼は言った。「まあ、それはどうでもよい。しばらく滞在するうちに、質問があるかないか、わかってくるでしょう……予言者たちが一堂によりあつまるときは、ある一定の期間しかないのです。したがって、いずれにしてもしばらくは滞在なさらねばならぬでしょう」

私は彼の言葉に従った。快い日々であった。共同作業、野良仕事、園芸、伐採、補修などの仕事を除けば、時間に拘束されることもないし、こうした作業も、私のような短期逗留者は、手不足なグループに呼ばれて手伝うだけだった。仕事のないときは、一日じゅう一言も口をきかずに過ごすこともあった。いちばんよく話をしたのは若者のゴスと織り人のファクスだったが、ファクスの一風かわった、澄みきった泉のように透明で、なおかつ計りしれない性格は、この場所の特色の真髄ともいえるものだった。夜になると木立にかこまれた低い屋根の三つの家の寄り合い部屋の一つに集まる。座談あり、ビールあり、カルハイドの活気のある音楽を演奏することもある。メロディは単純だがリズムが複雑でいつも即興で演奏される。ある晩、住人たちが踊った。白髪の二人の老爺で、手足は痩せこけ、上まぶたの両端がたれさがって黒い目になかばかぶさっている。ゆったりとした、めりはりのある踊りは、見るものの目と心を魅了する。踊りは夕食後の三の刻あたりからはじまった。楽師たちは随時加わり、太鼓手は、微妙に変化するリズムをたえまなく打ちつづける。二人の老爺は、真夜中の六の刻まで、地球時間で五時間も踊りつづけたのちもまだ踊りやめなかった。これがドセ現象――いわゆるヒステリ性の力の自発的抑制的な発現――を見た最初で、それ以来私は、ハンダラ教の旧民族に伝わるさまざまな話をいっそう信じる気持になった。

それは内向的な、自己充足的な、沈滞した生活であり、ハンダラ教徒の重んずる〈無知〉に甘んじ、不活動と無干渉のルールに従う生活である。このルール（ヌススという言葉で言いあらわされているが、直訳すれば、〝われ関せず〟とでもいおうか）がこの教義の真髄であるが、私にはどうも理解しがたい。だがカルハイドについての理解は、オセルホルドに半月も滞在するうちに、いっそう深まった。あの国の政治や式典や、もろもろの情熱の底には、古代の暗闇、受動的なもの、虚無的なもの、沈黙、すなわちハンダラ教の豊饒な暗闇が流れているのである。

そしてその沈黙の中から予言者の声が不可解にひびきわたる。

若いゴスは私のガイド役を愉しんでいる。予言者への質問は、なんでもいいし、好きなように言えばいいと言う。「質問はこまかく限定すればするほど、答も正確になります」と彼は言った。「曖昧《あいまい》さは曖昧さを生みだします。そしてある種の質問にはむろん答えられないのです」

「もしその種の質問をわたしがしたら?」と私はたずねた。こういう曖昧なやりとりに長《た》けてはいるようだが、こちらも負けてはいない。私は答を期待していなかったのに、彼は答えた。

「織り人は拒否するでしょう。解答不能の質問が予言者たちをだめにしてしまったことがあります」

「だめにしてしまった?」

「ショルスの領主の話を知っていますかね? 彼はアセンとりでの予言者たちに人生の意義とは何か? という問にむりやり答えろと命じた。ええと、二千年ばかり前の話ですよ。予言者たちは六日六晩、暗闇にこもった。そしてとうとう、〝独身者〟は緊張病にかかり、〝うすのろ〟は死に、〝倒錯者〟はショルスの領主を石でなぐり殺し、そして〝織り人〟は……メシェという名でしたが」

「ヨメシュ教の教祖だね?」

「ええ」とゴスは言って、さもおかしいというようにげらげら笑いだしたが、その笑いがヨメシュ教徒に向けられたのか私に向けられたのかは、わからなかった。

私はイエスかノーかの解答のでる質問にしようと思った。こうすれば少なくともその解答がどの程度不明確で曖昧であるか明らかになるだろう。ファクスはゴスの言葉を裏づけて、質問は予言者がまったく知らない事柄でなければならないと言った。たとえば惑星Sの北半球における今年のフールムの作柄は良好か否かという質問はいい。予言者はSという惑星の存在すら知らないのに、この問に答えられるという。とすると予言といっても、のこぎりそうの葉の数や投げた金貨の裏表で占うようなまったく偶然による占いと同じ程度のものではないだろうか。いや、とファクスは偶然はまったく関与しないと、否定した。予言のすべてのプロセスは、偶然のまったく逆であると。

「すると人の心を読むのですか」

「いや」ファクスは闊達な笑みをうかべる。

「おそらく、無意識に心を読んでいるのではありませんか」

「それがなんの役に立つというのですか。質問者は、解答がわかっている事柄に代価は支払わないでしょう」

私は、自分がまったく答を知らない問題を選んだ。予言が正しかったか誤っていたかを判定するのは時間だけだ。もしこれが、どんな結果にもこじつけられるような、あのあっぱれな、職業的な占いでないならばである。私が選んだのは些末な質問ではない。オセルホルドの九人の予言者たちにとって、予言は辛い危険な仕事であると知り、いつ雨がやむかというような愚にもつかない質問をするのは断念した。質問者が支払う代価も高いが――私の二つのルビーがとりでの金庫におさめられた――解答者の支払う代価はもっと高い。ファクスという人物を知るにつれ、彼がくろうとのいかさま師だと信じがたくなったとしたら、己れを欺く律儀ないかさま師だとはいっそう信じがたくなった。彼の知性は、私のルビーのようにかたく透明で磨きぬかれていた。彼に罠をしかける気にはならなかった。私は自分がいまいちばん知りたいことを質問した。

オネセルハド、十八の日、ふだんは錠がおりている大きな建物に九人が集まった。天井の高い、床に石を敷きつめたさむざむとした大広間、明りといえば二つの細い窓からさしこむ光と、片隅の大きな炉で燃えている火だけであたりは薄暗い。九人はむきだしの石床に車座になった。長い衣をまとい頭巾をかぶり、数ヤードはなれた炉の火明りを浴びて、ドルメン（古代人の自然石の墓）のように素朴で静かな姿である。ゴスと住人の若者が二人、隣りの領地から来た医者が、炉に近い座を占め、私が車座の中へ入っていくのを黙然と見守っている。まったく儀式ばらずに、それでいて空気ははりつめている。車座のなかに入ると、頭巾をかぶった一人が顔をあげた。見なれない顔、粗野な容貌、傲慢な目が私を見つめる。

ファクスはあぐらをかき不動の姿勢だが、横溢する気力のために、あの明るいおだやかな彼の声が、稲妻のように割れた。「問え」と彼は言った。

私は車座の中に立って問をはなった。「ゲセンは、いまより五年後に、エクーメン連合に加入しているか？」

沈黙、私は、沈黙がつむぐ蜘蛛の巣にぶらさがり立ちつづけた。

「その問には答えられる」と織り人は静かに言った。

緊張がとける。頭巾をかぶせられた石が、やわらかくなって動きだしたように見えた。私を異様な目つきで見ていた人物が、となりの者に何事かささやきかけている。私は車座からはなれ、炉端にいる人たちのあいだにすわった。

予言者の中に二人だけ口を開かず身動きもしないものがいた。一人はときどき左手をあげたりおろしたりして、床をとんとんと二十回ばかりたたき、ふたたび不動の姿勢になる。二人とも見たことのない顔だ。あれがうすのろだとゴスが教えてくれた。あの二人とも正気を失っている。ゴスは彼らを〈時を分ける者〉と呼んだ。つまり精神分裂症なのだろう。カルハイドの心理学者は、心語能力がないので目の見えぬ外科医に等しいが、薬や催眠術や局部ショックや寒冷療法などのさまざまな精神病医療には長じている。あの二人は治療できないのかと私はきいてみた。「治療？」とゴスは言った。「歌人の声を治療してしまうのですか？」

車座にいるあとの五人はオセルホルドの住人で、ハンダラ教の実在の行をきわめており、予言者でいるあいだは独身者で、性的な能力のある期間も交渉はしないのだとゴスが言った。独身者の一人は予言の行のあいだ、ケメルに入っていなければならない。その人物は容易に見わけられた。私は、ケメルの第一期を示す肉体の微妙な緊張と、ある種の明るさを見わける手だてをすでに学んでいた。

ケメルに入っている人物のとなりに倒錯者がすわっていた。

「彼は医者といっしょにスプレブから来たのです」とゴスが言った。「ある予言者の集団では、人為的に正常者を倒錯者にすることもあります——予言の行の前の数日間女性ホルモンか男性ホルモンを注射します。生まれながらの倒錯者のほうがほんとうはよいのです。彼はよろこんでやってきます、悪い評判を好みますから」

ゴスは、ケメル期に男性の役割を果たす人物を指す代名詞を使わず、動物の雄を指す代名詞を使った。いささか当惑の様子だった。カルハイド人は一般に、性の問題を気楽に話すし、ケメルについて敬虔な喜びをもって語るが、倒錯者について語るときは口が重くなる——少なくとも私と話すときは。男性化ないしは女性化へのホルモンの永続的アンバランスを伴う、ケメル期の過度の延長が、彼らが倒錯と呼ぶ状態を惹起する。これはまれではなく、成人の約四パーセントは、この種の倒錯者ないしは異常者である——われわれの規準からいうと正常者だが。彼らは社会から疎外されてはいないが、両性社会における同性愛者のように、蔑視されながら黙認されている。カルハイドの俗語でいうと半死者である。彼らは不妊である。

この集団の倒錯者は、まず奇妙な凝視を長いこと私に注いだあとは、隣りのケメラー（ケメルに入ったもの）にしか関心をはらわなかった。ケメラーの非常に敏感になった性感帯は、倒錯者の強烈な誇張された男性によって刺激され、完全に女性としての性能力をそなえるようになる。倒錯者は、ケメラーのほうにかがみこんでやさしくささやきかけるが、ケメラーはあまり受けこたえもせずに、体をちぢめているように見える。他の者はもう長いこと沈黙しており、聞こえるのは倒錯者のささやきだけである。ファクスはうすのろのひとりを凝視している。倒錯者はケメラーの手の上にそっとすばやく自分の手を重ねた。ケメラーは、恐怖からか嫌悪からか、あわててその手をはらいのけ、助けを求めるようにファクスを見る。ファクスは微動だにしない。ケメラーはその場を動かない。倒錯者がふたたび触れてきてもじっとしている。うすのろの一人が顔をあげ、長い、不自然な吠えるような笑い声をたてた。「あは、あは、あは、あは……」

ファクスが片手をあげる。と、一座の顔がいっせいにそのほうを見る。まるで彼が一座の視線を束ねたかのようだ。

私たちがこの建物に入ったのは午《ひる》すぎで雨が降っていた。庇の下の細長い窓から射しこむ灰色の光線はまもなく消え失せた。いまは白々とした光の帯が、幻の帆をかたむけたように横長の三角形をこしらえて、壁から床へ、九人の顔の上におちている。林の上にのぼった月のにぶい光のおこぼれだ。炉の火はとうに消え、車座を這うように横切って顔や手や微動だにしない背中をうかびあがらせているあのほのぐらい光の帯や三角形のほかに光というものはない。私はしばらく、ファクスの仄明かりの中にうかぶ青い石のようなかたい横顔を見た。斜めにさしこむ月光が這いよってきて、黒いかたまりを、ケメラーを照らしだす。かたく握った両手を床に突き、顔を膝のあいだにうずめ、車座の向こうの暗闇で石をたたくうすのろの手の、トン、パタパタという規則正しいリズムにあわせて体を震わせている。彼らは、ひとりひとりが蜘蛛の巣をつくっている糸の拠点であるかのように、ひとつにつながっている。

ファクスを中央の媒体として言葉もなく伝っていく絆、つながり、織り人のファクスがつむぎだし制御している絆を、望もうと望むまいと、私は感じた、なぜなら彼は中心であり、織り人だから。ほの白い光はちりぢりになり、東の壁をはいあがって消えた。力の、緊張の、沈黙の網がじわじわとひろがった。

私は予言者たちの心に触れるのを避けようと努めた。あの沈黙の電気のような緊張によって私は非常な不安におちいっていた。ぐいぐいと引きこまれそうな感覚——蜘蛛の巣、あるいは、パターンのなかにふくまれている形や点になってしまいそうな感覚。だが防御壁をこしらえると、かえっていけなかった。視覚と触覚の幻覚、狂った幻影と想念の嵐、セクシャルでグロテスクなほどに強烈にして唐突な映像と感覚、エロチックな興奮の赤黒い奔流などが溢れかえる私の内部で、私は隔絶され、縮んでしまいそうだった。ずたずたになった唇やワギナや傷口や地獄穴がある大きな穴にかこまれた私はバランスを失って墜ちていく……この混沌を閉めださなければ、私はほんとうに墜ちるだろう、気が狂うだろう。だがどうしても閉めだすことができないのだ。性の倒錯と渇望、時間を歪める狂気、直観的実在の緊縛という驚くべき行が渾然一体となって生みだす、この強烈な、感情移入的な、言葉を超えた力は、とうてい私の制御や抑制の及ぶところではない。しかるに彼らは制御されており、その中心にまだファクスがいた。時が刻まれ、月光はあらぬ方を照らし、ただ暗闇があるのみ、そして暗闇の中心にファクスがいる。織り人、女、光の衣をまとう女。光は銀、銀は鎧《よろい》、剣をもち鎧をつけた女。光はとつぜん白熱する。女の四肢を這う光、炎、そして女は恐怖と苦悶の叫びをあげる。「然り、然り、然り……」

うすのろのほえるような笑い声。「あは、あは、あは、あは！」それは高くのぼりつめてわななく絶叫となり、いかなる絶叫も及びもつかぬほど長くつづく。暗闇でさわさわと動く気配、再配置する古《いにし》えの年月、逃げ出していく予知。「光を、光を」一音一音はっきりとひびく大音声。「光を。薪の火を。光を」ヘプレブから来た医者の声だ。いつのまにか車座に割りこんでいた。車座は乱れていた。彼は、導火点の役を果たしたうすのろたち。もっとも弱い者たちのかたわらにひざまずいていた。彼らは二人とも体を丸めて床に倒れていた。ケメラーは頭をファクスの膝にのせ、はげしくあえぎながら震えている。ファクスの手は無意識のうちにやさしく彼の髪をなでている。倒錯者は隅のほうでしょげかえり不機嫌にひとりうずくまっている。儀式は終わった。時はふたたび平常に流れだし、力の織布はされぎれになり屈辱と倦怠と化した。私の答はどこにあるのか、神託の謎は、予言の曖昧な言葉は？

私はファクスのかたわらにひざまずいた。彼は澄んだ目で私を見つめた。その一瞬私は、暗闇の中で見た彼を見た、光の鎧をまとい、炎と燃えあがりながら「然り……」とさけんでいる女を見た。

ファクスのおだやかな声が幻影を破った。「答を得ましたか、問うた人よ」

「得ました。織り人よ」

たしかに私は答を得たのだ。いまより五年後に、ゲセンはエクーメンの一員となるだろう。然り。これは謎でもない、逃げ口上でもない。そのときですら私はこの答の性質を予言というより一つの観測として受けとった。答は正しいという確信は私には避け得ぬものであった。それは直観のそなえる厳とした明快さを持っていた。

　われわれはナファル宇宙船や即時通信装置やテレパシーの技術を持っているが、直観を手綱をつけて走らせるほど手なずけてはいない。手なずける秘術は、ゲセンに来なければ得られないのだ。

　予言の儀式が行なわれた二日後、ファクスは語った。

「わたしはフィラメントの役を果たします。われわれの内部にエネルギーがどんどん増強されていき、それを内へと送りかえしながら、インパルスを倍加していき、そしてついにそれが発散し、光はわたしの内部に入り、わたしを包む、わたしは光になる……アルビンとりでの旧民がこう言ったことがありますよ。もし織り人が、予言の瞬間に真空に置かれたら、何年も燃えつづけるだろうと。これがヨメシュ教徒がメシェを信じる所以《ゆえん》です。彼はショルスの問を受けてから、未来を、一瞬ではなく、一生はっきりと見つづけることができるようになったのですよ。信じがたいことです。人間がそのようなことに耐えられるものかどうか。しかし、どうでもいいことだ……」

　ヌスス。いたるところにあらわれるハンダラ教のあいまいな否定。

　私とファクスは肩を並べてゆっくり歩いていた。ファクスが私を見た。彼の顔は、私の見た顔のうちでもっとも美しい顔の一つで、石の彫刻のようにかたくデリケートである。

「暗闇の中に、十人おりましたよ、九人ではなく。見知らぬ人がおりましたよ」と彼は言った。

「ええ、おりました。わたしはあなたの心を閉めだすことができなかった。あなたは聴くひとです、ファクス、生まれながら感情移入のできるひと、そしておそらく生まれながらの強力なテレパスです。だからこそあなたは織る人なのです。あのグループの緊張と反応を自我高揚の形態において持続させ、遂に緊張がその形態を破るとき、あなたは解答へと到達する」

彼はじっと聴きいっている。「わたしの秘術を外からあなたの目を通して見るというのは奇妙なものですね。わたしは行者として内から眺めているのだが」

「もし許されるなら——あるいは望まれるなら、ファクス、あなたと心語によって話してみたいのですが」

彼が生まれながらの心語伝達者であることを私はいまや確信した。彼の同意があれば、そして少し訓練をつめば、彼が無意識にはりめぐらしている防御壁を低くすることができるはずである。

「そうすると、わたしの耳に、他人の考えていることが自然に聞こえるようになるのですか？」

「いやいや。あなたの耳にすでに聞こえている以上のことは聞こえません。心語は伝達の方法で任意に送ったり受けたりするものです」

「ではなぜ声にだして話さないのですか？」

「言葉の会話は、嘘がつけます」

「心話ではそのようなことはないのですか？」

「意識的にはありません」

ファクスはしばらく考えたのちに言った。「その行《ぎょう》は、王や政治家や実業家の興味をよびさますでしょうね」

「心話が学びうる技術であると判明したとき実業家たちは、心話の使用に猛反対しましたよ。数十年間法律で禁止してしまったのです」

ファクスは微笑した。「して王たちは？」

「われわれの世界に王はもういないのです」

「なるほど。わかりました……いや、ありがとうございました、ゲンリー。だがわたしの仕事は学びにあるのではなく、学びを捨てることにあるのです。それにわたしは、世界を根底から変えてしまうような技術を学びたいとは思いませんね」

「あなたの予言によると、この世界も変わるのですよ、それも五年のうちに」

「わたしもともに変わるでしょう、ゲンリー。しかし、わたしはこの世界を変えたいとは思いません」

雨が降っていた、ゲセンの夏の快い長雨。私たちはとりでの上の斜面に生えているヘメンの木の下を歩いていた。道はなかった。灰色の光が黒ずんだ枝のあいだからこぼれ、透明な水滴が真紅の針葉からしたたりおちる。大気はひえびえしているが、おだやかで、雨音がはげしかった。

「ファクス、教えていただきたいのです。あなた方ハンダラ教徒には、あらゆる世界の人間が渇望してきた天賦の才能がある。あなたにはそれがある。あなたは未来を予言することができる。それなのにあなたは、わたしたちと同じように暮らしている――どうでもいいような顔をして――」

「では、どうすればいいのですか、ゲンリー」

「そうですね。たとえば、カルハイドとオルゴレインのあいだの争いです、シノス谷にまつわる争いです。カルハイドはこの数週間にひどく威信を傷つけられたとか聞いています。ではなぜアルガーベン王は予言者たちに相談しないのでしょう、どのような方策をたてるべきか、あるいはキョレミのだれを宰相にすべきかとか、そういうことをなぜきかないのですか？」

「そういう質問はしにくいのです」

「なぜですか。王はただこう問えばよろしいではありませんか、だれが宰相としてもっともよく余に仕えてくれるか？　と――そしてあとは答を待つだけです」

「なるほど。しかし、王は、自分にもっともよく仕えるということがどういうことなのか知らないでしょう。宰相に選ばれた者が、シノス谷をオルゴレインに譲ることとなのか、王を追放することとなのか、あるいは暗殺することとなのか。王が思いもよらないような、受けいれがたいようなことかもしれません」

「質問をうんと明確にしなければならないのですね」

「はい、そうすると質問はたくさんになりますでしょう。王でも代価は支払わなければなりません」

「王には高い代価を求めるのですね？」

「はい、とても高い代価を」とファクスは静かに言った。「質問をする者は、身分相応の代価を支払うのです。王たちが予言者のもとへ来たことはありますが、数多くはありません」

「もし予言者自身が権力者だとしたら？」

「とりでの住人に地位や権威はありません。わたしがエルヘンラングのキヨレミへ招かれるということはありうるでしょう。しかしもしわたしがそれに応じ、地位と影を得て帰れば、わたしの予言能力は消失してしまいます。わたしがキヨレミにいるあいだに、質問をしたいと思えば、わたしはオルグニとりでへ行き、代価を支払い、答を得ねばなりません。だがわれわれハンダラ教徒は答を望みません。答を避けることはむずかしいのですが、避けるようにつとめているのです」

「ファクス、どうもよくわかりません」

「われわれは、たずねるべきでない問とはなにかを学ぶために、このとりでに来たのです」

「しかしあなた方は解答者ではありませんか」

「まだおわかりになりませんか、なぜわれわれが予言の苦行を成就したか？」

「ええ――」

「誤った問に対する解答を知ることのいかに無益であるかを示すためです」

オセルホルドの林の黒い枝の下を、雨に濡れ彼と肩を並べて歩きながら、私はその言葉の意味をとくと考えた。白い頭巾をかぶったファクスの顔は光が失せ、静かで疲れはてているようだった。それでもまだどことなく畏怖を感じさせる。彼はあの澄んだ親しみのこもった誠実な目で私を見るとき、一万三千年前の伝統に従って見るのである。一万三千年前の、古い古い思考様式、非常にしっかりと定着した、理路整然たる生活様式、人間に、自意識からの脱却、権威、野生の動物の完璧さをあたえるところの……永遠の現在からまっすぐに見つめている偉大な、奇妙な動物……

ファクスは森のなかでおだやかに言った。

「未知のもの、予言しえないもの、立証しえないもの、これが人生の基盤になるのです。無知は思考の基盤です。立証不能であることが行動の基盤になるのです。神が実在しないことが証明されたら、宗教は生まれないでしょう。ハンダラ教もヨメシュ教も炉の神も生まれなかったでしょう。また神の実在が証明されるとしたら、やはり宗教は生まれないはずです……言ってごらんなさい、ゲンリー、なにがわかっていますか？　予言しうる、確実な、避けえないこととは何ですか――あなたやわたしの未来において、あなたが確実に知っていることとは？」

「われわれは死ぬということです」

「そうです。答えうる問はたった一つです、ゲンリー、しかもわれわれはその答をすでに知っている……人生を存続させうるものは、永遠不変の耐えがたい不安ですよ、次になにがおこるかということを知らない不安です」

6　オルゴレインへの片道旅行

毎朝早くやってくる料理人に起こされた。彼はぐっすり眠っていた予を揺りおこし予の耳もとでささやいた。

「お起きなさい、お起きなさい、エストラーベン卿、王宮より使者がまいっておりますよ……」

ようやく言葉の意味をのみこんだ予は寝ぼけまなこをこすりつつはねおき、戸口へおもむいた。そこには使者が待っていた。かくして予は生まれたての嬰児のように素裸のまま追放の身となりはてたのである。

使者より手わたされた文書を読みつつ、こうなるのはわかっていたのだと思ったが、これほど早いとは予期しなかった。しかし使者がその忌まわしい文書をわが館の扉に釘で打ちつけるのを眺めていると、あたかもわが両眼に釘を打たれる思いで予はその求めざる痛みを和らげるすべもなくただ背を向けて茫然とたたずむのみであった。

茫然自失の一瞬がすぎると予はなさねばならぬことを悟り九の刻のどらが鳴るころにははや館を立ちいでていた。予をひきとめるものはなにもなかった。持てるだけのものを持った。

資産や預金は頼む相手を危険におとしいれずに現金化するのは不可能であり、友人たちも親しければ親しいほど、より以上大きな危険にさらす懸念があった。昔のケメルの伴侶アシェに文《ふみ》をしたためわれらが息子の養育費にあてよとある高価な品物の処分法を指示し、またチベが国境を監視させているだろうから送金もするなと記した。署名はしなかった。だれに電話をしても相手を監獄へ送る羽目になるだろうから電話もしなかった。友人のだれかれがなにも知らずに会いにきてその友情の代償として金品や自由を失うことのないようにと予は急ぎ館をたちいでたのである。

市中を抜けて西へ向かう。四つ辻で足をとめなぜ東へ向かわぬかと自問する。野こえ山こえ、てくてくと生まれ故郷のエストレへ峻嶮な山のふもとの石造りの家へ、哀れなわれはなぜ帰らぬかと自問する。三度四度と立ちどまってはあとを振りかえる。そのたびに無関心な顔の通行人の中に予がエルヘンラングを立ちいでたか否かたしかめる役をおおせつかった間諜らしき人物を見いだし故郷へ帰ることの愚を悟らされる。それは自殺行為である。予は生まれながら流浪の民であるようだ。故郷への片道切符は死出の旅路である。そこで予は西へ向かい二度と振りかえらなかった。

三日の猶予期間があるなら不慮の事故さえなければ四十里ほど先の〈湾〉のクセベンまで行きつくはずである。一般の追放者の場合は、追放命令の予告が前日にあるので法的な罰則がまだ効力を発しないうちに船頭にたのみこめば船でセス河を下るのも自由である。そのような配慮をしてくれるチベではない。今となっては予を乗せてくれる船頭はおるまい。アルガーベンのために予が築いたあの港で先日式典が行なわれたから予の顔は見おぼえているだろう。陸航船も乗せてはくれまい。そしてエルヘンラングから国境までは四百まいるはある。とにかくクセベンまで徒歩で行くより仕方があるまい。料理人はそれを予測しておった。予はあのときすぐに彼を帰したのであるが、彼は帰る前に三日分の食料としてありたけの食べ物を荷造りしていってくれた。彼のこの親切心が予を救い、予の勇気を鼓舞してくれたのである。路傍でその心づくしの果物やパンを食べながら予はこう考えた。

「わたしを叛逆者と思わない人物がすくなくとも一人はいる。彼はこれを予にくれたではないか」

叛逆者と呼ばれるのは辛いことであった。他人をそう呼ぶのはたやすいだけに辛いのが奇妙である。はじめは押しつけられ、次にしっくりとし、やがては納得する汚名。予自身もなかば信じつつある。

三日目の夕刻、痛む心と痛む足をひきずってクセベンに到着した。なにしろエルヘンラングの十余年の生活のおかげですっかり贅肉がついたので歩くだけで息切れがした。小さな町の門前でアシェが予を待っていた。

七年のあいだ予とアシェはケメルの仲であり二人の息子をもうけた。彼の胎内より生まれたので二人とも彼の名のフォレス・レム・イル・オスボスをとって名づけられた。家族郷で育てられている。アシェは三年前にオルグニとりでへ行ってしまったのだが、いま目の前にいる彼は予言者の〝独身者〟のしるしである黄金の鎖を首にかけていた。会うのは三年ぶりであったが石造のアーチの下に月光を浴びた彼の顔を見るうちに二人の愛の絆が断ち切られたのがまるで昨日のように思われ、わが破滅の運命を共にわかちあおうとやってきた彼の誠意がひしひしと感ぜられた。あのはかない絆がよみがえってくるのをおぼえるとともに予は憤りを感じた。アシェの愛はいつも予を心とは裏腹の行為へかりたてるからである。

予は彼の前を通りすぎた。非情であらねばならぬのなら、人情の仮面で隠すこともあるまい。

「セレム」と彼は呼びかけて追いすがってきた。予はクセベンの急な坂道を波止場の方へ駈けくだった。南風が海から吹きあげて家々の庭先の暗い木の梢をさやさやと鳴らす。予は嵐模様のなまあたたかな夏の夕闇を殺人者から逃れるかのごとく彼よりはなれるため足を早めた。だが追いつかれてしまった、足が痛みそれ以上歩調を早めるのは無理だった。彼は言った。「セレムよ、わたしもおともしよう」

予は答えなかった。

「十年前のツワの月に、わたしとおまえはケメルの誓いを――」

「そして三年前におまえはそれを破ってわたしを捨てた、それは賢明だったが」

「わたしは誓いを破ったおぼえはない、セレムよ」

「まことよ。破るものがなにもなかった。あれはいつわりの誓い、二つ目の誓いだ。おまえはそれを知っていたではないか、いまも知っているはずだ。わたしがたてたただ一度のまことの誓いは、言葉にして語られることなく、語ることもできなかったのだ。わたしが誓いをたてた相手は死に、約束はとうの昔に破られた。おまえはわたしには何の負い目もない、わたしもおまえに負い目はない。さあ、行かせてくれ」

そう言いつつも予の怒りと苦渋はアシェから予自身へ、破られた約束のごとく予の背後に横たわる予自身と予の生命とに向けられた。だがアシェはそうとも知らずに目に涙をうかべた。

「これを受けとってはくれないか、セレム？　わたしはおまえに負い目はないけれども、心から愛している」と言って小さな紙包みをさしだした。

「いや。金は持っているのだ、アシェよ。行かせてくれ。わたしは一人で行かねばならぬ」

予は歩きだした。彼はついてこなかった。だが予の兄の影はついてきた。予は彼のことを口にしたがために害をなした。すべてに害をなした。

港でも予は運から見はなされた。真夜中にカルハイドを出港するはずのオルゴレインの船は港に見えなかった。埠頭には人影もまばらでみな家路を急いでいた。小舟のエンジンを修繕している漁夫を見つけて話しかけようとすると予を見るなりものも言わず背を向けてしまう。それを見て予は不安になった。彼は予を知っている。警告がなければ予を知らぬはずである。チベは輩下の者に先まわりをさせ予を時間切れまでカルハイドにひきとめておこうという魂胆なのだろう。苦痛と怒りが全身を駆けめぐったが恐怖はなかった、今の今まで。このたびの追放命令が死刑執行の表向きの口実であるとは夢想もしなかった。六の刻になれば予はチベの輩下の者にとっては公明正大な獲物となり、たとえ予が殺されてもだれも殺人だとは叫べずただ正義が行なわれたと叫ぶのみである。

風の吹きすさぶ港の眩光と暗黒の中で予は底荷用の砂袋に腰をおろした。波は杭を洗っては呑みこみ、いさり舟は舟だまりでゆらゆらと揺れている。長い桟橋の突端で灯火がもえている。予は腰かけたままその灯を見つめそして暗い海面に目を転じた。さしせまった危険を前に奮いたつ人間もいるが予はそうはいかぬ。予に与えられた天賦は先見のはずである。ところがさしせまった危険におびえ、うつけのようになって砂袋に腰かけてオルゴレインまで泳げないものかなどと考えている。あとひと月かふた月流氷はチャリスネ湾に流れつかぬからしばらくは水中で生きていられるかもしれない。オルゴレインの海岸までは百五十マイルある。しかも予は泳ぎを知らぬ。海面より目を転じてクセベンの町並を振りかえったとき、もしやアシェがあとをつけてきてくれはしないかという希望にすがってその姿を探しもとめている自分に気づいた。そのことに気づくと、恥ずかしさが予を茫然自失の状態から押し出し、予はようやく考えることができるようになった。

舟着き場で舟を修繕しているあの漁夫に頼むとすれば賄賂か暴力かのいずれかを使わねばならないだろう。しかし頼りない発動機ではそうする価値もないだろう。それでは盗むか。しかしいさり舟の発動機には錠がおりている。ロックした回路をバイパスして発動機を発進させ、埠頭の明りをたよりに舟着き場から出しオルゴレインへ向かうという考えも、動力船を操縦した経験がなくてはまことに愚かしい無謀な冒険と思われる。ケルムの〈氷の足湖〉で櫂《かい》の舟を漕いだ経験しかないのである。二隻の汽艇のあいだに手漕ぎの舟が一艘つないである。目にとまるや否や盗むことにした。予は凝視する灯のもと、桟橋を斯けだし舟に飛びこみもやい綱をとき擢を擢受けにはめこみ、大きくうねる海面へ漕ぎだした。光は黒い波のうねりの上を滑り、波間に輝いた。しばらく進むと予は漕ぐ手を止めた。片方の擢がうまくうごかぬので擢受けの止め金を締めなおそうと思ったのである。明日はオルゴレインの巡視船か漁夫に助けてもらう心づもりであるが、それまでかなり漕がねばならぬ。擢受けの上にかがみこむと急激に脱力感がおそった。失神するかと思い舟の台座によりかかってうずくまった。臆病風にとりつかれたのである。しかし、自分がこれほど意気地なしとは知らなかった。予は目をあげた、すると桟橋の突端に遠い電灯の光をあびて二本の小枝がとびあがっているような二つの人影が見えた。それで予はこの脱力感は恐怖のためでなく彼らのもっている射程の長い銃のせいではないのかと思った。

一人は攻撃銃をもっていた。真夜中をすぎていたら彼はその銃を発射し予を射殺していたであろう。だが攻撃銃は大きな音をだすので、発射すればなんらかの釈明をせまられるだろう。それゆえ音波銃を使ったのである。音波銃によって失神状態にさせるには反響域は百フィートほどですむ。致死距離はどれほどか知らぬが予が射程外にいるのではないことはたしかであった。予は腹痛に見舞われた赤児のように体を折ってうずくまっていた。呼吸をするのが苦しい、やや弱めの音波が予の胸を捕えたのであろう。彼らはすぐに動力船に乗りこんで予を仕とめにくるだろうから擢の上にかがみこんで喘いでいる暇はない。暗闇は背後にも行手にもたちはだかっているが、予はその暗闇に向かって漕がねばならぬ。予はなえた腕で漕いだが手のひらの感覚がないので手が櫂をしっかり握っているかどうか目で見てたしかめねばならぬ。こうして予は外海の荒波と暗闇の中へ、〈湾〉の外へのりだした。だがそこまできて舟を止めねばならなかった。漕ぐたびに腕の麻痺が進行した。心臓の鼓動は烈しくなり肺は空気の吸い方を忘れた。漕ごうとしても腕が動いているのかどうかわからなかった。櫂を舟の上にひっぱりあげようとしてみてもままならぬ。港湾巡視艇の甘美な光が煤の中に沈んだ雪片のような予の舟を見つけだしたとき予はその眩光から目をそらすことすらできなかった。

彼らは予の両手を櫂からもぎはなして舟からひきずりだし巡視艇の甲板の上にはらわたを抜かれた鯨のような予を横たえた。予を見おろして何か言っているがよくわからない。その口調からして船長とおぼしき人物がこう言っているのだけわかった。「まだ六の刻ではない」そしてふたたび船長がこう答えるのが聞こえた。「それがどうだというのだね？　王が彼を追放したのだ。わたしは王の命令に従おう、王より位の低い者の命令ではなく」

そして陸上にいるチベの輩下の無線命令を押し切り、報復を怖れる同僚の反対を押し切ってクセベン港の巡視艇の船長はカリスン湾を渡って予をオルゴレインのシェルト港まで無事運んでくれたのである。彼が無防備の人間を殺そうとしたチベの輩下の者に対する見せしめのためにこうしたのかあるいは単なる親切心かそれはわからぬ。ヌスス。『高邁《こうまい》なるものは不可解なり』

オルゴレインの海岸線が朝もやの中から灰色にうかびあがると予は立ちあがり、両の足を交互にうごかして船よりシェルトの港町におりたったが、少し歩きだすとまた倒れてしまった。気がついたときにはチャリスネの第四海浜地区第二十四共生区セネシの共生病院にいたのであった。寝台の頭板、照明灯、卓上の金属の茶碗、寝台の卓子、看護衣、寝台の上掛け、予が着ている寝衣、すべてにそのオルゴレインの文字が彫られるか刺繡されるかしていたのでたしかである。医者がやってきてこう言った。「なぜドセに抵抗したのか？」

「ドセに入っていたのではありません。音波銃にやられたのです」

「この症状はドセの弛緩期に抵抗した者の症状だ」

威張りくさった老医で強引に予の口からこう言わせてしまった。舟を漕いでいるあいだ衰弱とたたかうために無意識のうちにドセの力を使ったかもしれない。そしてけさ本来なら安静を守らねばならぬサンゲン期に起きだして歩くという自殺行為をしたのだと。かくて万事彼の満足のいくように落着するとあと二日ほどで退院してよろしいと言いおいて隣りの寝台へ移っていった。老医のあとから調査官が来た。

オルゴレインではどんなときにも調査官があらわれる。

「姓名は？」と彼は訊いた。

予は相手の姓名を尋ねなかった。オルゴレインの人々のように予もひっそりと暮らすすべを学ばねばならぬ。腹を立てぬこと、いたずらに逆らわぬこと。しかしわが領地の名までは言わなかった。オルゴレインの人々にはなんの関係もない名であるから。

「セレム・ハルス？　オルゴレインの名ではないな。どこの共生区か？」

「カルハイド」

「オルゴレインの共生区ではないのだね。入国許可証と身分証は？」

　身分証はどこにいったのだろう？

　なにびとかが車で病院へ運びこんでくれるまで予は長いことシェルトの町の路上に倒れておりかなりひどくむしりとられていたらしく、病院についたときには証明書も所持品も外套も靴も現金もなくなっていた。そうと聞いたとき予は怒る気にもならず笑うだけだった。人間、どん底におちると怒りはわかぬものである。調査官は予の笑いに気を悪くした。

「おまえは自分が文無しの未登録外国人だということがわからんのか？　どうやってカルハイドへ戻るつもりだ？」

「棺で」

「職務質問にふさわしくない返答をしてはならない。もし自国へ戻る意志がないのなら、無頼のやからや外国人や未登録者らが収容されている自由農場に送られることになる。オルゴレインには文無しや非国民用の収容所はないからね。三日以内にカルハイドへ帰る意志を表明したほうがいいだろう、さもないと――」

「わたしはカルハイドより追放された身です」

　予の名前を小耳にはさんだらしい医者が隣りの寝台よりやってきて調査官をわきにひっぱっていくとしばらくこそこそ耳うちをしていた。調査官の顔は不味いビールを飲まされたようなすっぱい表情になった。戻ってくるといかにも不承不承という調子で一語一語区切って言った。

「では、共生区あるいは街区の一員として有益なる職務につくことを条件とし、オルゴレイン大共生国における永久居住権の許可を申請する意志をここで表明しますか？」

予は「然り」と答えた。からかい気分も、その永久という言葉、あるとしても死語であるその言葉によって跡形もなく消失した。

五日後予はミシュノリの街区（を申請した）の一員として登録することを条件とし永久居住権を認められ、そこへ行くまでに必要な仮身分証の交付を受けた。この五日間もしあの老医が病院に置いてくれなかったら予は飢えていただろう。彼はカルハイドの宰相を自分の病棟に泊めることを光栄とし宰相はおおいに感謝した次第である。

ミシュノリまでの道程はシェルトから来た鮮魚の隊商の積荷人足として働いた。なまぐさい急ぎの旅は南ミシュノリの大市場で終わったが、そこでひきつづき冷凍場の仕事が見つかった。夏季にはこういう場所では腐敗しやすい食品の積み出しや荷造りや貯蔵などの仕事がいくらもある。予は主に魚を扱う仕事をし市場の近くの嶋に冷凍場の仲間といっしょに下宿した。ここは魚の嶋と呼ばれている。われわれの体にしみついた生臭いにおいがあたりにただよっていた。しかし冷凍場の中で一日の大半をすごせるこの仕事はありがたかった。ミシュノリの夏はさながら蒸し風呂である。丘の家々は戸口をぴたりと閉ざし、河は沸きかえり、人々は汗をかく。オクレの月には気温が六十度以下にならない日が十日と十夜もあり、また八十八度までのぼった日もあった。一日が終わって涼しい避難所から生臭い溶鉱炉へほうりこまれると予は二マイルほど歩いてクンデレル堤へ行くことにしていた。樹蔭があり目の前に大きな河の流れが見わたせる、河のほとりにおりることはできないが。おそくまでぶらぶらしてから不快な夜道をやっと魚の嶋に帰っていく。予の下宿の近辺は街灯がこわされている、いまわしい行為を暗闇でかくすために。だが調査官の車がたえず暗い横町を走りまわり明りで照らし、貧しい人々のたった一つのプライバシーである夜をうばってしまう。

カルハイドとの前哨戦の一つの動きとして、クスの月に施行された外国人新登録法により予の登録は無効となったために予は仕事を失い、調査官事務所の控え室で待つ毎日が半月もつづいた。仕事場の仲間が金を貸してくれ夕食には盗んだ魚を運んできてくれたので再登録がすむまで餓死をせずにすんだ。しかし予は教訓を得た。こうした義侠心のあるあらくれ者たちを予は好んだが彼らは救いのない罠の中で暮らしている。しかも予は好ましくない人々のあいだで働くことを余儀なくされていた。三カ月間のばしていた連絡をいくつかした。

翌日魚の嶋の庭でほとんど素裸か半裸になった仲間たち数人といっしょに上衣を洗っていると、汚れや魚の臭いと蒸気と水のじゃぶじゃぶいう音のむこうで予の領地の名を呼ぶものがいた。見るとそこにいたのは共生委員イエギである。七カ月前エルヘンラングの王宮の謁見の間で催された多島国大使の宴会で会ったときとまったく同じ様子をしていた。

「そこからすぐに出たまえ、エストラーベン」ミシュノリの金持階級特有の甲高い鼻声で彼は言った。「そんな汚い上衣などは捨てたまえ」

「これしかないのですよ」

「それならその汁から引きあげて、すぐ米るのだ。ここは暑くてたまらん」

仲間は彼を金持と知って好奇のまなざしで眺めたが、彼が共生委員であるとは知らない。予は彼がみずからここに姿をあらわしたのが気に入らなかった。使者に迎えにこさせるべきである。オルゴレイン人は礼儀作法をわきまえるものが少ない。とにかく彼をここから連れだしたいと思った。上衣は濡れているので庭をうろついていた宿なしの青年に予が戻るまで着ていてくれと頼んだ。借金と部屋代は払ってもらい証明書類はヒエブのポケットに入れた。予は上衣なしで市場の嶋を出てイエギとともに権力者の館の立ちならぶ街区へ行った。

イエギの〈秘書官〉として予はふたたびオルゴレインの登録簿に記載された。国家の一員としてではなく食客として。この国では姓名は無用である。彼らはレッテルをつけそのレッテルだけでその人物を判別するのである。だが予につけてくれたレッテルは適切で予はまさに食客であった。そして目的のためとは言いながら他人の飯を食べねばならない仕儀を呪うようになった。もうひと月になるというのに、予の目的は、魚の嶋にいたころと同じくなんらの進展も見せる気配はなかったからである。

夏も終わりの雨もよいの夕方であった、イエギが予を書斎へ呼んだので行ってみるとセケブ地区共生委員のオブスレが来ていた。予は、エルヘンラング駐在のオルゴレイン海運通商委員会の委員長であった彼を知っていた。背が低く背柱湾曲症である。のっぺりとして太った顔に小さな三角まなこが並んでおり、痩身の繊細な感じのイエギとは奇妙な好一対である。野暮なやつに洒落者といったところだが、ただそれだけではない。二人ともオルゴレインを支配する三十三委員会のメンバーである。しかしまたどうしてそれだけのしろものではない。

丁寧な挨拶がかわされシスシュの命の水がくみかわされるとオブスレがため息をつきながら言った。「あなたがサシノスでやったことだが、なぜあんなことをしたのか教えてもらいたい、エストラーベン。なにしろ行動の時機やシフグレソルの軽重についてぜったい判断を誤ることのない人物がいるとしたら、それはあなたにほかならないと思っていたのだが」

「恐怖が、慎重さをうちひしぎました、委員殿」

「いったいなんに対する恐怖かね？　なにを怖れているのかね、エストラーベン？」

「現状をです。シノス谷における威信争いの現状をです。カルハイドの面目の失墜、そこから生じる怒りをです。その怒りをカルハイド政府が利用することをです」

「利用する？　なんのために？」

オブスレは礼儀知らずだ。イエギは神経がピリピリするくらい繊細であるからすぐさま口をはさんだ。「オブスレ委員、エストラーベン卿はわたしの客ですよ、あなたの質問に答える筋合いはない――」

「エストラーベン卿は、必要とあらば答えるだろう、以前のように」オブスレはにやりと笑った。脂肪のかたまりに隠された針。「ここの友人のあいだでは己れというものがわかっているだろうからね」

「友人のいるところ、友人にもなりましょう。委員殿。しかしわたしはもはや、友情を契ろうとはおもわない」

「なるほど。しかし、エスケブでも言うように、ケメルの間柄でなくとも、力をあわせて橇を引くことはできるのではないかね？　きみがなぜ追放されたか、わたしはちゃんと知っておるよ。きみはカルハイドの王よりカルハイドを愛したからだ」

「いや、王の従弟より王を愛したからでしょう」

「あるいはオルゴレインよりカルハイドを愛したからだ」とイエギが言った。「ちがいますか、エストラーベン卿？」

「いいや、委員殿」

「では」とオブスレ。「チベは、われわれがオルゴレインを支配するように、カルハイドを支配すると思うかね――辣腕をふるって？」

「そう思いますよ。チベはシノス渓谷紛争を刺激剤として利用し、必要に応じて激化させ、一年以内に、千年このかた見られなかったような大変革をカルハイドにもたらすでしょう。そのための手本があります、サルフという。彼はアルガーベンの恐怖をいかに利用するかを知っています。わたしのようにアルガーベンの勇気を鼓舞しようとするよりは、彼のやり方のほうがはるかに容易です。チベが成功したあかつきには、あなた方はあなた方にふさわしい敵をもったことに気づかれるでしょう」

　オブスレはうなずいた。

「わたしはシフグレソルを解《と》こう」とイエギが言った。「あなたは何を言おうとしているのです、エストラーベン？」

「つまり、この大陸に二つのオルゴレインができるのか、と」

「そう、そう、そう、同じ考えだ」とオブスレが言った。「同じ考えだ。ずっと以前にきみはそれをわたしの頭に植えつけたのだ、エストラーベン、そしていまもってわたしはそいつを引きぬくことができぬのだ。われわれの影はきわめて長く伸びるだろう。やがてカルハイドまでおおってしまうだろう。二つの里の争い、けっこう、地境い争い、けっこう、納屋の火つけや殺人もけっこう。だが二国間の不和はどうだ？　五千万の人民を巻き添えにする侵略はどうだ？　おお、メシェの甘い乳にかけて、これこそ、幾夜かわが眠りに火をつけ、寝汗びっしょりでわたしを目ざめさせる夢だ……われわれは安全ではない、安全ではない。きみも知っているではないか、イエギ、きみなりの表現で、何度も何度も言ってきたではないか」

「わたしは、シノス渓谷紛争継続反対のほうにもう十三回も投票してきたのだよ。だがそれが何になる？　有力派はすでに二十票をわがものにしているし、チベの動きの一つ一つが、それら二十票に対するサルフの支配権を強化しているのだ。チベは、谷に柵をめぐらし、攻撃銃で武装した警備員を柵のまわりに配置している――攻撃銃だよ！　あんなものは博物館にしまってあると思っていたが。チベは有力派の必要に応じて、挑発をしかけてくる」

「かくしてオルゴレインは勢力を増強する。しかしカルハイドとて同じです。彼の挑発に対するあなた方の反応、あなた方がカルハイドに与える屈辱、あなた方の威信の発揚、すべてはカルハイドの勢力を増強するのに役立っている、そして遂にはあなた方と同じになる――

オルゴレインのように、一箇の中心勢力がすべてを支配するようになる。しかもカルハイドでは攻撃銃を博物館にしまってはおかない。王の衛士が携帯しているのです」

イエギはふたたび命の水を注いだ。オルゴレインの高官たちは、五千マイルもの霧の海をわたってシスから運ばれてくる、この高価な火酒をまるでビールのように飲む。オブスレは口を拭《ぬぐ》い目をしばたたいた。

「なるほど」と彼は言った。「すべてはわたしの考えていたとおりだ、現在考えているとおりだ。しかしわれわれは力をあわせて橇を引くことができると思う。だがこの肩に引き具をつける前に一つ質問がある、エストラーベン。きみはわたしの頭巾をひっぱりおろして目をおおいかくしてしまった。さあ、教えてくれ、月の向こうからやってきたという使節とやらの、あの荒唐無稽な世迷い言は、あれはいったい何かね？」

するとゲンリー・アイはもうすでにオルゴレインへの入国を申請していたのか。

「使節？　彼は、彼の言うとおりのものです」

「というと――」

「よその世界から来た使節です」

「きみのところの、カルハイド流の曖昧模糊とした暗喩では困るよ、エストラーベン。シフグレソルは解くよ、捨てることにする。さあ、わたしの質問に答えてくれないか？」

「もう答えましたよ」

「彼はよその星の生物か？」とオブスレが言った。

「それで彼はアルガーベン王に謁見したのですか?」とイエギが言った。

然りと予は両者に答えた。彼らはしばし沈黙したがふたたび同時にしゃべりだした。二人とも興味を隠そうとはしなかった。イエギは婉曲にオブスレは単刀直入に言った。

「きみの計画の中で彼はどういう意味があったのか? きみは彼に賭けて失敗したようだね。なぜだ?」

「チベがわたしの足をすくったからです。わたしは星に気をとられていて、足もとのぬかるみに気づかなかった」

「きみ、きみ、天文学の勉強でもはじめたのかね」

「われわれはみんな天文学を勉強したほうがいいですよ、オブスレ」

「彼はわれわれにとって脅威かね、その使節とやらは?」

「そうは思いませんよ。彼は、知識の交換、通商、同盟などの申し出をたずさえて彼の世界からやってきた、それ以外の何ものでもありません。武具も防具ももたずに、通信装置だけ宇宙船に積んで単身やってきて、しかも彼は、船と通信装置を徹底的に調べることを許してくれました。彼は怖れるべきにはあらず、です。しかしそのからの手に王国と共生社会の終焉を運んできたと言えましょうな」

「というと?」

「われわれは、未知のものをどう扱えばよいのでしょうか、兄弟として扱うほかに? ゲセンは、一つの世界ではない八十の世界の連合をどう扱えばいいでしょうか?」

「八十の世界？」イエギは不安そうに笑った。

オブスレは流し目で予を見た。「きみはその狂人とあまり長くつきあいすぎたので、自分の頭までおかしくなってしまったのではないかね……メシェ《いや》の名にかけて《はや》！ 太陽と同盟を結んだり、月と協約を結んだりというようなたわごとは、いったいそれはなんだね？ どうやってそいつはここへ来たのか、彗星にのってきたのかね？ 流星にまたがってか？ 船が空中にうかぶとは、いったいどんな船なのかね？ 虚空を飛んできたのか？ いやいや、きみが、いよいよひどく気が触れてしまったと言っているんじゃない、エストフーベン。きみは抜け目のない狂人、賢い狂人だ。カルハイド人はみんな狂人だ。その調子で行くがよい、わたしもついていこう。さあ、行くがいい！」

「わたしはどこへも行きはしない、オブスレ。わたしはどこへ行けばいいのですか？ しかしあなたたなら、どこかへ到達できるでしょう。もしあなたが使節に、少しでもついていくならば、彼は、シノス谷から抜けだす道、われわれが踏みこんでいる悪の道から抜けだす方法を教えてくれるでしょう」

「けっこうなことだ。老後は天文学でも勉強するとしようか。天文学はわたしをどこへ導いてくれるかね」

「偉大なものへです、あなたがわたしより賢明に行動すればですが。わたしは使節とずっとつきあってきた、真空を飛んできた船も見た。彼がこの世界以外のどこかの世界からの使いであることは、断じてまちがいありませんよ。彼の声明の信憑性、彼の世界の描写についての信憑性は、たしかめようがないが。人間を判断するように判断するしかありません。もし彼がわが種族に属するものなら、わたしは彼を正直者と呼ぶでしょう。これはあなた方自身の目で判断されればよいでしょう。だがこれだけは明白です。彼という存在の前では、地上にひかれた線は国境にもならない、防備にもなりません。いまオルゴレインの門前にはカルハイドよりはるかに強大な挑戦者が立っているのです。この挑戦を受けて立つもの、世界の扉を最初に開くものこそ、われわれすべての指導者となるのです。われわれすべての、三つの全大陸の、全世界の指導者となるのです。われわれの国境はいまや二つの丘のあいだを走る線ではなく、わが惑星の太陽をめぐる軌道が国境なのです。シフグレソルをそれよりつまらぬチャンスに賭けるなどは愚行です」

予はイエギを心服させた。だがオブスレは肥った体を沈ませて小さな目で予を見つめた。

「信じるには一月《ひとつき》もかかるだろう」と彼は言った。「これがきみの口からでなく他の人間の口から出たものなら、出まかせの世迷い言だと思うだろう、エストラーベン、われわれの自尊心をからめとる星の光で織った罠だと思うだろう。だがわたしはきみの一徹さをよく知っている。われわれを欺くためには、いっときの屈辱もしのぶというようなことはできない御仁だ。きみが真実を語っているとはとうてい信じられんのだが、嘘はきみを窒息させるだろうし……いやはや。彼はわたしとも話しあうだろうか、きみと話しあったように？」

「それこそ彼の望むところですよ、話しあうこと、聞いてもらうことが。あちらでもこちらでも。カルハイドで彼がもう一度話しあおうとしたら、チベが彼を沈黙させるでしょう。彼の身が心配ですよ、彼はさしせまった危険に気づいていないようですから」

「きみが知っていることを話してくれないか」

「よろこんで。だが、彼にここに来てもらい彼自身の口から聞いてはならぬという理由があるでしょうか？」

イエギは爪をそっと噛みながら言った。

「それはないと思う。彼は共生国への入国の申請を提出している。カルハイドに異議はない。彼の申請は検討中で……」

7　性の問題

エクーメン第一次ゲセン／惑星〈冬〉調査隊の調査員、オング・トット・オポングの実地調査メモより。サイクル93　E・Y・1448。

一四四八年八十一日。彼らは一つの実験のように思われる。この考えは不快だ。だが地球《テラ》植民地が一つの実験であること、標準的ハイン人の一グループを、原始人類型原住民が棲息する惑星へ移植した事実を示す証拠がある以上、この可能性は無視できない。人間の遺伝子的操作はじっさい植民者によって確実に行なわれた。それ以外に、惑星Sのヒルフや惑星ロカノンの翼をもつ退化した亜人類を説明しうるものはない。それ以外に、ゲセンの性の生理形態を説明しうるものありや？　偶発——ありうる。自然淘汰——ありえない。彼らの両性具有体の環境適応値は、ほとんど、あるいはまったくない。

なぜこんな厳しい環境を実験地に選んだのか？　不明。本植民地は、間氷期に設営されたものとチニボソルは考えている。最初の四十年から五万年までは、環境はかなり温和だったのかもしれない。氷がふたたび侵食を開始するまでに、ハイン人の撤退は完了し、植民者のみが残り、実験は放棄された。

ゲセンの性の生理機能の起原について、仮説をたててみる。私がじっさい知っていることは何か？　オルゴレイン地区にいるオチ・ニムの報告は、私の当初の思い違いを訂正してくれた。これまでに判明した事実をまず列挙し、しかるのち私自身の仮説を記す。重要なことからはじめるべきだ。

性のサイクルは二十六日から二十八日（彼らは二十六日と言いたがっている、およそ月の周期にあわせて）。この問二十一日から二十二日は、ソメル、つまり性の不活動期、潜在期にあたる。大体十八日目ごとに、脳下垂体のコントロールによりホルモン変化を生じ、二十二日目ないし二十三日目にケメル、すなわち発情期に入る。ケメルの第一期（カルハイド語で セシェル）は、完全に男女両性を具有する。性の決定と性交能力は、隔離されていては起こりえない。ケメル第一期のゲセン人が、一人で隔離されるか、ケメルに入っていない者とともに隔離された場合、交接は不可能。しかしこの時期は性欲は非常に強く、全人格を支配し、その他の衝動はすべてこれに従属する。ケメルのパートナーを見つけると、ホルモン分泌が促進される（主として接触によって——分泌物？　体臭？）、これはパートナーのどちらか一方で女性あるいは男性ホルモンの支配が決まるまで持続する。それに従って生殖器は勃起、あるいは収縮し、前戯に集中する。パートナーはそうした変化に刺激され、どちらか一方の性の役割（？　例外はないか？　例外があるとすれば、同性のケメルのパートナーということになるが、これはごく稀だから無視してもよし）を受けもつ。このケメルの第二期

（カルハイド語・ソルハルメン）、つまり双方の性と性能力の決定のプロセスは、二時間から二十時間のあいだに生じる。もしパートナーの一方がすでにケメルの絶頂期にあれば、それよりあとにケメルに入ったパートナーのプロセスは短縮される。もし両パートナーが同時にケメルに入っている場合は、プロセスは延長される。ケメル期に、男性になりやすいとか女性になりやすいとかいうような先天的な素質は、正常人には見られない。女性になるか男性になるかは、前もって予測不能であり、選択権もない。（オチ・ニムの報告書によると、オルゴレイン地方では、好みの性を決定するためのホルモン誘導剤の使用が普及しているそうだ。カルハイドの地方ではまだ聞かない）。いったん性の決定が行なわれると、ケメル期には変更できない。ケメルの絶頂期（カルハイド語・ソケメル）は二日から五日間持続し、この間、性欲と性交能力は頂点に達する。それはかなり突発的に停止し、受胎が行なわれなければ、数時間後にふたたびソメル期に入り（註：オチ・ニムはこの第四期を月経期に相当するものと考えている）新しい周期がはじまる。女性の役割をしていた者が受胎した場合は、ホルモン分泌は継続され、八・四カ月の妊娠期と、六ないし八カ月の授乳期のあいだは、女性でいる。男性の性器は（ソメル期のように）収縮したまま、乳房がふくらみ、骨盤がひろがる。授乳停止とともにふたたびソメル期に入り、ふたたび完全な両性具有となる。生理的習慣は形成されず、子供を数人生んだ母親が、数人の子供の父親にもなりうる。

社会的観察＝いまもって皮相的。首尾一貫した観察を行なうためには、あまり方々を歩きまわりすぎたと思う。

ケメルはいつもカップルで行なうわけではない。カップルがもっとも日常的習慣らしいが、市町村のケメル・ハウスでは、複数の男性と複数の女性の間で無差別に交接が行なわれる。この習慣と極端に相反するものに、ケメルの誓いがある（カルハイド語・オスヤヨメル）。これはどうみても一夫一婦制度である。法律的身分ではないが、社会的倫理的には古来からさかんな風習である。カルハイドの家族郷と領地という社会機構は、明らかにこの一夫一婦制度の風習を基盤としている。一般的な離婚のルールについては不明。ここオスノリネルには離婚はあるが、離婚後あるいはパートノーの死後、再婚はしない。ケメルの誓いは一生に一度しかできない。

ゲセンでは家系は母方、つまり〝肉親〟（カルハイド語・アムハ）から受けつがれる。近親相姦は、いろいろな制限はあるが、兄弟、姉妹のあいだでは許されている。ケメルの誓いをたてたカップルの子供同士でも許されている。だが兄弟のあいだではケメルの誓いは許されないし、そのカップルのどちらかに子供が生まれるとケメルの関係を続けることはできない。親子の性関係は厳禁されている（カルハイドとオルゴレインでは。南極大陸のペルンテルの原住民の間では許されている。デマかもしれない）。

このほかに確かな事実として学んだことは何か。以上がおおまかな要約とみてよい。

この変則的な仕組には環境適応的な価値がある。交接は受胎能力のある期間にのみ行なわれるので妊娠度は高い。これは発情期を有する哺乳動物と同じ。幼児死亡率の高い厳しい環境下では種族保存の意義が重視されるのかもしれない。ゲセンの文明化された地域では、幼児死亡率も出生率も高くはない。チニボソルは、三大陸の全人口を一億たらずと推定し、少なくとも過去千年はこの数は変動を示していないと考えられる。宗教的倫理的節制と避妊薬の使用が人口抑制の任を果たしているとも考えられる。

われわれが瞥見した、あるいは推測したにすぎない両性具有の問題については、完全に理解することは困難だろう。ケメル現象は、われわれ調査員全員を魅了した。しかしわれわれを魅了したそれは、ゲセン人のすべてを支配し制御している。彼らの社会構造、産業、農業、商業、居住地の規模、彼らの物語の主題、すべてはソメル－ケメル周期に適応するように形成されている。だれにも月に一度の休暇がある。どのような地位にいる人間も、ケメル期間中は働かなくてもよい、また働くことを強制されない。貧乏人であろうと他所者であろうと、ケメル・ハウスに入ることを妨げられない。毎月めぐってくる情熱と苦痛と歓喜の前には何ものも道をゆずるのだ。これはわれわれにも容易に理解できる。だが理解しがたいのは、残りの五分の四の期間は、ぜったいにセックスの営みに誘《いざな》われることがないという点だ。セックスのための部屋が与えられている、非常に多くの部屋が。しかしそれは、いわば隔離された部屋である。ゲセンの社会は、日常的機能においてはセックスぬきである。

考察＝だれしも、なんでもやってみることができる。一見きわめて単純なことだが、その心理的影響は絶大だ。十七歳から三十五歳ぐらいまでのすべての人が、（ニムの言によれば）〝出産にしばりつけられる〟義務を免れないという事実は、ここでは、よその世界の女性のように完全に〝しばりつけられる〟ことがないということだ――心理的にも肉体的にも。

つまり重荷も特権も、すべての人がほぼ同等に分かち与えられる。すべての人が同等の危険、同等の選択の機会をもつ。換言すれば、ここの人間はすべて、よその世界の自由な男子ほど自由ではないということだ。

考察＝子供は、母親と父親に対して精神的性的な関係をもたない。惑星〈冬〉にはエディプスの神話は存在しない。

考察＝同意のない性行為、強姦は存在しない。人間以外の大部分の哺乳動物のように、交接は、相互のいざないと同意のもとによってのみ成立する。その他の場合は不可能だ。誘惑は可能だが、よほど確実なタイミングでなければならない。

考察＝強と弱に二分さるべき人間的属性は存在しない。すなわち保護／被保護、支配／従属、所有者／奴隷、能動／受動など。じじつ人間の考え方に浸透している二元性の性向は、惑星〈冬〉においては軽減ないしは転化させられているらしい。

次の事項は、報告書に挿入すべきこと。

ゲセン人に接する場合、両性愛者が当然やるようなことはできないし、してはならない。すなわち同性間または異性間で通常想定しうる性的関係を期待して、それに相応する男または女の役割を相手に果たさせることはできない。われわれに適用される社会的・性的相互作用のパターンはここには存在しない。すなわち彼らにはそういったゲームは不可能だ。相互に男性あるいは女性と見なさない。これはわれわれの想像を絶するものだ。生まれてきた赤ん坊について、われわれがまず訊くことを考えあわせれば！

かといってゲセン人を〝あれ〟という代名詞で考えることもできない。彼らは中性ではないのだ。いうなれば可能性を有するもの、あるいは完全体だ。ソメル期の人間を指す代名詞はカルハイド語にはないので、超絶的な神に対して男性名詞を使うのと同じ理由で、〝かれ〟という代名詞を使うことにする。中性代名詞や女性代名詞よりは定義があいまいで、より特定的ではない。しかし頭の中で〝かれ〟という代名詞を使っていると、いっしょにいるカルハイド人が男ではなく、おとこおんなだという事実をともすれば忘れてしまう。

第一次先遣隊員として一人を送りこむ場合、彼がひどい自信家かぼけでないかぎり、プライドが傷つけられることをあらかじめ警告すべきだ。たとえ相手の関心や賞讃の示し方が間接的で微妙であっても、一般に男性は男らしさを認めてもらいたいし、女性は女らしさを認めてもらいたいものだ。惑星〈冬〉ではそうした評価は存在しない。ひとは人間としてのみ顧慮され、判断される。これはぞっとさせられる体験である。

わが仮説に戻る。このような実験の動機を考えるにあたり、わがハインの先祖たちの暴虐の罪、生命を物のように扱った罪を晴らしたい願いから、彼らが追求していたものについていくつかの推測を行なった。

ソメル－ケメル周期は、退化、下等哺乳類の発情期への回帰、機械的で強制的な発情への従属を思わせる。実験者は、恒常的な性能力をもたない人間が、知性を持ちつづけうるか、文明を持ちつづけうるかを確かめたかったのではないか？

また一面では、性衝動が断続的な一時期に限定され、両性具有によって平等化されることにより、多くの場合、性衝動の暴発や欲求不満を防いでくれるだろう。性的な欲求不満はあるにちがいないが少なくとも蓄積されることはない（社会そのものが防止し、準備するようにできているからだ。その人口規模が、時期に二人以上の人間がケメル期に入る大きさがあれば、性交渉の成功の確率はかなり高い）。時期に二人以上の人間がケメル期に入る大きさがあれば……

すばらしい。こうして彼らは浪費と狂気をまぬがれている。ケメルが終われば性衝動も収まるのだから。いるか？　昇華すべき何があるのか？　去勢男子の社会は何をなしうるか？——もっともソメル期の彼らは去勢男子ではない、思春期前の若者といえばよいだろう。去勢体にあらずして潜在体。

実験目的についてのもう一つの推測。戦争の排除。古代ハイン人は、不断の性交能力と組織化された社会的攻撃性——いずれも人間以外の哺乳動物には見られない——は、因果関係があると考えたのではないか？　あるいはツマス・ソング・アンゴットのように、彼らも戦争を男性の排泄行為、大規模な強姦と見なしていたのではないか？　それゆえ実験では、強姦したいという男性的欲求、強姦されたいという女性的欲求を除去したのではないか？　神のみぞ知るである。事実、ゲセン人はきわめて競争心旺盛だが（威信などをめぐる争いのための精妙な社会的実現経路があることからも証明される）それほど攻撃的ではないようだ。少なくとも彼らは戦争と呼べるものを体験したことがない。一対一や二対二で殺しあうことはあるけれども、十人、一十人とまとまって殺しあうことは稀だし、百人、千人という大量の殺し合いはかつてない。なぜか？

これは両性具有者の心理とは何のかかわりもないかもしれない。いずれにしろ、多くのものは攻撃的ではない。それから気候の問題がある。惑星〈冬〉の気候は苛烈ともいうべきもので、寒さに適応性をもった者でもほぼ忍耐の限度に達するぐらいだから、彼らの戦闘能力は、寒さとの闘いに費消されてしまうのかもしれない。辺境居住民族、ただ生きのびていくという民族は、めったに戦士にはならない。すなわちゲセン人の生活の支配的要素は、セックスその他の人間的要素ではない。その環境、酷寒の世界である。ここには人間より苛酷な敵がいる。

私は平和なチフウォーの女、暴力の魅力や戦争の特質についての専門家ではない。この問題は他の人が考察すべきだ。しかし惑星〈冬〉の冬を体験し、氷原の面を見たあとでも、なお勝利とか栄光とかいうものに重きをおくことができるかどうか、疑わしい。

8　オルゴレインへの別途

私はこの夏を、先遣隊員というより調査隊員として、カルハイドの町から町、領地から領地を歩きまわり、観察し、耳をかたむけてすごした——先遣隊員として、まず驚異の的であり、怪物であり、見せ物としていつまでも演技を強いられているあいだにはできないことだ。地方の郷や村などでは、自分が何者であるかを話した。彼らはたいていラジオで私のことを少しばかり聞いていて、私がどういう者であるか漠然としたイメージをもっていた。ある者は多くの、ある者は少々の好奇心をもっていた。私個人に恐怖感をいだいたもの、異国人に対する拒絶反応を示したものは少数である。カルハイドでは敵は見知らぬ人間ではなく、侵略者である。遠い未知の国から来た人間は客人である。あなたの敵はあなたの隣人なのだ。

　クスの月は、ゴリンヘリングと呼ばれる家族郷の東海岸ですごした。家と町と砦と農場が、ホドミン海からたえまなくわいてくる霧を眼下に見おろす丘の上に建っている。五百人ほどの人がそこに住みついていた。四千年前に来ても、彼らの祖先がここと同じ場所に、同じような家を建てて住んでいるのを発見したと思う。ここ四千年のあいだに、雷動エンジンが開発され、ラジオや自動織機や自動車や農耕機械や、その他もろもろのものが使われるようになって、産業革命のような革命も経ることなしに、機械時代が徐々に進展していったのである。惑星〈冬〉は、惑星〈地球《テラ》〉が、過去三百年間になしとげたことを、三十世紀かかってもなしとげられなかった。しかし惑星〈地球〉が支払った代償を支払う必要もなかったのだ。

惑星〈冬〉は敵意あふれる世界である。誤って行動した場合の罰は確実迅速である。寒さによる死、飢えによる死。時間的な猶予も執行猶予もない。個人は運に頼ることができるが、社会はそれができない。そして文化の変化過程では、ランダムな突然変異のように、物事は偶然という危険性がより大きくなる。それゆえ彼らはきわめて緩慢に進んでいった。短気な観察者は彼らの歴史上のある一点を捕えて、テクノロジーの発展と普及は完全に停止したと早合点するだろう。事実はそうではない。早瀬と氷河を比較せよ。どちらも行きつくところへ行きつくのだ。

ゴリンヘリングでは老人や子供たちとよく話しあった。ゲセンでこれほどたくさんの子供に会えたのはこれがはじめてである。エルヘンラングの子供たちはみんな私立や公立の郷や学校に入れられていた。都市の成人人口の四分の一ないし三分の一が子供の養育と教育に従事している。ここでは家族郷が子供たちの世話をしている。だれもが子供たちに責任があると同時に、だれも責任がないともいえる。子供たちは野生の衆で、霧のうずまく丘や海岸をかけまわっている。だれか一人をようやく捕えて話してみると、みんな一様にはにかみやで、自尊心があり、人をまったく信じて疑わない。

親の本能はゲセンにおいても、ほかの世界と同様に多種多様である。総括的に論じることはできない。カルハイド人が子供を撲るのを見たことがない。子供をきつく叱っている情景には出あうが。子供に対する彼らの情愛は深く、つぼをおさえていて、独占欲はほとんどひとかけらもない。事実、この独占欲の欠除が、われわれが〈母性本能〉と呼ぶところのものとの違いをもたらしているのだろう。母性本能と父性本能との差異はほとんどないといってよいだろう。親としての本能、庇護したい、助けたいという願望は、伴性の特色ではない……

ハカナの月のはじめ、ゴリンヘリングにいるとき、アルガーベン王に世継ぎができるというニュースを雑音のうるさい王宮放送で聞いた。すでに七人もいるケメルの子に、また一人加わるのではなく、王の血と肉をわけた子、王自身の子である。王は妊娠したのだ。

これは奇異に感じられた。ゴリンヘリングの家族郷の人々も、同じように感じたらしいが、理由はちがう。王は老齢であるから妊娠するはずがないと言い、みだらな想像をして笑いあった。老人たちは、数日間、これを話の種にしてげらげらと笑い興じた。彼らは王を嘲笑しているのであるが、かといって王に特別な関心があるわけではなかった。「領地の寄りあつまりがカルハイドです」とエストラーベンが言っていた。エストラーベンが言ったさまざまなことと同じように、この言葉も、私がいろいろと学ぶにつけ、甦ってくるのだ。数世紀のあいだに一つになったこの擬似国家は、非専制公国や町や村や〈擬封建的部族経済体〉の寄りあつまりであり、有能で喧嘩好きの活気ある人々の雑然とした寄りあつまりであって、それらの上に碁盤目のような権力機構があぶなっかしくのっているにすぎない。なにものもカルハイドを国家として統一しうるものはないだろう。通信機のめざましい普及、これは必ずといってよいほどナショナリズムを醸成するものだが、これすらもそうはならなかった。エクーメンも、統一的な社会単位として、動員可能な組織体として、この国の人々を惹きつけることができなかった。とすれば、彼らの未発達だけれども強烈な人間感情に、人間統合体の感情に訴えるべきではなかろうか。私はこのことに思いいたるとひどく興奮した。私のやり方はやはり見当はずれだったのだ。しかしゲセン人について何かを学んだ、長い目でみれば役立つ知識だとわかったことを。

旧カルハイドで一年じゅう過ごすつもりでないならば、カルガブの道が閉ざされる前に〈西の滝〉へ戻らねばならない。この海辺の地にも、夏のおわりの月に、二度ばかり少量の降雪があった。そこで不本意ながら西へ向かって旅立ち、秋のはじめの月、ゴルの初旬にエルヘンラングに帰ってきた。アルガーベンはすでにワレベルの夏の宮殿にひきこもっており、その間、ペメル・ハルジ・レム・イル・チベを摂政に任命した。チベは着々として勢力を拡大しつつあった。エルヘンラングに戻ってから二時間にして、カルハイドに関する私の分析——すでに時機を逸していた——に欠陥があることに気づき、同時にエルヘンラングにいることの危険を感じはじめた。

アルガーベンは正気ではなかった。王の邪悪な乱心は首都の人心を暗くしていた。王は恐怖を醸成した。彼の治世下の善政というべきものは王の手になるものではなく、大臣やキョレミの手によってなされたものだ。しかし、王自身はさほどの害はもたらさなかった。王自身の悪夢とのたたかいは、王の臣民を虐《しいた》げはしなかった。王の従弟のチベは、王とはこれまたちがう種類の人物だ。彼の狂気は論理的である。チベは行動のタイミングや方法などを心得ている。ただ止《とど》まる時を知らないだけだ。

チベはラジオでさかんに演説をする。エストラーベンが権力の座に着いていたころにはなかったことだ、こういうことはカルハイド気質にあわない。彼らにとって政府とは公けに干渉するものではない。内密に間接的に干渉するものだ。だがチベは公衆の面前で演説した。電波にのってくる彼の声を聞いていると、あの長い歯をむきだした笑いと網の目のような皺におおわれた顔を思いだす。大音声をはりあげての長い演説だった。カルハイドへの讃美、オルゴレインへの非難、〝不誠実な党派〟に対する中傷、〝王国の国境の尊厳〟についての主張、歴史や倫理や経済の講義などが、悪罵と追従《ついしょう》に満ちた、芝居がかりの、感情的なヒステリックな声で語られ、唱いあげられた。国家の威信、祖国への愛について多くを語ったが、シフグレソル、個人の誇りや面子《メンツ》についてはあまり触れなかった。カルハイドは、シノス渓谷の紛争においてはおおいに面目を失墜したので、この問題を避けたのだろうか？　いや、彼はシノス渓谷についてしばしば語っているではないか。シフグレソルの問題は故意に避けているのではないかと思う、彼は、もっと根源的な、抑制しがたい感情をかきたてようとしているのではないか。彼はシフグレソルの全形態を純化し、そこに潜在しているなにかを揺り動かそうとしているのだ。聴衆が怖れ、憤るようにと欲しているのだ。彼の話には誇りとか愛とかいう言葉がしきりに出てくるが、それが主題ではない。彼はその言葉に自己讃美と憎悪を託しているのだ。彼はまた真実についても多くを語った、なぜならば、と彼は言う「……自分は文明という薄板をはがしているのだ……」と。

これはいつの時代にも、どこの世界でも使われるいかにももっともらしい暗喩である、薄板（あるいは絵の具でも透明防水シートでもよいが）がより崇高な現実を隠しているという暗喩は。たしかにそれは一ダースもの誤った論理をいっぺんに隠せる。もっとも危険なのは、文明は人工的なもの、反自然的なもの、つまり文明が原始の反語であるという含意があることだ……むろんそこには薄板などない、そのプロセスは成長の一つの過程であり、原始と文明は、同じものの段階の差にすぎない。もし文明の反語があるとしたら、それは戦争である。この二つについていえば、どこの世界も二つのどちらかにあてはまる。両方ではなく。チベの熱狂的で退屈な演説をきいていると、彼が恐怖と説得によってなしとげようとしているのは、彼らの歴史がはじまる前に彼らが選択したもの、つまり文明か戦争かの選択を、むりやり変えさせることではないかと私には思われる。

おそらく時機は熟しているのかもしれぬ。物質的な技術的な進歩は遅々としており、また彼らは進歩自体を高く評価してはいないが、この五世紀から十五世紀のあいだに、ほんのわずかながら〈自然〉を制したのである。彼らはもはや苛酷な天候のなすがままになってはいない。凶作の年も全地域を飢饉に追いやることもなく、冬の悪天候も、すべての町や村を孤立させることもなくなった。こうした物質的な安定を基盤として、オルゴレインは徐々に統一的な中央集権国家に成長した。いまカルハイドが蹶起《けっき》して、同じ道をたどろうとしている。

しかしその手段は国民のプライドを刺激するのでもなく、通商をはじめるのでもなく、道路や農場や大学などなどの改善をはかるのでもない。そんなものではない。そういうものはすべて文明である、薄板である。チベは侮蔑をもってそれを排除した。国民を国家を統一するのにもっと確実なもの、確実で迅速で、しかも永続的な方法を彼は選んだ。すなわち戦争を。これに関する彼のアイディアはきわめて的確といえるはずはないが、いかにも理にかなっていた。人々を迅速かつ確実に動員するもう一つの方法は、新興の宗教だが、手もとにすぐ使えるものがなかった。それで戦争で間に合わせることにした。

私はオセルホルドの予言者にした質問のことや、私が得た答について書きしるした書状を摂政に送った。チベからは返書はなかった。そこで私はオルゴレインの大使館へ行き、オルゴレインへの入国を申請した。二つの小国のあいだで運営されている大使館の人員は、ハインにあるエクーメンのスタバイルの事務局の人員より多い。そのうえ彼らは録音テープとレコーダーで武装している。彼らはスローだ。完全主義者だ。カルハイドの官僚主義を特徴づける向こうみずな尊大さや突如示される曖昧さなどは微塵も示さない。彼らが書類手続きを完了するまで私は辛抱強く待った。

待つあいだは不安だった。王宮の警備隊やエルヘンラング市中の警察官の数が日ましに増えていくように思われた。彼らは武装し、制服らしきものを着用するようになった。市中の空気は陰鬱だったとはいえ、市中のビジネスは順調で、景気もふだんとは変わりなく、天候もよかった。だれも私を相手にしたがらなかった。下宿の主人も私の部屋を人に見せる商売はやめ、近頃は〝王宮の連中〟のはげしい出入りで迷惑するとこぼし、私の扱いも名誉ある道化というよりは政治犯の容疑者というふうに変わった。チベはシノス渓谷の侵略について演説した。〝勇敢なるカルハイドの農民、真の愛国者〟がサシノスの南の国境へ攻め入り、オルゴレインの村を奇襲、焼きうちにし、九人の村民を殺害、死体をエィ河へ投げこんだ。「このような墓をわが国のすべての敵に進呈しよう！」とチベは結んだ。私はこの放送を嶋の食堂で聞いた。あるものは暗い表情で、あるものはまったく無関心に、またあるものは満足そうに聞いていたが、こうしたさまざまな表情に共通しているものが一つだけあった。顔がピクピクひきつることである、以前には決して見られなかった不安の表情。

その夜ある人物が私の部屋にやってきた。エルヘンラングへ戻ってきてからはじめての訪問客であった。ほっそりした体格、なめらかな肌をもった内気そうな人物で、独身者の予言者の印の金鎖を首にかけていた。「わたしはあなたと親しかった人の友人です」彼は内気な人にありがちなぶっきらぼうな口調で言った。「彼のためにお願いにきたのです」

「ファクスのことですか？」

「いいえ。エストラーベンです」

私の好意的な表情がさっと変わったにちがいない。ちょっと間があってから、見知らぬ客は言葉をついだ。「叛逆者のエストラーベン、おぼえているでしょうね？」

怒りが怯懦《きょうだ》を追いはらっていた。彼は私とシフグレソルをたたかわすつもりらしい。それを受けるなら、私はこう言わなければならない。「さあ、どうでしょう。なにかその人のことを話してみてください」しかしそうする気はなかったし、近頃私はカルハイド人のかっと激しやすい気性にもなれていた。私は彼の怒りに刃向かった。「もちろんおぼえています」「しかし友情をもって、ではないですね？」目尻のさがった黒い目が私をひたと見つめる。「そうですね、むしろ感謝と、そして失望をもって、と言ったほうがよいでしょう。エストラーベン卿があなたに頼んだのですか？」

「いいえ、ちがいます」

私は彼の説明を待った。

彼は言った。「すみません。わたしの出しゃばりなのです。出しゃばりはやはりいけませんね」

そう言ってドアのほうへ行きかける肩肘はった小さな体を私はひきとめた。「行かないでください。わたしにはあなたが何者なのか、何を望んでいるのかわからない。わたしは拒絶しているのではありません、ただ同意しなかっただけです。一応の用心は許してください。エストラーベンは、わたしの使命を支持したために追放され――」

「それで彼に恩義を感じているのですか？」

「ええ、いくぶんは。しかしわたしが帯びている使命は、あらゆる個人的な恩義を乗りこえて実行されねばならぬものです」

「そうだとしたら、その使命は道徳に反するものだ」見知らぬ男はきっとして言った。

その言葉が私を押しとどめた。まるでエクーメンの指導者のような口ぶりだった。私はどう答えてよいかわからなかった。

「そうとは思いませんね」と私はようやく口を開いた。「悪いのは使者で、使命そのものではないのです。ところでわたしに何のご用なのですか」

「ここに金があります。地代や貸金の一部で、友人の少しばかり残った財産の中から集めたものです。あなたがオルゴレインへ向かうということを聞いたので、もし彼に会ったらこれを渡していただきたいと思ったのです。ご存じのように、これは違法行為です。また無駄なことかもしれません。彼は、ミシュノリにいるか、あのいまわしい農場のひとつにいるか、あるいは死んでいるかもしれません。それをたしかめる方法もないのです。オルゴレインには友人もおりませんし、またこの土地に、こんなことを頼める人もおりません。あなたなら政治のいざこざとはかかわりなく、行き来が自由にできると思いましたのです。あなたがむろんご自分の政策をもっているとは考えもしませんでした。わたしの愚かさのしからしむるところです」

「ではそのお金を彼にとどけましょう。しかしもし彼が死んでいたり、あるいは見つからなかった場合には、どなたにお返しすればよいのでしょう？」

彼は私をまじまじと見つめた。顔がゆがみ、固唾をのむとすすり泣いた。大方のカルハイド人はすぐに泣く、涙を流すことも笑うことと同じように恥とはしていない。彼は言った。

「ありがとうございます。わたしの名はフォレス。オルグニとりでの住人です」

「エストラーベンの一族の方ですか？」

「いいえ。フォレス・レム・イル・オスボスです。彼のケメルの伴侶でした」

私が知りあった頃のエストラーベンは、ケメルの相手はいなかったが、この人物を疑うことはできなかった。彼はそれと知らずに企みの片棒をかつぐ可能性はあっても根は誠実な人物と見た。それから彼はたったいまある教訓をあたえてくれた。シフグレソルは倫理的レベルでたたかうことができ、その場合エキスパート・プレイヤーが勝つということ。彼は二つの駒で私を追いつめた。彼は金をもってきて私にさしだした。カルハイド大蔵省のまぎれもない紙幣である。私を罪におとしいれる懸念のない、したがって私がそれを使おうとどうしようとだれもとがめるものはいないのだ。

「もし彼に会えたら……」と彼は執拗に言った。

「伝言は？」

「ありません。ただ知りたいのです……」

「では彼に会えたら、彼の様子を知らせましょう」

「ありがとうございます」彼は両手をさしだした。これはカルハイドでは軽々しくはなされない友情を示すゼスチュアである。「あなたの使命が成功するよう祈ります、ミスタ・アイ。彼は――エストラーベンは、あなたが善を行なうためにやってきたと信じておりましたよ。心からそう信じておりましたよ」

　この人物にとってエストラーベン以外にはこの世になにも存在しないのだ。彼は一生に一度恋に身をやつす哀れな人間の一人だった。私はもう一度言った。「彼に伝えることはありませんか？」

「子供たちはみな元気だと伝えてください」それから何事か言いよどんでいる様子だったが、やがて静かにこう言った。「ヌスス、どうでもよいことだ」そして立ちさった。

二日後、北西の道をとり、徒歩でエルヘンラングを出た。オルゴレインへの入国許可は、オルゴレイン大使館の書記たちが言っていたよりも、あるいは彼らが期待していたよりも早くおりた。書類を取りにいくと、彼らはいんぎん無礼な態度で、私のために法規の条項が何びとかの権力によって無視されたことを憤っていた。カルハイドには出国に関する規定はないので私はすぐに出立した。夏のあいだに、カルハイドを徒歩で旅するのは快適であることを知っていた。道路も旅籠《はたご》も、自動車旅行者と同じように徒歩旅行者のためにもよく整備され、また旅籠のない土地では、だれでも歓待のおきてを確実にあてにできた。領地内の町民や村民や農民、あるいは領主は、旅人に三日間は食物と宿を快く提供すべしというおきてがあるのだが、実際は三日といわず何日でもよかった。もっともありがたいのは、それが、大仰な歓迎ではなく、おいでをお待ちしていましたよという控え目で心のこもった歓迎がいつでも待ちうけていることだった。

セス河とエイ河のあいだのすばらしいスロープをうねうねと進みながら、途中、領地の田畑で、二日ほど働いて食費をかせいだ。折から収穫期で、天候が変わらぬうちに黄金の畑の取り入れをすませようと、人手と道具と機械が総動員されていた。一週間歩くうち、天候はおだやかで、行けども行けども見わたすかぎり黄金色だった。夜になると、宿にした暗い農家や炉ばたに火のもえる郷舎などから出て、からからに乾いた刈り株のあいだに足をのばし、風の強い秋の闇の中に、遠くの街の灯のように輝く星を眺めるのを日課とした。

実際のところ、私はこの土地を去りがたかった、人々は、使節には無関心だが、旅人にはとても親切だった。また一からやり直すのは気が進まなかった、いたるところで新しい聞き手に、新しい言葉で私の使命をくりかえし、そしておそらく失敗するかもしれないのに。私は西よりむしろ北へ向かった、シノス渓谷、つまりカルハイドとオルゴレインの紛争の地を見たいという好奇心が私の進路を定めたのである。晴天が続いてはいたが、次第に寒くなってきたので、サシノスに達する前についに進路を西へ転じた。サシノスの国境に柵がめぐらされているのを思いだし、あそこからカルハイドを出るのは容易ではないと気づいたせいもある。この辺はエイ河が両国の境になっている。小さな河だが、大陸の河と同じように氷河が流れこむ急流である。私は橋をさがして数マイルほど後もどりをし、二つの村の境にやってきた。カルハイド側のパッセレル、オルゴレイン側のシウェンシン、この二つの村が、早瀬のエイ河をはさんで、眠たげに顔を見合わせている。

カルハイドの橋番は、今夜戻ってくるかどうか尋ねたきりで手を振って渡れと言った。オルゴレイン側では、私のパスポートと書類を調べるために調査官が呼ばれ、彼は、カルハイド時間で一時間ほど、私の書類をいじりまわしていた。それからパスポートは一時あずかるから明日の朝取りにくるようにと言い、そのかわり、シウェンシンの短期逗留者用宿舎での宿泊と食事の許可《ペルミツソ》をくれた。宿舎の管理人事務所でさらに一時間待たされた。管理人は私の書類に目を通し、許可《パルミツ》の真偽をたしかめるために、いまさっき出てきたばかりの共生区国境事務所の調査官に電話をかけた。

共生委員とか共生区とかいうように翻訳したオルゴレイン語の原語を、私はどう定義づけてよいかわからない。原語の語幹は〃共に食べる〃という意味の言葉である。これは、オルゴレインの国家／政府の全機構、すなわち、三十の郡あるいは行政区を統括する州から、それらを構成する村や町や共有農場、鉱山、工場などにいたるまで適用される。形容詞としても、それらのすべてに適用される。〃共生委員〃というのは、オルゴレイン大共生国の行政、立法機関をつかさどる三十三人の行政区長を意味する。また一方では、これが市民、国民全体をあらわす場合もある。このように、この言葉の一般用法と特殊用法のあいだに明確な使いわけがないというところ、全体と部分の両方に使われるというところ、不明確であるというところに、これのもっとも明白な意味が示されている。

私の書類と私の存在がようやく認められ、四の刻になって、早い朝食をとってからはじめての食事――夕食にありつけた。カディクのおかゆと薄切りの冷たいブレッド・アップル。役人どもが勢揃いしているにしては、シウェンシンの村は質朴な小村で、農村の怠惰に身をゆだねていた。共生地区の短期逗留者用宿舎なるものは長ったらしい名称のわりに簡素だった。食堂にはテーブルが一つと椅子が五脚あるばかりで、火もなかった。食物は村の食堂から運ばれてくる。他に共同の寝室がある。ベッドが六つ、どれも埃だらけで、黴《かび》もあちこち生えている。宿泊者は私だけで、ひとり占めということになった。シウェンシンではだれでもみんな夕食後はすぐベッドにもぐりこむらしいので、私もそうした。耳がしいんと鳴るような田舎の深い静寂に包まれて私は眠りにおちた。一時間ほど眠ったところで、ふと目をました私は、爆発と侵略と殺人と大火という悪夢のまっただなかにいた。

それはほんとうにひどい悪夢だった。真暗な見も知らぬ町で、顔のない人々に追いかけられ、背後では家が燃えさかり、子供たちの悲鳴が聞こえるという悪夢だった。

私はとうとう畑に追いつめられ、黒々した生垣の根もとにあるからからの切り株のあいだに立っていた。どんよりと赤い半月と星が雲間からのぞいている。風は刺すように冷たい。すぐそばに納屋か穀倉のような大きな建物がそそりたっていて、その向こうで火の粉がぱあっと舞いあがるのが見えた。

私は靴下もはかず素足のまま、シャツは着ていたが、半ズボンもはかず、ヒエブも外套も着ていなかった。だが包みだけは持っていた。包みの中には、着がえの服ばかりでなく、ルビーや現金や書類やアンシブルも入っていて、旅のあいだはそれを枕がわりに使っていた。私はえんえんと続く悪夢の中でもそれをしっかりとつかんでいたのだ。包みから靴と半ズボンと毛皮で縁どりした冬のヒエブを取り出し、寒く、静まりかえった暗闇の中でそれを着た。シウェンシンの村は半マイルほど背後で煙をあげていた。それから私は道をさがすことにし、道はすぐ見つかったものの、そこにはほかの人々がいた。私と同じ避難民だが、彼らには行くあてがあった。私はシウェンシンを出ることは出ても、どこへ行くあてもなかったので、彼らのあとについていった。歩いていくうちにわかったのだが、シウェンシンは河向こうのパッセレルからの奇襲にあったのだ。

彼らは襲いかかると火をつけてすぐさま退却した。戦闘はなかった。だがたちまち前方に光があらわれ、暗闇にいるわれわれを照らしだした。あわてて道のはしによけると、二十台のトラックが全速力で西からシウェンシンに向かって走り去った。ライトの閃光と車輪のきしみを二十回、われわれに浴びせかけて走り去った。そしてまた暗闇と静寂がおとずれた。

ほどなく共同農場センターへたどりついたが、ここで制止され訊問を受けた。私はずっとあとをついてきたグループの一人のような顔をしてみたが、このときは運がなかった。彼らも、身分証明書を持っていなかったとしたら、不運なことだった。彼らとそしてパスポートをもたない異国人の私は、みんなから隔離されて、別々の貯蔵庫にほうりこまれた。この貯蔵庫は、だだっぴろい石造りの半地下室で、窓もなく、錠のおりた一枚の扉が、私たちと外界をへだてていた。ときどき扉が開いて、ゲセン製の音波銃で武装した農場警備員が新顔の避難民をほうりこんだ。扉が閉ざされると真暗闇。一条の光もない。視覚のいたずらで、暗闇の中に火花や火の玉がうずまくのが見える。空気はひえびえとして、埃と穀物のにおいがよどんでいた。手燭《てしょく》を持っているものもいない。みんな、私のように寝床から叩き起こされてきた人ばかりだ。文字通りすっぱだかの人が二人いて、この人たちには、来る道々、見かねた人が毛布を貸してやった。彼らは何も持っていない。何か持っているとしたら、それは身分証明書であったろう。オルゴレインでは身分証明書の不所持より、素裸でいるほうがましなのだ。

がらんとしたほこりっぽい暗闇に、みんな思い思いにちらばってすわっている。時おりぼそぼそと話し声がする。共に虜囚の身になったという連帯感もない。不満の声も聞かれなかった。

私の左手でささやく声が聞こえる。

「うちの前の道路で彼を見たよ。頭を吹きとばされていた」

「鉄のかたまりが飛びだしてくる銃を使っていた。攻撃銃だ」

「パッセレルから来たのではなくて、トラックでオボルド領から来たのだとティエナが言っていた」

「しかしオボルドとシウェンシンのあいだには争いはないんだが……」

彼らにはわからなかった。彼らは不平を言わなかった。銃で追いたてられ家を焼かれ、同胞の手で地下倉に監禁されているというのに抗議しようともしない。なぜこんなことにまきこまれたのかと尋ねようともしない。暗闇の中でときおり思いだしたように、のんびりとしたオルゴレイン語のささやきが聞こえ、それにくらべるとカルハイド語は、空かんの中で石ころをころがすような言葉だななどと思っているうちに、それも次第に聞こえなくなった。みんな眠ってしまった。暗闇の向こうで赤児がしばらくむずかって、自分の泣き声におびえて、さらにはげしく泣いた。

扉がぎいっと音を立てて開くと、もう昼であった。まぶしい陽光がナイフのように目に突きささった。よろめきながら外に出て、ただみなのあとについていくと、私の名が呼ばれるのを聞いた。はじめは気がつかなかった。オルゴレインの人はLの発音ができるのである。扉が開かれてからときどき呼んでいたらしい。

「こちらへどうぞ、ミスタ・アイ」赤い服を着たせっかちな人物が言い、私はもう避難民ではなかった。暗い夜道をともに逃れ、暗い部屋で一夜を共にした無名の人々、身分証明書をもたぬ人々とは別にされたのである。私は名を呼ばれ、身分を認められた。私は存在した。心からほっとする思いだった。私はよろこんで案内者にしたがった。

共生区農場センターの事務所は混雑をきわめていたが、私のために時間をさいてくれ、昨夜の不手際を詫びた。「シウェンシンの共生区へ入りなさらなかったら」と太った調査官は嘆息した。「ふつうの道を来ておられれば！」彼らは、私が何者であるか、なにゆえこのような特別扱いをするのか知らなかった。彼らの無知は明らかだが、いずれにしても変わりはない。使節ゲンリー・アイは貴賓として待遇されるべし。彼はゲンリー・アイだ。正午には第一共生区の東コムスバショムの共生農場センターがどうぞご随意にとさしまわしてくれた車でミシュノリへ向かっていた。新しいパスポートと、行く先々の短期逗留者用宿舎のフリーパスと第一共生区の通関道路港湾委員のウス・シュスギスのミシュノリの邸へ招待するとの電報をたずさえて。

小型自動車のラジオはエンジンに直結しているので車が走っているあいだ鳴っている。東オルゴレインの柵のない（家畜のいない）、川の多い広大な穀倉地帯を走りながら私はラジオをずっと聞いた。ラジオは天候、作柄、道路状況などを刻々知らせてくれる。運転を慎重にと注意してくれる。三十三の共生区のあらゆるニュース、あらゆる工場の生産状況、あらゆる港の荷役情報を知らせてくれる。ヨメシュの聖歌が流れ、天気予報が入る。エルヘンラングの熱狂的な放送を聞いてきた耳には、まことにのんびりとしたものである。シウェンシンの奇襲事件にはまったく触れられなかった。オルゴレインの政府は明らかに人心を刺激せぬようにと配慮している。簡単な政府公報が東部国境の秩序は保たれているとくりかえし伝えるだけだった。これはいいと思う。人民を煽動せず人心を安定させる、ゲセン人のすばらしい特性だとかねがね思っていたあの冷静なタフネスがうかがわれる。秩序は保たれるだろう……いまにして思うとカルハイドを出たことはよかったと思う。偏執狂の妊娠中の王と病的な自信家の摂政によって暴力国家へと変貌しつつあるあの狂った国から逃げだしたのは。時速二十五マイルのスピードで、おだやかな灰色の空のもと、秩序を信じているこの国の首都に向かって、きちんと整備された広大な畑のあいだを走っていくのはうれしかった。

道路にはいたるところに標識があり（標識は皆無で、人に訊くか自分で推測するしかないカルハイドの道路とは大ちがい）、これこれの共生区分区の検問所で停車するようにという指示がかかげてある。これらの検問所では、各人は身分証明書を提示しなければならず、通過が記録されるのである。私の証明書は、どこでもすぐに検査がすみ、ていねいに送りだされ、もし食事したり宿泊したい場合は、この先何マイルぐらいのところに短期逗留者用宿舎があるというようなことを懇切に教えてくれる。時速二十五マイルのスピードでは〈西の滝〉からミシュノリまではかなりの道のりで、二晩を費やした。宿舎の食事はまずいが量はたっぷりで、部屋もまあまあだったが、ひとりになれないのが玉にきずだった。それでも同宿の人々の寡黙さのおかげで、それほどわずらわされずにすんだ。宿では知己になる人もいなかったし、会話らしい会話もかわせなかった、何度か話しかける努力をしたのだが。オルゴレイン人は無愛想ではないが好奇心に欠けている。淡々として、落ち着いていて控え目だ。私は彼らが好きだ。カルハイドでは二年間、あくの強い、激しい気性の人々とつきあって過ごした。変化はありがたい。

クンデレル河の東の堤に沿って走り、オルゴレインでの三日目の朝、この国最大の都ミシュノリに着いた。

秋のしぐれの合間、朝の白々した光の中に、奇妙な姿の街がうかんでいた。のっぺりした石壁、高いところについている細長い窓、人を小人のように見せる広い道路、とほうもなく高い電柱についている街路灯、屋根はお祈りのために組みあわされた手のように急な傾斜で、地上十八フィートのあたりの壁から使い道のない本棚のように庇《ひさし》が突きだしている——といった不均衡なグロテスクな市街が朝日に照らしだされている。これは日光のために建てられた街ではない。冬のために建てられた街だ。冬になって道路が、かたく踏みかためられた十フィートもの積雪の下に埋もれるとき、傾斜した屋根が氷柱にふちどられ、庇の下には橇が止まり、細長い窓が降りしきるみぞれの中で黄色にかがやくとき、人々はこの街の適合性を、均衡と美を見いだすだろう。

ミシュノリの街はエルヘンラングよりも大きく清潔で明るく開放的で堂々としている。クリーム色の石の巨大なビルが林立し、それらのシンプルな威厳をもつビル群は、幾何学的に配列され、その中に事務所や共生中央委員会の各役所や、国によって布教活動が行なわれているヨメシュ教の大寺院などがおさまっている。雑然とした感じやゆがめられた感じがなく、エルヘンラングのように、なにか高く暗いものの下にいるという感じがない。すべてがシンプルで壮大で秩序正しい。まるで暗黒時代から抜けだしたような思いで、カルハイドで二年間も無駄にしなければよかったと思った。この国はエクーメン連合に加入する下地がすでにととのっているように見受けられる。

　しばらく市内を走りまわったのち、車をしかるべき地区事務所へ返し、第一共生区入国道路港湾委員の邸へ歩いていった。この招待が要請なのか、あるいは丁重なる命令なのかはっきりしない。ヌスス。私はエクーメンの主旨を伝えるためにオルゴレインへやってきたのだし、話をはじめるならここからであっても同じことだ。

　オルゴレイン人の沈着さと自制心に関する私の先入主はシュスギス委員によって裏切られた。彼はにこやかな笑顔で大声をあげ、カルハイド人なら激情の発作のときにだけとっておくような身振りで私の両手をとり、まるで私のエンジンに点火するといわんばかりに私の腕を上げ下げして、親愛なる世界エクーメンのゲセン駐在大使への挨拶の言葉を述べたものだ。

　これは意外だった。いままで私の身分証明書をしらべた十二、三人の調査官たちは、ただの一人として、私の名前や、使節とかエクーメンとかいう呼称に関心をよせたものはいなかった――こうした呼称は、私が会ったすべてのカルハイド人には、漠然としたなじみのあるものだったのだが。そこで私は、カルハイドは、私に関する情報をオルゴレインの放送局にはいっさい流さず、国家機密にしていたのだろうと推測していたのである。

「大使ではありません、ミスタ・シュスギス。わたしは単なる使節です」

「では未来の大使です。そうですとも、メシェにかけて！」シュスギスはたくましい体格の陽気な感じの人物で、私を頭のてっぺんからつま先までじろじろ眺めて、哄笑した。「わたしが想像していたのとは大ちがいですな、ミスタ・アイ。まるでちがう。街灯みたいに背が高いとか、橇の板みたいに細いとか、聞いたこともありますよ、煤みたいにまっくろけだとか、あがり目だとか——氷の鬼か、怪物かと期待しておったのですが、とんだ予想はずれだ。ただわれわれよりちょっと色が黒いだけですな」

「土の色ですよ」と私は言った。

「で、あなたは、シウェンシンが襲撃された晩にあそこにおられたのですな？　まったく物騒な世の中ですよ。ようやくここまでたどりつきながら、エイ河にかかる橋の上で殺されかかるとは。いや、はや！　よくおいでになりました。大勢の人間があなたに会いたがっています、お話を聞きたがっていますよ。オルゴレインへやっとおこしくださったことをよろこんでいますよ」

彼は否も応もなくすぐさま、彼の邸の一室に案内してくれた。富裕な高官である彼は、カルハイドの大領の領主といえども足もとにも及ばないような暮らしをしている。シュスギスの邸は一つの嶋であり、百人にのぼる雇人、召使い、書記、技術顧問などが住んでいる。親類縁者はまったく含まれていない。郷と領の複合家族は、共生社会においては、辛うじて存在するが、オルゴレインにおいては数百年前に、すべてが国有化されている。一歳以上の子供は、その親、ないしは両親とは生活を共にせず、すべてが共生郷で育てられる。家系による階級はない。個人の遺産は認められない。遺産は国家に遺すのである。すべての人間が平等にスタートする。だが見たところそのようにはいっていない。シュスギスは金持である、富を気前よく使う。私の部屋は惑星〈冬〉へ来て以来見たこともないような贅沢なものだった――たとえばシャワーだ。燃料の十分蓄えられた暖炉もあれば電気ヒーターもある。シュスギスは笑った。「みなの意見では、使節はできるだけあたたかにしてさしあげろということでしてね。なにしろ暑い、天火のような世界からおいでになったのだから。この寒さには耐えられないと申しましてね。身ごもっている者を扱うように、寝台には毛皮を部屋にはヒーターを、洗面の水はあたためて、窓は閉めるようにと！　これでよろしいでしょうか？　居心地はよろしいでしょうか？　ほかに入用のものがあったら言ってください」

居心地はよろしいでしょうか！　カルハイドでこのような質問をした者は一人もいなかった。

「ミスタ・シュスギス、まるでわが家にいるような気分です」私は心から言った。

ペスリの毛の毛布をもう一枚ベッドにかけさせ、暖炉に薪をくべさせるまで彼は満足しなかった。「よくわかりますよ」と彼は言った。「わたしも身ごもっていたときは、どうしてもあたたかになりませんでしたからね――足は氷のように冷たく、冬のあいだじゅう火にあたりどおしでした。むろん昔のことですが、思いだしますよ！」――ゲセン人はだいたい若いときに子供を生んでしまう。二十四ぐらいになると避妊薬を使うので、四十ごろには女性期の生殖能力がストップしてしまう。シュスギスは五十代だから〝むろん昔のこと〟であるが、若い母親の彼を想像するのはたしかに容易ではない。冷静で抜け目のない陽気な政治家であり、彼の親切は、自分の利得のためであり、彼の関心は自分自身である。こういうタイプは人類全般に見受けられる。地球《テラ》で、そしてハインやオルールでこういう人物に会ったことがある。きっと地獄でも会うだろうと思う。

「わたしの外見や好みなどにおくわしいですね、ミスタ・シュスギス。うれしいですね。わたしの評判がわたしより先に届いているとは思いませんでした」

「そう」彼は私の言葉を完全に理解した。「カルハイドの連中は、あなたをエルヘンラングの雪の吹きだまりに埋めてしまいたかったのではありませんかね？　それで彼らはあなたを解きはなした、あなたを自由にした。そこでわれわれは悟ったのですよ、あなたがカルハイドの狂人のたわごとではなくて、実体のあるものだということに」

「よくわかりませんが？」

「アルガーベンとその輩下の者たちがあなたを怖れていたからですよ、ミスタ・アイ――あなたを怖れていたので、よろこんであなたを追いはらったのですよ。あなたの扱いをまちがったり、あなたを沈黙させてしまった場合の報復を怖れていたのです。宇宙からの報復を！それであえてあなたに指を触れなかったのです。そしてあなたの口を封じるように仕向けた、なぜならば彼らはあなたを怖れ、あなたがゲセンにもたらすものを怖れたからです」

これは誇張である。少なくともエストラーベンが権力の座にいたあいだは、私はカルハイドのニュース放送から閉め出されたりはしなかった。しかしオルゴレインでは私に関するニュースはなぜか一般に流されていないのではないかという印象を私はすでにもっていた。シュスギスは私の疑いを裏づけた。

「ではあなた方は、わたしがゲセンにもたらすものを怖れてはいないのですね？」

「ええ、怖れてなんかいませんとも！」

「わたしはときどき怖ろしくなりますが」

私のこの言葉を彼は笑いとばした。私は言葉を粉飾しなかった。私はセールスマンではない。未開人に進歩を売りにきたのではないのだ。使命を実行するにあたっては虚心な相互理解のもとに対等に話しあうべきである。

「ミスタ・アイ、あなたに会いたがっている人は大勢います。大物、小物を問わず、彼らのうちのあるものとは、あなたも話しあいを望まれると思いますよ、実力者たちですからね。わたしはあなたをこの邸へお迎えしたいと申し出たのですよ。わたしの邸は広いですし、それにわたしは領主でも商人でもない、単に義務を遂行する委員という身分の中立者ですからね。あなたをお泊めしているからといってだれもとやかく申しませんわい」彼は笑った。

「よろしかったらいつまでもご滞在ください」

「お委せしますよ、ミスタ・シュスギス」

「では今晩、バナケ・スロセと夕食をおつきあいください」

「クウェラの共生委員ですね——第三共生区の？」むろん、ここへ来る前にいろいろと下調べはしてきた。あなたのお国のことなら何事によらず勉強させていただくというわたしの謙虚さを彼はおおいにほめそやした。この国の作法はカルハイド流とはだいぶちがう。あの国では、このようにわたしをほめそやすのは、己れのシフグレソルを下げるか、あるいはわたしのシフグレソルを侮辱することになるかどちらかなのだ。私にはどちらかよくわからないが、しかしどちらかを侮辱することになるだろう——じっさいのところ、あらゆることが人を侮辱することになるのだ。

シウェンシンの奇襲のあった夜、エルヘンラングで作らせた極上の服を失ってしまったので、夕食会に着る服をととのえねばならなかった。そこで午後から国営タクシーで繁華街へ出て、オルゴレインの衣裳をととのえた。ヒエブとシャツはカルハイドと同じだが、半ズボンのかわりに彼らは一年中太ももまでのレギンスをはいている。これがぶかぶかでまことに厄介なしろものだ。色は派手な青か赤、服地も裁断も仕立もいささかお粗末である。すべてが規格化された仕事だった。これらの衣裳は、強烈な印象をあたえる壮大な都に欠けているものを暗示している。優雅さだ。優雅さは文明の進歩のために支払う小さな代償だが、私は喜んでその代償を支払った。シュスギスの邸にもどると熱いシャワーを心ゆくまで浴びた。肌をさす霧のような湯が四方八方から噴きだしてくる。去年の夏、がたがた震えながらつかった東カルハイドの冷たい銀製の浴槽や、エルヘンラングの下宿の氷のはった洗面台を思いだす。あれは優雅さだったのか？　快適さ、万歳！　けばけばしい赤い衣裳を着て、シュスギスの運転手つきの私用車でシュスギスとともに夕食会へおもむいた。オルゴレインはカルハイドより召使いも多くサービスも行きとどいている。これはオルゴレイン人民のすべてが国家の雇員であるからだ。国家はすべての人民に仕事を与えねばならない。これはいちおう納得のゆく解釈だ。経済面についての解釈が往々そうであるように、この解釈も別の観点からみれば重要な点を見落としているようにも思える。

　スロセ共生委員の邸宅、煌々と明るい、天井の高い白の大広間にはすでに二、三十人の客がつめかけており、三人の共生委員とともに、みな明らかに各方面の有力者ばかりだ。これは単に〝異人〟を見ようという好奇心にもえた野次馬の集まりではない。私は好奇心の対象ではなかった、カルハイドでの一年間はずっとそうだったが。珍奇な見世物でもないし、謎でもない。どうやら私は扉を開ける鍵であるらしい。

　私はどのような扉を開けることになるのだろう？　彼らのあるもの、私に礼をつくして挨拶をした政治家や高官たちは、それについてある考えをもっていたが、私はなにももっていなかった。

　夕食のあいだはこの答を見つけるわけにはいかなかった。惑星〈冬〉では、氷原の原始民族ペルンテルでさえ、食事中に仕事の話をするのは非常に下品なこととされている。料理がつぎつぎと出されるので、私は質問をあとまわしにし、ねとねとした魚のスープをせっせと口にはこびながら、この家の主人や客に注意をはらっていた。スロセは痩身の若々しい人物で、明るい輝く目と低いはりのある声の持ち主だ。理想家、篤実な人物という風貌である。その態度は好感がもてるが、彼が何に身を捧げようとしているのか見当がつかない。その左にもう一人の共生委員がすわっている。オブスレといい、顔の丸々とした人物。でぶで愛想がよく好奇心が強い。スープを三口ほど吸ってから私に向かってこう質問した。いったいぜんたいどこで生まれたのか――そこはどういうところか――ゲセンより暖かいそうだが、どのくらい暖かいのか。

「そうですね、地球ではここと同じ緯度の地域は雪が降りません」

「雪が降らない。雪が降らないって？」彼はさもおもしろそうに言った、まるでそいつはおもしろい嘘だ、もっとそういう嘘をつけとそそのかす子供みたいだった。

「地球《テラ》の亜北極帯はここの居住地域に似ています。われわれの惑星のほうが、だいぶ以前に最終氷河期を経ていますが、終わってはいません。地球とゲセンは根本的なところは似ています。人間が居住可能の世界はみんな似ていますよ。人間はごく限られた環境の中にしか住めませんからね。ゲセンはその極限で……」

「ではあなたの世界より暑い世界があるのですね？」

「多くがより温暖です。暑いところもありますね、たとえば、グデのように。あそこはほとんど砂と岩の砂漠ですから。はじめはやはり温暖でしたが、五、六万年前、横暴な文明が、自然のバランスを破壊し、森林を炎上させ荒廃させてしまったのです。人間が住んではいますが――〈教典〉についてわたしの解釈に誤りがなければ――盗人が死後に行くというヨメシュ教の空想の世界に似ていますね」

この話はオブスレの顔をほころばせた。おだやかな、満足そうな笑みであり、それがこの人物に対する私の評価をとつぜん変えた。

「ヨメシュ教の熱心な信徒は、後生の世界が、実際に、物理的にこの宇宙のどこかの星に存在していると信じていますよ。そのような考えはご存じでしたか、ミスタ・アイ？」

「いいえ、わたしについてはいろいろと説明が試みられているようですが、まだ亡霊として片づけられたことは一度もありません」そう言って私はなにげなく左の方を見たが、そのときまさに私は亡霊を見たのだ。黒っぽい服を着てまるで影のように私のすぐそばにひっそりとすわっている。宴会にあらわれた亡霊。

オブスレの関心は隣人に注がれており、一座のほとんどの人が上座にいるスロセの話を聞いていた。私は小声で言った。「こんなところでお会いするとは夢にも思いませんでしたよ、エストラーベン卿」

「予期せぬことがあればこそ人生があるのですよ」と彼は言った。

「あなたにお渡しするようにと託されたものがあります」

彼は怪訝《けげん》な顔をした。

「金です――あなたの金です――フォレス・レム・イル・オスボスがわたしに託しました。シュスギスさんの邸に置いてあります。のちほどお手もとに届くようにしましょう」

「それはご親切に、ミスタ・アイ」

表面は平静だが、零落の色はかくせない——異国の地で機智に頼って生きのびている亡命者。私と話したくない様子で、私も話さずにすむほうがありがたかった。座談のはずむ長たらしい夕食会のあいだ、私の関心はもっぱら、私に近づこう私を利用しようという一筋なわではいかない有力者たちに向けられてはいたが、私の心はたえず、彼を、彼の沈黙を、そむけられた黒ずんだ顔を痛いほど意識していた。そしてこんなとほうもない考えがちらりと頭をよぎったのだ、むろん根も葉もないこととすぐに打ち消した。つまり、私は自分の自由意志で、共生委員たちと焼き魚を食べにミシュノリへ来たのではない、また彼らが来るように仕向けたのでもない、彼が、エストラーベン卿が、そう仕組んだのだと……

9　叛逆者エストラーベン

東カルハイドの民話。トボルド・チョルハワがゴリンヘリングにおいて語り、G・Aが記録。これはさまざまな言葉に翻訳され、これをもとにした〈ハベン〉劇はカルガブ東部の移動劇団のレパートリーとなっている。

むかしむかし、カルハイドを一つの王国になされたアルガーベン一世の御代よりも前のこと、ケルム国のストク領とエストレ領のあいだに血なまぐさい争いがございました。争いは三代にわたり、焼き打ちやら闇打ちやらが相つぎましたが、それをおさめる手だてはありませなんだ。なにせ不和のおこりは領地争いでしたによって。ケルム国には豊かな土地は乏しゅうて、国が誇るものと申したら、ただ国境線の長さばかりでござりました。それにケルム国の領主たちはみな権勢欲の強い、気短《きみじか》なお方ぞろいでしたから、たえずいまわしい影が国をおおっていたのでござります。

ある日のこと、エストレのご領主がお生みなされたお世継ぎの若様が、イレムの月にペスリ狩りに行くと申されて〈氷の足湖〉をすきいでお渡りなされましたが、氷のもろいところに乗られて湖中に落ちなされたのです。やや厚い氷のはしに片方のすきいをひっかけそれを足がかりになされ、ようよう這いあがられたものの、水の中にいるのと同じくらいひどい有様でございましたと。なんせ体じゅうぬれねずみのうえに、折からクレム(原註)で日もはや暮れかけておりました。三里もはなれたエストレへはとうていたどりつけそうにもございませなんだ。そこで湖の北岸にあるエボスの村へとおはこびなされたのです。夜になりますと氷河のほうから霧がわいて湖面をすっぽりおおってしまいましたので、行手はまるきり見えませぬ、すきいをどちらへ向ければよいのやら。もろい氷を用心しながらゆるゆると進みなされるのでございますが、気ははやります、なんせ寒気は骨のずいまでしみとおり、いまにも動けなくなるのではないかと思われるほどでしたから。ようよう霧のむこうに灯が見えましたので、すきいを脱ぎなされました。湖岸の残雪はまだらで、とても滑れるような有様ではございませなんだ。両足はもう体を支える力を失っておりましたが、若様は死にものぐるいで灯のほうへ這いなされました。いつのまにやらエボスへ行く道からはずっとそれております。ケルム国のどこの森にも生えているソレの木の林に小さな家がひっそりと立っております。家のまわりには、屋根ほどの丈のソレの木がびっしりと生えているのです。若様は両手で戸をたたき大声で呼ばわりなさると、戸があいて人が顔をだし、若様を火の燃える家の中へとかかえこみました。

原註　華氏零度からマイナス二十度までの湿っぽい天気。

家にはその者が一人きりでございました。その者はエストラーベンの衣服を、がちがちに凍りついた衣服をお脱がせ申して、素裸のまま二枚の毛布のあいだにお寝かせ申し、おのが身のぬくもりでエストラーベンの冷えきった手足や顔をあたため、熱いびいるをお飲ませ申したのでございます。若様はようよう人心地がつきなされ、助けてくれた者の顔をあらためてごらんなされました。

はじめて見かけるお人で、若様と同じくらいの年かっこう。お二方は目を見あわされました。お二人とも、目鼻だちのととのったお顔だち、すらりとしたたくましいお体、浅黒いお肌をおもちでございました。ケメルの情炎が、お相手の目に燃えているのにエストラーベンは気がつかれました。

若様は申されました。「わたしはエストレのアレク」

相手のお方も申されました。「わたしはストクのセレム」

すると若様は弱々しい笑みをうかべられて申されました。「わたしを殺すためにわたしの命をたすけてくださったのか、ストクベン？」

相手のお方は、「いいえ」と申されました。

そして片手をさしだされエストラーベンのお手に触れられました、まるで霜がとけたかどうかとたしかめる風情でした。エストラーベンはまだケメルの一日ほど前でしたが、その手に触れられますと、身うちにかっと火がもえあがる心地がなされたのでございます。しばらくのあいだ身動きもなされず、じっとお手を触れあったままでおられました。

「わたしたちの手はぴったり同じです」とストクベンは申されて、エストラーベンのお手に、おのが手を合わせられ、そのお言葉の真意を示されたのでございます。お二人のお手は、大きさといい形といいぴったりと同じで、まるで一人のひとが両手をぴたりと合わせたようでございました。

「わたしはあなたにはじめて会ったのに、わたしたちは宿命の敵なのです」とストクベンは申され、立ちあがり、炉の火をかきたて、ふたたびエストラーベンのかたわらへおすわりなされました。

「わたしたちは宿命の敵です」とエストラーベンは申されました。「わたしはあなたとケメルの誓いを結びたい」

「わたしもです」とそのお方も申されて、お二方はケメルの誓いを結ばれました。ケルム国では昔も今も変わりなく、ケメルの誓いは破ってはならぬもの、裏切ってはならぬものでござりました。その夜も、そしてあくる日もあくる晩も、お二方は凍った湖のほとり、林にかこまれた小屋でおすごしなされました。あくる朝ストクから、数人の者がこの小屋をおとないました。その中にエストラーベンのお顔を見知っている者がおったのでございます。その者は、ものも言わずにいきなり短刀をひきぬき、ストクベンの目の前でエストラーベンの喉と胸を突き刺しました。若様は冷えきった炉の前の血だまりの中にうつぶせにお倒れなされてこときれたのでございました。

「これはエストレの世継ぎです」と人殺しは申しました。

ストクベンは申されました。「このおかたをおまえの橇にお乗せ申し、エストレへお連れ申し、ねんごろに葬ってもらうように」

そしてストクへ戻られました。一方あの者たちはエストラーミンの御亡骸《なきがら》を橇に乗せて出発したのですが、エストレまで運ばず、ソレの林の奥深くで獣の餌となれとうち捨てその晩にストクに立ちもどりました。セレムは生みの親であるハリシュ・レム・イル・ストクベン卿の御前でその者たちに申されました。「わたしの言いつけどおりにしたか？」その者たちは、「はい」と答えました。するとセレムは、「嘘だ。おまえたちがエストレへ行ったのなら、生きてかえれるものか。この者たちはわたしの命令に背き、背いたことを隠すために嘘をついたのです。この者たちを追放してください」と申されますと、ハリシュ卿はその願いをみとめられ、その者たちは郷とその支配より追放されたのでございます。

その後まもなくセレムは領を出られました。しばらくロセレルとりでで暮らしたいと申され、その後一年はストクへお戻りなされませんでした。

さてこちらエストレ領では、領民たちがアレクさまをさがし求め、山や野をかけずりまわりました。ついに見つからぬとなりますと、人々は深く歎きかなしみました。夏がきても秋がきても歎きはいよいよつのるばかり、なんせあのお方はご領主さまのひと粒種でございましたから。しかしセルンの月の末、冬がどっかりと腰をおろすところに、あるお方がすきいで山をのぼってまいりまして、エストレの関所の番人に毛皮の包みを手わたし、「これはセレムです。エストレのお世継ぎの、そのまたお世継ぎです」と申されました。そしてまた水面《みなも》をぴょいぴょいとびこえる小石のように山をくだられて、番人がなにを問うまもなく姿を消してしまわれたのでござります。

毛皮の中には生まれたばかりの赤児が入っておりまして、さかんに泣き声をあげております。番人は領主のソルベ卿のもとへその赤児をおとどけして、見知らぬ者の言葉を伝えたのでござります。老いこまれた領主さまはその赤児のお顔に亡き若様の面影をしのばれたいそうお悲しみあそばされました。ご領主さまはそのお子様を内郷《ないごう》のお子として育てるよう、セレムと名づけるようにとお命じなされました。セレムという名は、エストレ領ではたえて用いられぬ名でござりましたが。

お子はすくすくとご成長あそばされました。生来無口なお方でござりましたが、亡きアレクさまの面影をどことなく宿しておられました。ご成人あそばされると、ソルベ卿はこのお方をエストレのお世継ぎに名指されたのでござります。ところがソルベ卿のお外腹のお子様たちはそれを快くお思いになられませんでした。なにせいずれ劣らぬ強者《つわもの》ぞろいでおいであそばして、永いこと領主の地位を狙っておいでになったのでござります。お子様がたは、イレムの月におひとりでペスリ狩りにおでかけなされたセレムの若様を待ち伏せしたのでござります。だが若様は武器をたずさえておられ、用心も怠りなさらなかった。雪もとける陽気で〈氷の足湖〉は濃霧がたちこめておりましたが、その中で、若様は、二人の兄君を射ち殺され、残るおひと方とは短刀と短刀でわたりあわれ、お胸やお首に深傷《ふかで》を負われながらも、ついに刺し殺しておしまいになりました。氷上の霧の中、兄君方の御亡骸のかたわらに立たれた若様は、いつしか夜がおとずれたことにお気づきになられたのでございます。傷口からはとくとくと血があふれ、次第に弱ってまいられましたが、エボスの村までどうしてもたどりつこうと死にものぐるいでお歩きなされました。あたりはますます暗くなり、とうとう道に迷っておしまいになり、いつのまにやら湖の東岸のソレの林の近くへたどりつかれたのでございました。うち見たところ一軒の荒れはてた小屋がございまして、中へお入りなされましたが、もうすっかり弱りはてて、火をたく力もなく、傷口の血を止める気力もございませんで、炉ばたの冷たい石の上に倒れておしまいになりました。

そのとき暗闇から人影があらわれまして、戸口で立ちどまりますと、炉ばたの血だまりの中に伏せておられる若様をじっとうち眺める様子。それから若様のお怪我に気づくと大急ぎで中へ入ってきて、古ぼけた簞笥から毛皮の毛布をとりだし、火をたき、傷口をお洗い申し、包帯を巻いてさしあげました。若様がお目を開かれじっと見つめられているのに気づくと、その者は名乗りをあげました。「わたしはストクのセレム」

若様は名乗りをあげられ、「わたしはエストレのセレム」と申されました。

お二方はしばらく黙っておられましたが、やがて若様がにっこりとほほえまれて申されました。「あなたはわたしを殺すために、包帯をしてくれたのですか、ストクベン？」

「いいや」とその翁《おきな》は申しました。

エストラーベンはおたずねになりました。「どうしてストクの領主が、この敵地にたったひとりでおいでになったのですか?」

「ここへはときどきくるのです」とストクベンはお答えになりました。

そして若様の心臓の鼓動と熱いお手とに気づかれ、エストラーベンのお手におのが手をお合わせになったのでございます。お二方のお手は、まるで一人の人間の手のように、それぞれの指がぴたりと合わさりました。

「わたしたちは宿命の敵だ」とストクベンは申されました。

エストラーベンはお答えになりました。「わたしたちは宿命の敵です。しかしわたしはあなたに会ったおぼえはない」

ストクベンはお顔をそむけられました。「わたしはずっと昔、おまえとここで会ったのだ。どうか両家のあいだに平和がくるようにと願っている」

「あなたと和平の誓いを結びたいと思います」とエストラーベンは申されました。

そこでお二方は誓いをかわされ、それ以上は語らいもなされず、傷ついた若様はお眠りになりました。朝になりますとストクベンのお姿はなく、入れかわりにエボスの村の者たちがやってまいり、エストラーベンをエストレのお館へお運び申したのでございます。すっかり老いこまれたご領主のご意志に、湖上のお三方の血であがなわれた正義に、だれも不服をとなえるものはありませんでした。ソルベ卿がおかくれあそばすと、セレムさまはエストレのご領主におなりあそばしたのでございます。その年のうちに、代々つづいた争いをおやめになり、争いの種でございました領地の半ばをストク領におゆずりあそばされました。しかし若様は、血のつながるご兄弟を殺されたがゆえに、叛逆者エスーラーベンと呼ばれるようになりました。セレムというお名はいまもなお、かの領のお子様たちに受けつがれているのでございます。

10　ミシュノリでの対話

　翌朝、シュスギスの館の一室でおそい朝食をとりおわったとき、電話がつつましやかに鳴った。スイッチを入れるとカルハイド語の声がきこえた。「セレム・ハルス・エストラーベンです。お邪魔してもよろしいか？」

「どうぞ」

　私はさっそく決着のときが来たのをよろこんだ。エストラーベンと私のあいだに好ましい関係が存在するはずはない。彼の失脚と追放は名目上は私のためであるが、それに対して私が責任をとれるわけでもないし、また負い目もない。エルヘンラングでの彼は己れの行動や動機を決して明らかにしなかった。したがって私は彼を信頼することができない。私を迎えいれてくれたオルゴレインの人々と彼が関係をもっているのは好ましくなかった。彼の存在は情況を紛糾させ私にとっては迷惑千万である。

　彼は大勢いる召使いのひとりに案内されてきた。私はふかふかした大きな椅子をすすめ、朝のビールをすすめた。彼は辞退した。彼の態度にぎごちなさはなかったが――彼に恥じらいというものがあったとしたら、それはとうの昔どこかへ置き忘れてきてしまっていた――

しかしみずからを抑制している。ためらいがちで、冷ややかな素振りだった。

「今年はじめての雪らしい雪ですね」と彼は言い、私がおどろいて厚いカーテンをおろした窓に視線を走らせるのを見て、「おや、まだ外を見ていなかったのですね？」と言った。

なるほど窓の外を見ると、雪が風にのってくるくると舞いながら、道路や白くなった屋根に降りつもっている。夜のうちに二、三インチほど積もったのである。オダルハド・ゴル、すなわち秋の一の月の十七日であった。「早いですね」一瞬私は雪の魅力にひきいれられた。

「今年は厳冬だという予報ですよ」

私はカーテンを開けたままにしておいた。窓からさしこむ陰鬱な光線が彼の浅黒い顔を照らしだした。前よりも老けたように見えた。エルヘンラングの王宮で、紅隅館の前で別れてからさまざまな辛労があったのだろう。

「これがあなたにわたしてほしいと頼まれたものです」私は、彼の電話を受けてからすぐ出しておいた薄革にくるんだ金包みをさしだした。彼は受けとると丁重に礼を言った。私は腰をおろさなかった。彼は金包みを持ったまますぐに立ちあがった。

私の良心はチクチクと痛んだが、あえてなでさすろうとは思わなかった。もう二度と来てもらいたくなかった。それが彼への侮辱であるのは遺憾だが。

彼はまっすぐに私を見つめた。私より背が低く、むろん足も短いし、小づくりで、わが種族の女性の背丈にも及ばない。だが私を見るときは見あげるような感じはない。私は彼の視線を避けた。そしてテーブルの上のラジオをさも興味ありげにいじりまわした。

「そのラジオの言うことをみな信じるわけにはいきません」と彼は明るい声で言った。「しかしこのミシュノリでは、正確な情報と助言が必要になるでしょう」

「供給者はいくらでもいるようですよ」

「数は多いほどよろしい、ええ？　一人より十人のほうが信頼できるというものです。おや、申しわけない、カルハイド語でしゃべってはいけないのだ」彼はオルゴレイン語に変えた。

「追放された者は母国語を使うべきではありません。彼らが使うととげとげしく聞こえます。この国の言葉は叛逆者にふさわしい。砂糖のシロップのように歯のあいだからしたたります。ミスタ・アイ、わたしはあなたに礼をいう権利はありますよ。わたしとわたしの旧友、ケメルの伴侶のアシェ・フォレスのためにしてくださったことに対し、彼とわたしの名において、その権利を主張します。わたしの感謝の気持を忠告の形でお伝えいたしましょう」彼はいったん口をつぐんだ。私は無言だった。彼がこのような不自然な四角ばったもの言いをするのを聞いたことがなかったので、それが何を意味するのか見当もつかなかった。彼は言葉をついだ。「あなたは、ミシュノリでは、エルヘンラングにいたときとはちがう存在です。あちらではあなたのことをああ言った、しかしここではそうではない。あなたは派閥争いの道具です。彼らにどう利用されるか、充分注意なさるように忠告します。どの党派が敵なのか見きわめるのが肝心です。そして見きわめがついたら、相手がだれであろうと、ぜったいに利用されてはなりません。どうせいいことに利用するはずはありませんからね」

　彼は口をつぐんだ。私がもっと具体的に話してほしいと言いかけると彼は、「さよなら、ミスタ・アイ」と言って立ち去った。あとに残された私は呆然としていた。まるで電撃のようだった——すがりつくものはなにもなくなにが襲ったのかわからなかった。

彼は、朝食を食べていたときの平和で満ちたりた気分をぶちこわしてしまった。私は細い窓に寄って外を眺めた。雪はいくらか小降りになっていた。それでも白い塊りや房になって舞いおちるさまは美しい。私の生まれ故郷のポーランドの緑のスロープを春風が吹きわたるころ、私の生れ故郷の果樹園の桜が花吹雪を散らすのを見るようだ。地球、あたたかな地球、春になれば木々に花を咲かせる地球、私はたちまちどうにもならないホームシックにかかり、気がめいった。この忌まわしい星で過ごすことすでに二年、そして三度目の冬が秋の訪れを待たずにはじまっていた——来る日も来る月も容赦ない寒さとみぞれと氷と風と雨と雪、寒い、屋内も寒い、戸外も寒い、骨まで、骨の髄まで刺しとおすような寒さがいく月もいく月もつづく。しかもそのあいだ私は、異星人として、信じる人もなく、孤独にたえねばならないのだ。かわいそうなゲンリー・アイ、おまえのために泣こうか？　エストラーベンが眼下の通りへ出ていくのが見える。どんよりと鉛色がかった雪の世界に、黒っぽい短軀がうかびあがる。あたりを見まわし、ヒエブのゆるんだベルトをしめなおす——外套は着ていない。そして歩きだす、きりっとした優雅な、敏捷な身のこなし、それがまるでいまこの瞬間ミシュノリにいる唯一の生き物のように思われる。

私はあたたかな部屋のほうに向きなおった。快適さもいまは重苦しく味気ないものに変わった。ヒーターもふかふかした椅子も毛皮でうずまったベッドも敷物もカーテンも防寒具も。

私は冬の外套を着て外へ出た、不愉快な気分で不愉快な世界へ。

この日はオブスレ共生委員やイエギや昨夜会った人々と昼食を共にし、そこでまたまだ会っていない人々に紹介されるはずだった。昼食はふつうビュッフェスタイルで立食である。おそらくそのほうが、テーブルをかこんでまる一日つぶしたという感じがしないせいだろう。しかしこの日の公式昼食会は、テーブルに食事の席が設けられ、ビュッフェ料理も二十種ぐらいのあたたかな料理と冷たい料理、ほとんどスベの卵とブレッド・アップルの変わり料理が、ずらりとならんでいた。仕事の話がご法度にならないうちに、料理を並べた台の前で、オブスレが衣をつけて揚げたスベの卵を皿にとりながら私に話しかけてきた。

「メルセンという人物はエルヘンラングの間諜ですよ、それからあそこにいるガウムという人物はご存じサルフの局員です」彼はさりげなくそう言うと私がおかしな答をしたとでもいうようにからからと笑って、黒魚の塩づけの皿のほうへ移っていった。

サルフとは、いったいなにか私にはわからなかった。

一同が腰をおろしはじめたところ、若者が入ってきて主人役のイエギに耳うちをした。イエギは私たちのほうへ向きなおった。「カルハイドからの知らせです。アルガーベン王の子がけさ生まれましたが、一時間後に死亡したそうです」

一座は一瞬しんと静まりかえり、すぐにざわめきがおこった。ガウムと呼ばれたハンサムな人物がげらげらと笑って、ビールのコップをあげ、「すべてのカルハイドの王がかく短命であるように……」とさけんだ。何人かがそれに和して乾杯したが、大部分の人は乾杯しなかった。

「なんたることだ、子供の死を笑いものにするとは」と私の横にどっかりとすわっていた紫色の服の太った老人が言った。レギンスが太もものあたりにスカートのようなひだを作り、その顔は苦々しげに曇っていた。

アルガーベン王が世継ぎに指名するのはケメルの息子のどれだろうか――王は四十を越しているので、もう自分の血をわけた子はさずからないだろう――とか、チベをいつまで摂政の位につけておくだろうかなどという議論がかわされた。摂政の位はすぐにとりあげられるだろうという者、それは疑わしいという者もいた。「あなたはどう思いますか、ミスタ・アイ？」メルセンと呼ばれた人物がきいた。オブスレがさっきカルハイドの間諜だと言っていた人物。とすればおそらくチベの輩下の者だろう。「あなたはエルヘンラングからおいでになったばかりですが、アルガーベンが予告なしに事実上退位をし、従弟に王位をゆずったという噂について市民は何と言っていますか？」

「その噂はたしかに聞いています」

「それは根拠があるのでしょうか？」

「さあ、わかりませんね」

そのとき主人役が天候の話を持ちだして会話を中断させた。みなが食べはじめていたからである。

召使いたちが皿や、残った焙《あぶ》り肉やピクルスの山を片づけてしまうと一同は長いテーブルに陣どった。そこで強い酒がくばられた、命の水と呼ばれる酒だ。それから私への質問がはじまった。

エルヘンラングで医者や科学者の検査を受けて以来、私に質問を浴びせかける人々にかこまれたのはこれがはじめてだった。カルハイド人は、単純に質問して好奇心――しばしば非常に強い好奇心――を満たすのに積極的ではなかった、私がはじめの数ヵ月を共にすごした農夫や漁夫たちでさえそうだった。彼らは内気で内向的で率直でなかった。質疑応答を好まなかった。私はオセルホルドとりでを思いだす、織り人ファクスが、答について言っていたことを思いだす……専門家たちでさえ、質問を厳密に生理学的問題だけにしぼった。たとえば、ゲセン人の基準からみるとまったく異質なホルモン腺や循環器系の機能などについてである。彼らは、たとえば、わが種族の連続的性機能が、社会機構にいかなる影響を及ぼしているかとか、〈永続的ケメル現象〉にどのように対処しているかなどという質問は決してしなかった。私のほうから話せば耳を傾けた。私が〈心話〉について話せば心理学者は耳を傾けた。しかし彼らのうちのだれ一人として、地球の、エクーメンの社会の構図を理解する緒となるような質問をするものはいなかった――おそらくエストラーベンを除いては。

この国では、個人的な威信や自尊心に固執することはない。質問は質問者にとっても質問される者にとっても侮辱とは考えられない。しかし私を罠にかけようとする者や、私をペテン師だときめつけようとやっきになる者もいた。これは私にとって足もとをすくわれるようなショックだった。カルハイドではむろん信じない人々には出会ったが、頭から信じまいと決心している人々に出会うのはまれだった。チベは、エルヘンランングの式典の日、嘘につきあっているような顔をしてみせたが、あれはエストラーベンを失墜させるために仕組んだ企みの一部だったのだと今にして思いあたる。実際は私の正体を信じていたのだと思う。彼は私の乗ってきた着陸船を見ているのだ。着陸船やアンシブルに関する専門家の報告書も読んだはずである。オルゴレインの人々はだれも着陸船を見ていない。アンシブルを見せてもよいのだが、これはきわめて理解しがたい複雑なものなので、ペテンにしろ本物にしろよその星の創造物だと信じさせる確かな証拠にはならない。ここではいまも昔ながらの文化禁制の法が、分析しうる、模倣しうる器械類の輸入をはばんでいる。だから私には着陸船とアンシブルと、一箱の写真と私の体の明白な特殊性と、説明しがたい私の精神的特性などといったものしかないのだ。写真は一座の人々のあいだにまわされたが、他人の家族の写真を見るようなあいまいな表情しか見受けられなかった。質疑は続いた。エクーメンとはなにか、とオブスレが訊いた――それは一つの世界か、いくつかの世界がよりあつまったものか、場所の名か、政府の名か？

「そのいずれでもあり、いずれでもないとお答えしましょう。エクーメンというのは地球《テラ》の言葉ですが、ふつうは世帯と呼ばれています。カルハイド語でいえば、郷にあたるのでしょうか。オルゴレイン語ではなににあたるかわかりません、ここの言語は充分に習得していませんので。共生区ではないと思いますが、しかし共生政府とエクーメンとのあいだには明らかな類似があります。もっともエクーメンは本質的には政府ではありませんが。つまり精神的なものと政治的なものを再統一しようとした試みです。こういうものはえてして失敗するものですが。しかしこの失敗は、先達の成功よりも人間性にはいい結果をもたらしています。エクーメンは社会です、そして少なくとも潜在的には一つの文化を共有しています。エクーメンは教育の一つの形態です。エクーメンは一つの非常に大規模な学校という側面をもっているのです——非常に大規模であることはたしかです。情報伝達と協同がその目的であり、したがってもう一つ見方をかえれば、連合つまり、大宇宙連合であり、便宜上ある程度集中化された通常の組織をもっています、わたしが代表しているのはこの側面、すなわち連合です。政治機構としてのエクーメンは、規約によってではなく協調によって機能を果たします。法律を強制するものではありません。あらゆる決定は、協議と同意のもとになされ、多数意見や命令によって押しきられることはありません。経済機構としてのエクーメンは、世界間の情報伝達、八十の世界の通商の調整など広範な活動をおこなっています。いや正確に申しますと八十四です、もしゲセンが加盟することになれば……」

「法律を強制しないというのは、どういう意味ですか？」とスロセが言った。

「法律をもたないという意味です。連合諸国はそれぞれの国の法律にしたがいます。国と国とが衝突すれば、エクーメンが調停役となり、法的ないしは倫理的調整、調査、選択を行なうよう努力します。エクーメンが、形而上的な実験体として、究極的に挫折した場合は、治安維持体になるか、警察力を育成するなどしなければならなくなるでしょう。しかし現段階ではその必要はありません。中心となる世界は二世紀にわたる災厄の時代から立ちなおりつつあり、失った技術、失った思考を再生しつつあります。話しあいの仕方をふたたび学びつつあります……」あの敵意の時代、とその余燼についてどう説明したらよいだろうか、戦争という言葉を知らぬ人に？

「まったくすばらしいお話ですね、ミスタ・アイ」と主人役のイエギ委員が言った。繊細な感じで、きびきびしていて、それでいて間ののびした話し方をする、好奇心の強そうな人物である。「しかし彼らがわれわれに何を望んでいるのかはかりかねますね。つまり彼らにとって、第八十四番目の世界が、どんな利益をもたらすというのですか？　それほど知能の高い世界でもありませんよ。なにしろみなさんお持ちの宇宙船というようなものもないのですから」

「われわれだってなかったのです。ハイン人やセティアン人がくるまでは。何世紀も宇宙船をもつことのできなかった世界もいくつかあります、あなた方が自由交易と呼んでいる法規をエクーメンが制定するまでは」これは一座の笑いをよんだ、自由交易というのは、イエギが属する党派の名だったからである。「わたしがここでお膳立てしたいと努力しているのはこの自由交易です。物品ばかりではない、知識、科学技術、思想、哲学、芸術、医学、科学、理論……その他もろもろの交易です……ゲセンの人が他の世界へ直接出かけられるかどうかは疑問ですが。なにしろここからもっとも近いエクーメン国家、オルールでも十七光年はなれていますからね。あなた方がアシオムセと呼んでいる星です。もっとも遠いのは二百五十光年もはなれていて、あなた方はその星を見ることもできません。しかしアンシブル通信機ならば、隣り町と無線で話をするような工合に、話ができますよ。直接会うというのは不可能ですが……わたしがいま申し上げているこの交易は非常に有益なものだと思います、これは主として情報の交流ですね、物品の交換というよりは。わたしの任務は、みなさんが、他の人類とすすんで情報の交換をなさる意志があるかどうかを確かめることです」

「みなさんというのは」とスロセが体をのりだす。「オルゴレイン人ですか？　それともゲセン人全体をさしているのですか？」

私はちょっと口ごもった。予想しない質問だったからだ。

「目下はオルゴレイン人です。しかし盟約は排他的なものではありません。もしシスが、あるいは多島国が、あるいはカルハイドがエクーメンに加入したいといえば、加入は認められるのです。これはそれぞれ各自の選択の問題です。ゲセンのように高度に発達した星が、エクーメンに加入した場合どうなるかといいますと、さまざまな人種、行政区、国家などが、この星と他の星の調整役を果たす代表機関を設置してその任務を終えるわけです――われわれの言葉でいえば地方安定機構です。この方式を採用することによって時間の節約そして分担による費用の節約ができます。たとえばみなさんが宇宙船の建造を決定した場合」

「こりゃおどろいた！」私の横にいた太ったフメリが言った。「わたしたちを真空の中へ飛ばそうというのですか？　ひえっ！」彼はアコーディオンの高音部のような声をだした。嫌悪と好奇心をこめて。

ガウムが口を開いた。「そういうあなたの船はどこにあるのですか、ミスタ・アイ？」彼は薄笑いをうかべて静かに訊いた、きわめて微妙な質問であるというように。その微妙さに気づいてほしいと言わんばかりに。彼は無類の美男子である、どんな基準からみても、またどの性からみても。私はまじまじと見つめずにはいられなかった。見つめながら、彼が属しているサルフとはいったいなんだろうと考えた。

「ああ、それは秘密ではありません。カルハイドのラジオで何度も放送されました。ホルデン島に着陸したロケットは、いま王立技術学校の工場にあります。ただ、調査役、各分野の専門家が、いろいろな部品を持ちさったので、完全なものではありませんが」

「ロケット？」とフメリがきいた。オルゴレイン語にロケットという言葉はないので、これまで私は爆竹にあたる言葉を使ってきた。

「着陸船の推進方法を一口に説明するものです」

フメリはまた奇声を発した。ガウムは笑って、「するとあなたはもどる手段がないのか……そのあなたのいたところへ？」

「いや、ありますよ。アンシブルでオルールと交信し、ナファル船に迎えにきてもらうのです。それだとここに着くのに十七年かかります。あるいは、この太陽系までわたしを運んでくれた宇宙船に連絡してもよいですし。いまこの太陽のまわりをまわっています。それならほんの数日でこられますよ」

これを聞いた一座はどよめいた。ガウムでさえ驚きを隠せなかった。これは予想外だった。これは私がカルハイドでは隠していた、エストラーベンにさえ隠していた重大な事実であるが、私の理解するようにオルゴレインが、私に関して、カルハイドの流した情報しか知らないとすれば、これも彼らにとっては単におびただしい驚異の一つであるはずだ。しかしこれは単なる驚異ではなかった。大きな驚異だった。

「その船はどこにいるのです?」とイエギがきいた。

「ゲセンとクフルンのあいだの太陽軌道をまわっています」

「あなたはその船からどのようにしてここへ着陸したのですか?」

「爆竹でだよ」とフメリが言った。

「まさにそのとおりです。情報の交流ないしは盟約が成立するまで、星間宇宙船は、人口稠密な惑星には着陸しないことになっています。それでわたしは小さなロケット船に乗りかえてホルデン島へ着陸したのです」

「するとその——その大きな船とふつうの無線機で連絡できるのですか、ミスタ・アイ?」とオブスレがきいた。

「ええ」と私は答えた。ロケット船から発射されて現在軌道をまわっている小さな人工衛星の存在には触れなかった。彼らの空が、私のがらくたでいっぱいになっているような印象を与えたくなかったからだ。「かなり強力な送信機が必要ですが、それならみなさんもお持ちですね」

「するとあなたはその船に無線を送ることができるのですね?」

「ええ、しかるべき信号を送れば。乗組員は現在、われわれが体液流停止と呼んでいる状態、みなさん流に言いますと、冬眠状態にあります。わたしの使命が達成されるのを待つあいだ年をとってしまわないようにするためです。しかるべき波長のしかるべき信号によって彼らを冬眠状態から覚醒させる機械が作動します。それから彼らは無線によって私と連絡するか、オルールを中継地としてアンシブルで連絡するかします」

だれかが不安そうにきいた。「人数はどのくらいですか？」

「十一人です」

ほっという安堵のため息と笑いが起こった。緊張がややとけた。

「もしあなたが信号を送らなかったらどうなりますか？」とオブスレがきいた。

「いまから数年後に自動的に覚醒する仕組になっています」

「すると彼らはここにやってくるのですか？」

「わたしの連絡がいかない限りここへは来ません。きっとアンシブルでオルールやハインの安定機構と相談するでしょう。そしておそらくはもう一度試みをくりかえす決定がなされるでしょう——そして新しい使節を送りこむでしょうね。二代目の使節は初代より仕事がしやすいものですよ。説得しなければならないことも少ないですし、みなさんも容易に信じてくれるでしょうし……」

オブスレはにやりと笑った。ほかの連中はいぜんとして用心深く考えこんでいるように見える。ガウムは私に軽くうなずいてみせた。私の機敏な返答に感心したとでもいうように。共謀者のうなずき。スロセは頭にうかぶ映像をじっと見つめるかのように目をきらきらさせていたが、ふいに私のほうに向きなおり、「使節さん、あなたはなぜカルハイドに二年いるあいだに、その船の存在について一言も触れなかったのですか……」と言った。

「触れなかったかどうかわからないではありませんか？」とガウムが微笑した。

「触れなかったことはわかりきっているじゃありませんか、ガウムさん」とイエギも微笑をかえした。

「触れませんでした」と私は言った。「それはこういう理由からです。そんな船が空のどこかに待っているという考えはショックですよ。みなさんもきっとショックだろうと思います。カルハイドでつきあっていた人たちとは、その事実を告げる危険をおかすほど親密にはなれませんでした。それに比べますとみなさんは、わたしについて充分お考えになる時間もありましたし、またわたしの話を、こうして公けの場所で聞こうとなさっています。みなさんは恐怖にとりつかれてはおられません。わたしはようやく話すべき時機と場所を得たと思ったからこそ、こうしてお話ししたのです」

「まったくです、ミスタ・アイ、まったくですよ」スロセが熱っぽく言った。「ひと月以内にその船と連絡をとってください。新紀元の象徴としてオルゴレインにお迎えしましょう。いま見えない人たちの目も開かれるでしょう！」

　われわれがすわっている場所に食事が運ばれるまで、座談はつづいた。それから食べたり飲んだりして会はおひらきになった。私はくたくたに疲れていたが、事態の進展をよろこんでいた。むろん警告もあったし、判然としない節も多々あったが。スロセは私を神聖化してあがめたい。ガウムは私をペテン師に仕立てたい。メルセンは私がカルハイドの間諜だと証明して自分は間諜ではないという反証を示したい。しかしオブスレとイエギのほか数人の人々は、もう少し高い次元で考えている。彼らは安定機構との情報の交流を望んでいるし、オルゴレイン共生国をエクーメンに加盟させるよう説得するためにナファル船をオルゴレインの地に着陸させたいと考えている。そうすればオルゴレインはカルハイドに対して恒久的な威信を保つことになり、大勝利をおさめることになると信じている。またその勝利をもたらした共生委員は政府内部の権力を得ると信じている。イエギの属する自由交易党は、三十三委員会における少数党だが、シノス渓谷の紛争には反対しており、だいたいにおいて保守的、非攻撃的、非国家主義的政策を打ちだしている。彼らは長年、権力圏外にあり、権力を盛りかえす道は、多少の危険は伴うけれども、私の示した道にあると計算しているのだ。彼らはそれ以上のものは見ていない、つまり私の使命は彼らにとって、目的ではなく、手段であって、また、たいして害のないものと考えているのだ。しかし彼らが一歩、その道に踏みだせば、それがどういう方向に彼らを導いていくかということに意義を見出すようになるかもしれない。それに彼らは近視眼だとしても少なくとも現実的ではある。

オブスレは一座の人々を説得する口調で言った。「カルハイドは、この盟約がわれわれにもたらす力を怖れるだろう——彼らはいつも新しい道、新しい考え方を怖れてきたではないか——したがって尻ごみしてあとに取り残されるだろう、あるいは、勇を鼓して、われわれに倣いたいと申し入れてくるかもしれない。いずれにせよカルハイドのシフグレソルは失墜する。いずれにせよ橇を走らせるのはわれわれだ。いまこの有利な地歩を確保するだけの知恵をわれわれが持っているなら、それは永久的な強みになるだろう！」そして私を振りかえり、「しかしエクーメンは、われわれを援助してくれるでしょうな、ミスタ・アイ。わたしはわが人民に、あなたという証拠だけではない、もっとほかの証拠を見せてやりたいのですがね。あなたはエルヘンラングではすでに知られているのでね」

「なるほど、そうですね。もっと目に見えるような証拠がほしいわけですね。それならよろこんで提供しましょう。しかしまだ宇宙船をここへ着陸させるわけにはいかない。船の安全とみなさんの誠実さが保証されるまでは。お国の政府の同意と保証が必要です。つまり共生委員の総会における満場一致の同意です――公けの」

オブスレは渋面をつくったが、「まあ、それはよろしい」と言った。

この日の会合では陽気な笑い声をたてていただけのシュスギスとともに帰途についたとき私は彼に問いただした。「シュスギスさん、サルフとはいったい何ですか？」

「内国行政局の常設機関の一つです。登録詐称、違法旅行、偽造といった行為を――人間のくずのやることを取りしまるのが仕事です。サルフとはオルゴレインの俗語でくずという意味です、俗称なんですよ」

「すると調査官はサルフの局員ですね」

「一部はそうです」

「すると警察も、ある程度までその勢力下にあるわけですね？」私は用心深く質問を放ったが、同様に用心深い解答が返った。

「そう思います。わたしは外政局にいますので、内国行政機関についてはあまり明るくありませんが」

「たしかに複雑ですね。たとえば水利部というのはなんですか？」私はできるだけさりげなくサルフの話題からはなれた。ハイン人や平和なチフウォー人なら、シュスギスの言外の含みに気づかなかっただろう。しかし私は地球人だ。罪ある祖先をもつのも悪くない。放火魔の祖父は子孫に煙をかぎとる鼻を残すというわけか。

　このゲセンで、地球の古代史に残っている政府に酷似した政府を発見するとは、まことに愉快、魅惑的である。君主政体と成熟しきった官僚政体。この新しい展開もまた魅惑的だが、面白味には欠ける。素朴さの薄れた社会により不吉な影がしのびよっているという事実は奇妙である。

　すると私を嘘つきだと思いこみたいガウムはオルゴレインの秘密警察の手先なのか。オブスレがそれに気づいているのを彼は知っているだろうか？　知っているにちがいない。すると彼は秘密工作員なのか？　表面はオブスレの党派に協力しているのか、それとも敵対しているのか？　三十三委員会の中では、どの党派がサルフを支配しているのか、あるいはサルフによって支配されているのか？　これらの疑問を明らかにすべきだが、容易ではあるまい。私の進路は束の間きわめて明るく希望に満ちているように見えたが、エルヘンラングのときと同じように、どうやら曲がりくねった、手さぐりの道になってしまったようだ。昨夜エストラーベンが影のようにあらわれるまでは、万事順調だと思っていたのだが。

「ミシュノリではエストラーベン卿の身分はどうなっているのですか？」すいすい走る車の隅に眠ったようによりかかっているシュスギスに私はきいた。

「エストラーベン？　ハルス、ここでは呼ばれていますよ。オルゴレインでは官名は使いません、新紀元に全廃されましたから。そう、彼はイエギ委員の食客でしょうね」

「あそこに住んでいるのですか？」

「そうだと思います」

昨夜スロセのところへあらわれたのに、今日イエギのところで姿をあらわさなかったのはおかしいではないかと言いかけたが、朝がたの短い会見の顚末を思いだし、なるほどと思った。だが、彼が意図的に私を避けていると思うと不快だった。

シュスギスは大きな尻をふかふかしたシートに埋めなおした。

「彼は、南のにかわ工場か魚類缶詰工場か、そんなようなところで発見されて、救いだされたのですよ、自由交易党の連中に。キヨレミの総理大臣だった頃はおおいに世話になったので、そのお返しですよ。メルセンへのいやがらせが目あてですがね、はっ！　はっ！　メルセンはチベの手先ですから。彼は、自分の正体をみなに知られていないと思っていますが、みんな知っていますよ。ですからハルスは見るのもいやだという存在なのですね——裏切り者なのか、二重間諜か、どちらなのかわからない、それを突きとめるためにわざわざシフグレソルを賭ける勇気もない。はっはっ！」

「あなたはどちらだと思いますか、シュスギスさん？」

「叛逆者ですよ、ミスタ・アイ。嘘いつわりのない。チベの権力の増大を阻むために、シノス渓谷における国の権利を売ったのですが、あまり上手にたちまわらなかったのですね。ここなら追放よりもっと重い罰を受けますよ。メシェの乳首にかけて！　味方を裏切れば、すべてを失うことになるのですよ。愛国心のない人、自分しか愛さない人には、それがわからない。ハルスはどんな権力でも権力に向かって這いずっていけるかぎり、どんな立場にあろうと平気なのではありませんか。もう五カ月ばかりになりますか、ここではそうぼろは出してはいないようですね」

「そのようですね」

「あなたも彼を信用してはいませんね？」

「ええ、していません」

「それをうかがって安心しましたよ、ミスタ・アイ。イエギとオブスレがなぜ彼にしがみついているのかはかりかねますね。彼は私利私欲のために国を売った明らかな裏切り者で、ふたたび立ち直るまで、あなた方の橇にぶらさがっていようという魂胆です。わたしはそう見ていますよ。もしいまわたしのところへやってきて、ただで橇に乗せてくれと頼んできても、さてどうしますかね……」シュスギスは鼻息を荒くして自分の言葉にさかんにうなずきながら私に向かって微笑した。その笑みはひとりの高潔な人間がもうひとりの高潔な人間に向けた笑みであった。車は、照明のゆきとどいた広い道路を静かに走っていく。朝の雪はとけて、道ばたに泥まみれの雪のかたまりがところどころに残っているだけだ。冷たい雨がしとしとと降りだしていた。

ミシュノリの中央区の巨大なビル群、官庁、学校、ヨメシュ教寺院などが、のっぽの街灯の流れる液体のような光のなかにぼうっとうかびあがり、まるで溶けていくように見える。建物の角々はぼやけていて、壁面は濡れて黒い縞模様になっている。この画一的な大建造物で作られた市街の鈍重さ、一部も全体も同じ名で呼ばれるこの単一性の中に、なにか非現実的なつかみどころのなさがある。そしてシュスギス、この陽気な私の庇護者、重厚でたくましいこの人物も、隅々や縁《へり》がどこかぼうっとしていて、わずかばかり非現実的な感じがする。

四日前、車でオルゴレインの広漠とした黄金の平野を縦断してミシュノリの奥の院へ無事のりこんでから、私はなにかを失ったような気がする。それは何だろう？　外界から安全に隔離されたような感じ。近頃寒さを感じなくなった。ここの部屋はとてもあたたかい。近ごろ、食べる愉しみがなくなった。オルゴレインの料理は味がない、味がなくてもさしさわりはないが。しかし私がここで会った人々が、私に対して好意をもっているか悪意をもっているかは別として、みんな味がないように思われるのはなぜだろう？　みんな——オブスレもスロセもハンサムで、いやな人物のガウムも、それぞれにいきいきした個性をもっている、しかしそのひとりひとりがある特質、人間としての厚味に欠けている。なにか頼りない。つかみどころがない。

まるで影がないような感じがする。

こうしたやや誇張的な思弁は、私の仕事の重要な一部である。この種の能力がないと、先遣員の資格は得られない。私はハインでこの種の正式なトレーニングを受けてきた。かの地ではこれにファーフェッチングという称号をたてまつっている。つまり、精神体の直観的知覚をかく言いあらわすわけだ。したがって合理的な表象によってではなく、隠喩によって表現される傾向がある。私はすぐれたファーフェッチャーではないし、今晩の私は疲れはてているので、自分の直観が信じられない。居室に戻ると熱いシャワーに休息の場を求めた。しかしそこでもかすかな不安を感じた、まるで熱い湯が現実のものではない、つかみどころのないもの、頼りにできないもののように思われた。

11　ミシュノリでの独白

ミシュノリにて。ストレス・ススミ

予は希望をいだいてはおらぬがあらゆる出来事に希望の曙光がさしている。オブスレはさかんに小細工を弄して委員たちと取り引きしイエギは甘言を弄しスロセは宣教に熱心であり、共鳴者の勢力は増大しつつある。彼らは俊敏で党をよく牛耳っている。三十三人のうち七人が信頼しうる自由交易党員なり。あと十人が確実な支持派にまわり、かろうじて過半数を維持できるとオブスレは見込んでいる。

使節に心から興味をいだいているのはどうやら一人のみ。エイニェン共生区のイセペン共生委員なり。サルフ在職当時エルヘンラングより送りし放送の検閲にあたるうちに異星の使節に好奇心をいだくようになった。彼はそうした抑圧政策に良心の呵責《かしやく》を感じているらしい。三十三委員会は星船を迎えることを自国の人民ばかりでなくカルハイドにも通告し、アルガーベン王も共に迎えるよう要請すべきだとオブスレに進言した。高邁な計画なり、したがって採択されまい。彼らはカルハイドに呼びかけるなどはゆめゆめすまい。

三十三委員会のサルフの役人はむろん使節の存在や使節の使命などにかかわりをもつこと

を反対した。オブスレが支持をあてこんでいる生ぬるいどっちつかずの輩《やから》はアルガーベン王や王宮の連中のごとくに使節を怖れている。違いといえばアルガーベンは使節を自分と同じ狂人と見なしたが、彼らは自分たちと同じ嘘つきだと見なしているところであろう。彼らはこのペテン、カルハイドが一蹴したペテン、あるいはカルハイドが考えだしたペテンを公けの場で受けいれることを怖れている。星船を迎えいれることを公表して星船が来なかったらシフグレソルはどうなる？

たしかにゲンリー・アイは法外な信頼を要求している。

彼にとってそれは法外な要求ではないのである。

オブスレとイエギの見込みでは三十三委員会の半数は説得しうるという。予はなぜ彼らより悲観的なのか自分でもわからぬ。いやおそらくオルゴレインのほうがカルハイドより啓蒙されているのを実証されるのがいまいましいゆえだろう。そして彼らが一か八かの勝負をして栄光をかちとりカルハイドを影の存在におとしめてしまうのが口惜しいのであろうか。もしこの妬みを愛国心と呼ぶなら遅きに失したといえよう。予を追放しようというチベの画策をいちはやく悟るや、予は万策をつくして使節がオルゴレインへ入国するようにはからった。カルハイドを追放の身となった予はここオルゴレインで彼らを説き伏せ使節の味方にするべく全力をつくしている。

彼がアシェよりことづかってきた金子《きんす》に感謝する。〝食客〟ではなくこうして〝一個人〟としてふたたびひとり立ちできたのもあの金子のおかげである。近頃は宴席にも顔を出さずオブスレをはじめとする使節の支持者たちとも公式の場では会わぬことにしている、使節とも、彼の到着後二日目にシュスギスの家にたずねて以来半月も会っていない。

彼はアシェの金を、雇った暗殺者に料金を与えるごとくにさしだした。あれほど腹が立ったことは予としては珍しい。予は彼を故意にはずかしめた。予が腹を立てたことに彼は気づいたが己れがはずかしめを受けたことに気づいたかどうかわからない。予のそうしたやり方にもかかわらず、予の忠告は受けいれたようだ。こちらの気持がおちつくとそれがよくわかったが同時に心配になった。エルヘンラングにいるあいだ彼は予の忠告を求めながらそれを予に伝えるすべを知らなかったのではないか？　左様であれば礎石の儀式が行なわれた晩に予の館の炉辺で予が言ったことの半分は誤解し、あと半分はまったく理解しなかったにちがいない。彼のシフグレソルの成り立ちというものはわれわれとはまったく異質のものなのであろう。予が彼に対しもっとも単刀直入にものを言ったと思うとき彼は予をもっともとらえどころがなく曖昧だと感ずるのかもしれぬ。

彼の鈍感さは無知からくる。彼の傲慢さも無知からくる。彼はわれわれに対し無知であると同時にわれわれもまた彼に対して無知である。彼は永遠に未知なるもの。しかるに愚かにも予は彼がもたらした希望の光に予の影をおとした。予はおそるべき虚飾をかなぐりすてねばならぬ。彼の行く道を妨げてはならぬ。それが明らかに彼の望むところであるゆえ。まこと彼は正しい。追放されたカルハイドの叛逆者など彼の目的の前にはなんの役にも立たぬ。

人はあまねく労働に従事すべしというオルゴレインの法律に従って予は八の刻より正午ま

でプラスチック工場で働いている。楽な仕事なり。熱せられ柔らかくなったプラスチックの小塊を型押しして小さな箱にする機械を操作するのである。箱の用途は不明なり。午後は退屈しのぎにロセレルで体得した修行を総ざらいしている。ドセの力をよびおこす技あるいは非催眠状態へ入る技などいまだ失われず、よろこばしきかぎりなり。だが非催眠状態より脱する技がうまくいかぬ。不動の術、断食の行にいたっては学ばぬも同然で、幼児のごとくはじめよりやりなおさねばならぬ。現在断食は一日にとどめているがそれでも予の腹は、もう一週間たった！　ひと月たった！　と叫ぶ。

今夜は凍《し》みる。強い風が氷雨をともなってくる。毎夜エストレを想いこの風もかの地を吹くかと想う。息子に長い文をしたためる。書きつついくたびもアレクの存在を感じる。振りかえればそこにいるような感じなり。予はなぜかかる手記をしたためているのか？　息子に読ませんがため？　彼にとってこれがどれほどの役にたとうか。わが祖国の言葉で書きたいがために書いているのであろうか。

ハルハハド・ススミ

いまだ使節に関する放送いっさいなし。オルゴレインでは日に見える大規模な政治機構がありながら目に見えるところではなにひとつなされず、なにひとつ大声で語られぬことをゲンリー・アイは知っているであろうか。幹部が策謀をひたかくしに隠していることを。

チベはカルハイド国に嘘のつき方を教えたいと望んでいる。彼はオルゴレインからそれを学んでいる。よき手本。しかしわれわれは真実を欺くことなく真実にいたることなくただ真実のまわりをえんえんとめぐる技のみを多年にわたって習得してきたので、嘘のつき方を体得するのは骨も折れようと察せられる。

昨夜オルゴレインの大奇襲、エイ河を渡りテケムベルの穀倉が焼き打ちされた。まさにサルフの望むところ、チベの望むところなり。しかしあげくの果てはどこへ行きつくのか？

スロセはヨメシュの神秘主義的教義を使節の声明にあてはめてエクーメンの渡来をメシェの再来であると説き、われわれの本来の目的を見失っている。「新しき人々の訪れぬうちにカルハイドとの紛争をやめるべきだ」と彼は言う。「彼らの到来にそなえて心を潔めるべきだ。シフグレソルを解き、あらゆる報復行為をやめ、一つの郷の兄弟として、心をあわせねばならぬ」と。

しかし彼らが来るまでにいかにして？　いかにしてこの悪循環を断ち切るのか？

グイルニ・ススミ

スロセは公衆ケメル舎において演ぜられている猥褻な芝居の禁止を目的とする委員会の委員長をしている。猥褻な芝居といってもカルハイドのフフスのようなものにちがいない。スロセは下品で冒瀆的なくだらぬものだとして反対している。

なにかに反対するということはそれに固執していることとなり。

〝すべての道はミシュノリに通ず〟という諺がある。とすれば、たとえミシュノリに背を向けて歩きだしてもいぜんミシュノリの道にいるのである。卑俗なるものに反対するということは必然的に卑俗になることとなり。もっと別なところへ行くべきである。別の目的を持つべきである。さすれば別の道に出よう。

今日イエギは三十三委員会の本部にいた。「自分はカルハイドに対する穀物輸出阻止反対、その契機となった競合の気運にぜったい反対だ」と彼は言う。ごもっとも、だがそうしたやり方ではミシュノリの道からはずれることはできない。ほかの道を作るべきである。オルゴレインもカルハイドもいまたどっている道をこれ以上進むべきでも退くべきでもない。別の道を進んで悪循環を断ち切らねばならぬ。イエギは使節について論ずべきでそのほかのことを論ずる必要はないと余は思う。

無神論者であるということは神に固執しているということなり。神の存在も非存在も立証の場においてはほとんど同じことである。ゆえに立証という言葉はハンダラ教徒のあいだではほとんど用いられぬ。彼らは神を立証と信仰を前提とする一つの事実としては扱わぬことにしたのである。かくして彼らは悪循環を断ち自由に進む。

いかなる質問が解答不能であるかを知ること、そしてそれらの質問に答えぬこと。この手腕は緊迫せる暗黒時代には必要不可欠のものなり。

トルメンボド・ススミ

日ましに不安つのる。いまだ使節に関する報道は中央放送局より一切なし。エルヘンラングでわれわれが流した使節に関する情報はここではいっさい公表されず、国境を越えて不法に傍受されたところから出た噂や商人や旅行者などのもたらす情報もいっこうに流れてこぬ。サルフは予が知っている以上の、可能だと考えていた以上の徹底した報道管制を敷いているようである。この可能性は怖るべきこととなり。カルハイドにおいては王とキョレミは人民の行為に多くの規制を行なうが、人民の耳に達する情報はほとんど規制せずまた人民の声はまったく規制しない。ここでは中央委員会が人民の行動ばかりか思考まで規制している。人間が人間に対してこのような力を振るうべきではない。

シュスギスらはゲンリー・アイを自由に街へ連れだしている。この自由さが実は彼の存在が隠されているという事実を隠していることに彼は気づいているであろうか。彼がこの国にいることはだれも知らない。工場の仲間にきいてみたがだれもなにも知らぬ。予がヨメシュ教の狂信者のことを言っていると思っている。情報皆無、関心皆無、アイの目的を達成させうるもの、彼の生命を守るもの、皆無。

彼の容姿がわが種族に酷似せるは不運である。エルヘンラングにおいては街中を彼が歩く時はしばしば人目をひいた、人々は彼について若干の真実を知り、彼の存在を知っていたからである。ここでは彼の存在は秘密にされているので人々は彼に気づかない。人々は予がはじめて彼を見たときのような印象を彼に抱いている。人なみはずれて背が高くたくましいケメルに入ったばかりの色浅黒き若者。去年彼に関する医者の報告書を読んだ。われわれとの相違は著しいものである。相違は表面的なものではない。彼がまさしく異人であることを知るためには彼をよく知らねばならぬ。

なぜ彼らは隠すのか？　なぜ委員のだれかが論議に決着をつけ、公けの場、あるいはラジオで彼について説明しないのか？　オブスレまで沈黙しているのはなにゆえか？　恐怖からである。

予の王は使節を怖れた。しかるに彼らはおたがいを怖れている。オブスレが信頼できるのは予という外国人のみであろう。予と同席するときいくばくかの愉しみを味わうようである（予もしかり）。いくたびかシフグレソルを解き、予の率直な助言を求めた。しかし予が党派の陰謀に対する防禦策として彼に対する人民の関心を公けの場で喚起するようにと進言しても耳をかそうとせぬ。

「もし全共生区が使節に目を向けていればサルフは使節に手出しをしないでしょう。おそらくあなたにも」と予はオブスレに言った。

オブスレは吐息をつく。「そう、そのとおりです。しかしわれわれにはそれができないのだ、エストラーベン。ラジオも公報も科学雑誌もすべてサルフの手中にある。だとしたらどうしたらよいのだろう、狂信的な僧侶のように辻説法でもするのかね？」

「いや人の口から口へ噂をひろめさせればよいでしょう。去年エルヘンラングでもわたしは同じようなことをしたのですよ。つまり人々があなたに質問するように、使節自身について質問するように仕向けるのですよ」

「あのいまいましい船をここにおろしてくれさえすれば、さあこれが証拠だとみんなに示すことができるのに！　ところがごらんのとおり――」

「あなたが誠実であるという確証が得られるまではおろさないでしょう」

「わたしが誠実でないとでもいうのか？」オブスレはまるでホブという魚のごとくふくれあがった――「このひと月というもの、わたしがどれほど肝胆をくだいてきたか！　誠実だと！　彼は、自分の話をわれわれに信じろと言いながら、われわれを信じようとしないのだ！」

「信じてよいのだろうか？」

オブスレはふうっと吐息をついたばかりで答えなかった。

彼は余の知るオルゴレインのどの役人よりも誠実に近い人間である。

オドゲセニ・ススミ

サルフの幹部になるには、ある複雑な形の愚かさを持ちあわさねばならぬらしい。ガウムが好例。彼は予をこう見ている――エクーメンの使節などという大ぼら話をもちこんでオルゴレインの威信を完膚なきまでに傷つけようと企むカルハイドの間諜であると。予が総理大臣の在任中、この大ぼら話をつくりあげるのに専念していたと考えているのである。まこと、人間の屑を相手にシフグレソルを演ずるひまがあったらもっとましなことをしている。だがその単純な事実を彼は見抜く目をもたない。イエギが予を見はなしたいま予を買収しうるとガウムは考えたのである、そして彼流の奇妙な方法で予を買収するほぞをかためた。予を間近に観察し、あるいは観察させ、予がポﾒセかトルメンボドにケメルに入る予定であることを探りだした。そして昨夜、ホルモン剤の誘発によりケメルの絶頂期に入った彼が予を誘惑せんがために予のもとにあらわれた。ピエネフェン通りで偶然会ったような顔をして。「おやハルス！　もう半月も会いませんでしたね、どこに隠れていたのです？　びいるをちょっと一杯やりませんか」

彼は公衆ケメル舎と隣りあった酒場へ入っていった。そしてびいるではなく命の水を注文した。彼は時間を無駄にはしなかった。一杯のむとすぐに手を予の手に重ね顔を近づけてささやいた。「お会いしたのは偶然ではありません、あなたをお待ちしていたのです。今晩ケメルの伴侶となってくださるよう、切に願っています」彼は予の名を呼んだ。予は彼の舌を切らなかった。エストレを出てから短刀を持ってはいなかったからだ。予はこう言った、追放の身であるゆえ慎しむつもりだと。彼は甘い声でささやきかけ予の手をにぎりしめた。そしてみるみるうちに女性の相に入った。ケメルに入ったガウムは美しかった。彼は自分の美しさと性的魅力に自信をもっていたのであろう。そしておそらく予がハンダラ教徒であるからケメル抑制剤を服用するはずはない、したがって慎しみを守り通すことはできぬだろうとたかをくっていた。嫌悪が抑制剤と同じ効果をもつことを彼は忘れていたのである。彼の行為は予に若干の動揺をもたらしたが予はすがりつく彼の手を振りはらい隣りのケメル舎で相手を探せと言い捨ててそこを出た。彼はあさましい憎悪を露骨に示し予を見つめた。他意があったとはいえ彼はじっさいケメルに入っており発情していたからである。

予が彼の誘いにのってわが身を売ると彼は本気で考えたのであろうか？　おそらく予がきわめて不安な情況にあると考えたにちがいない。まったくもってこの事実は予を不安におとした。

いまいましい不潔な輩《やから》めが。一人として清廉な人間はおらぬ。

オドソルドニ・ススミ

本日午後三十三委員会の会議場においてゲンリー・アイが演説。外部の傍聴はいっさい禁止、放送されなかったがオブスレが後に会議の模様を収録せるてえぷを聞かせてくれた。使節の演説の出来は上々なり。ひたむきな真情が人心に訴えかけてくる。彼は純真である。単に異人であり、愚かなゆえの純真さだが。しかるに次の刹那反転して一見純真さと見えるものが、練磨された知識、広大なる目的を現し、予を畏怖させた。聡明かつ高潔なる民が、古くからの想像を絶した深遠な恐るべき生活体験のもろもろを一つの智に結集せしめた民が、彼の口を借りて語っているのである。だがその彼自身は、まだ若く短気で経験も浅い。われわれより一段と高い所に立ち、物事を広い目で見ているが、彼自身はわれわれと同じ高さしかない。

エルヘンラングで演説したときより、いっそう簡明かつ巧妙に語った。このように彼はわれわれと同じように仕事をやりながら、その仕事を果たす方法を学んできた。

彼の演説はしばしば多数派の動議によって中断された。議長はこの精神異常者を議場より追いだし議事を正常化せよと彼らは叫んだ。イエメンベ委員がもっとも騒々しく、天衣無縫だったかもしれない。「あなたはまさかこのギチ‐ミチをうのみにしてるんじゃないでしょうね？」とオブスレに向かって叫びつづけている。てえぷの一部はカハロシレの策謀により聞きとれぬ、とオブスレが言った。——以下、オブスレの記憶より。

アルシエル（議長） 使節さん、あなたが提供された情報ならびにオブスレ、スロセ、イセペン、イエギの各委員が提出した動議を非常に興味深く読みました——まことに衝撃的なものであります。しかしながら、われわれはもう少し確かな証拠を必要とするのであります（笑声）。カルハイドの王があなたの……あなたが着陸するさいに用いた乗り物をどこかに隠してしまっているために、われわれとしては別の証拠をほしい、つまり先の提案のように、着陸させることは可能でしょうか、その、あなたの……星船を？ いや、あなた方は何と呼んでいるのですか？

アイ 星船というのはよい呼び名ですね。

アルシエル ほう？ あなたは何と呼んでいますか？

アイ ええと、正式には有人星間宇宙船セティアン。ナファル‐20。

野次 セント・ペセセの橇じゃないという確信があるのか？（爆笑）

アルシエル 静粛に。はい、確信はあります。さて、その船をこの地に——このかたい大地に——着陸させることができるならば、われわれとしても実質的な——

野次　実質的ながらくたさ！

アイ　わたくしとしましても、われわれ相互の信頼のあかしとして、船を着陸させたいと思います、アルシェル議長。わたしはそのために、この事実を公表してくださることを待っているのです。

カハロシレ　わからないのですか、議長、これがどういうことであるか？　これは単にくだらぬ冗談では片づけられませんよ。われわれの軽薄さ、われわれの馬鹿正直さ、愚鈍さに対する嘲笑ですぞ——今日ここに、われわれの前に立っているこの人物の驚くべき厚顔無恥によって仕組まれた茶番ですぞ。ご存じとおもうが彼はカルハイドからやってきた。彼はカルハイドの間諜である。彼が性的欠陥者であること、カルハイドにおいて暗黒教の教義のために治療も受けぬまま放置されている不具者、あるいは予言者の秘蹟のために人工的につくられた不具者であることは、一見してわかることだ。しかるに彼が『わたしは宇宙からやってきた』というと、あなた方は目をとじ知性をわきへ押しやって信じるのだ！　そんなことが可能だなんてわたしにはとても考えられない云々。

てえぷから判断したところではアイはこれらの嘲罵によく耐えている。まことに立派に振舞っていたとオブスレは言っている。三十三委員会の会議の終了後出てくる彼らを見たいがために議場の近くへ行った。アイは沈痛な面持で出てきた。もっともなことである。予は機械を動かしはじめた人間だなすすべがないという挫折感は耐えがたいものである。

が、いまやその機械の動きを抑制することができなくなってしまった。予は頭巾をまぶかにおろし通りへ出た。使節に一目会わんがために。かかる無益な人目をしのぶ生活をするために予は権力や金や友を捨てたのか。なんたる愚か者よ、セレム、汝は。

予はなぜ可能性のあるものに心を向けられないのか。

オデプス・ススミ

ゲンリー・アイがオブスレの仲だちにより三十三委員会に渡した通信装置もだれの心も動かさなかった。やはり彼の見込みどおりであった。大数学者ショルストが「この原理は理解できない」と言うのであれば、オルゴレインの数学者や技術者に理解できるはずはなく、なにひとつ証明もされず反証をあげることもできないだろう。もしこの世界が一つのハンダラのとりでだけであったら、それはまことにめでたき結末である。しかしわれらは新雪に難渋しつつも、証明し、反証をあげ、問いかけ、答を得て前進せねばならぬ。

予はいま一度だけオブスレに打診してみた。アイに頼んで星船へ信号をおくらせ、船中の人々をめざめさせ、無線によって三十三委員会の議場にいる委員たちと直接話しあうようとりはからってもらえまいかと。しかし今回オブスレは、それが不可能である理由を即座に明言した。「いいですか、エストラーベン、無線関係はすべてサルフが掌握している、それはご存じのはずだ。放送関係のどの人物がサルフの一員なのかわたしにはわからないが、ほとんどがそうと見てさしつかえない。じじつ送電器、受信器、技術者や修理工にいたるまで彼らが牛耳っているんだ。われわれが星船からの電波を受信しようとしても、彼らはそれを妨害することができるし、にせの電波をかわりに送ることもできる——いや、彼らはかならずそうする！　あなただって、議場での光景が想像できるでしょうが？　われわれ、いかさま宇宙人の被害者が、かたずをのんで待ちかまえているところへ、ガアガア、ピイピイという騒音が聞こえてくる——ただそれだけ——応答もなければ、声明もなしで？」

「あなたには忠実な技術者を雇うか、あるいは買収する資金がないのか？」と予はたずねた。が、それは無益な質問であった。彼は己れの威信も損なうことを怖れている。予に対する態度もすでに変化している。もし彼が今宵の使節歓迎会を中止するとしたら、事態は一気に悪化の道をたどることになるであろう。

オダルハド・ススミ

彼は歓迎会を中止した。

予は今朝オルゴレイン流の方法で使節に会った。シュスギスの館へ堂々とのりこまず——ガウムあそこはサルフの間諜が入りこんでいる。シュスギス自身がそうなのであるから——ガウム流に人目をしのび、ひそかに路上で偶然会うようにした。「ミスタ・アイ、ちょっと話をきいてくれませんか？」

アイはびっくりしたように周囲を見まわし予を認めると目を大きく見ひらいた。ちょっと間をおいてから彼はこう言った。「こんなことをしてなんになりますか、ハルスさん？　わたしがあなたの言葉を信用できないことはおわかりでしょう――エルヘンラング以来――」

これは腹蔵のないところだ、かんが鋭いのでないとすれば。しかしかんが鋭いともいえる。予が彼に忠告したいと欲していること、予が彼に頼みごとをするのではないことを彼はいちはやく悟り、予の誇りを傷つけぬよう心くばりをしている。

予は言った。「ここはミシュノリであってエルヘンラングではないが、あなたが直面している危険は同じものだ。船と交信をして、船にいる人々が安全な場所で、あなたの声明に対する裏づけを与えるようオブスレなりイェギなりを説得できないとなったら、あなたのもっている機械、アンシブルを使ってただちに船をここへ着陸させるべきです。それがもたらす危険は、あなたの身におよぼうとしている危険より小さなものだ」

「わたしの声明に対する委員会の論議は秘密にされているのに、あなたはどうやってわたしの声明を知ったのですか、ハルスさん？」

「わたしはこの使命に一生を賭して――」

「しかしここではあなたに関係のないことだ。オルゴレインの委員の手にゆだねられているのですから」

「あなたは生命の危険にさらされていますよ、ミスタ・アイ」と予は言った。それに対して彼は無言であり、予はその場を立ち去った。

数日前にそう告げるべきであったろう。もはや手遅れである。恐怖がふたたび彼の使命と予の希望を挫かんとしている。異人、この地上のものではないものに対する恐怖ではない。

オルゴレインの人々は、まったく未知なるものに恐怖を感ずるほどの聡明さや気魄などは持ちあわせていない。彼らの目には未知なものなど見えはせぬ。よその世界からきた人間を目の前にしていったい何が見えているのか？　カルハイド国の間諜、変質者、手先、自分らと同じようなとるにたらぬ政治体。

いますぐ船を呼ばぬと手遅れになろう。もうすでに手遅れなのかもしれぬ。予の罪なり。予という人間はなにひとつまともなことをしなかった。

12　時と闇に関して

聖僧ツフルメの説話、九百年前北オルゴレインで編まれたるヨメシュ教典より抜萃。

メシェは時の中心であります。メシェが万物の姿をはっきりと見るようになりましたはこの地に住むこと三十年の後でありました。それからさらに三十年この地にとどまりまして透視がその生活の中心に生じたのであります。そして透視が行なわれるまでのあらゆる時間は、透視のあとにやってくることになる時間と同じ長さであり、それが時の芯で生じたのでありますす。そして時の芯では過ぎさる時間もやってくる時間もない。すべての時間が過ぎ去り。すべての時間がやってくる。過去も未来もない。現在《いま》。現在がすべてであります。

なにひとつ見えぬものはないのであります。

シェネの貧者がメシェのもとにやってきて自分は生んだ子に与える食べ物もない蒔く種もない、雨が地中の種をくさらせてしまって郷の人々はみな飢えていると訴えた。するとメシェは言った。

「ツエレシュの石の原を掘るがいい、金銀宝石が見つかるだろう。一万年前ある国の王が隣国の王に襲われたときそこに埋めているのがわたしは見える」と。

シェネの貧者がツエレシュの堆石を掘りますとメシェが指さしたところから宝ものが出てきたので、彼はよろこびの声をあげた。だがメシェはわきでそれを見ながら泣いた。「ある人がその宝石のために兄弟を殺すのが見える。それはいまから一万年先のことだ。殺された兄弟の骨は宝石が埋まっているこの墓に埋められるのだ。おおシェネの者よ、わたしはおまえの墓のありかを知っている、おまえがそこに横たわっているのが見える」

万人の生命が時の芯にあります、なぜかというとすべてがメシェの透視によってメシェの目によって見えるからであります。われらは彼の目の瞳であります。われらがなすことは彼に見え、われらの存在は彼に感じられるのであります。

オルネンの森のまんなかに一本のヘメンの大木があった、高さ百まいる、枝をひろげたさしわたしは百まいるはあろうかという古い大樹、百の枝の一枝一枝に千の小枝が千の小枝の一枝一枝に百の葉がついていた。大地に根をはった木はこう言った。「わたしの葉はすべて見えるがこの一枚だけは、ほかのすべての葉が投げかける暗闇の中にあるこの一枚の葉だけはだれにも見えない。この一枚の葉をわたしは秘密にしている。わたしの葉の暗闇の中にあるこの一枚の葉をだれが見ようか？　だれが葉の数を数えようか？」

メシェは逍遙《しょうよう》の折にオルネンの森を通りかかりその木からその一枚の葉をちぎったのであります。

これまでの秋の嵐では雨は降ったが、その秋の嵐に雨は一滴も降らなかった、そして雨は降りはじめた、雨は降っている、そしてあらゆる年のあらゆる秋に、雨は降るであろう。メシェは雨粒の一粒一粒を見たのであります、落ちたところ、落ちゆくところ、そして落ちゆくだろうところを。

メシェの目には万物は星であり、星と星とのあいだの暗闇である。そして一切は明るいのであります。

ショルスの領主の問に答えるとき、透視の一瞬にメシェには天空が一つの太陽のごとく見えた。地の上も下も天の球は太陽の面のごとく明るく暗闇はなかった。なぜかというに彼の目は過ぎさったもの来たるべきものは見ずにただ現在《いま》あるものを見ているからであります。消え去り光を失った星々も彼の目には見える、そしてそれらの光はいまも輝いていた。(原註)

原註　これは「膨張する宇宙」の仮説を裏づけるために用いられる理論の神秘的表現である。「膨張する宇宙」説は四千年前にシスの数学者たちによって提唱されたもので後世の宇宙学者におおむね受けいれられている。もっともゲセンの気象条件が天文観測による立証を妨げてはいるが。膨張速度（ハッブルの定数、レルヘレクの定数）は夜空の光度を観測することによって算出できる。ここの要旨は、もし宇宙が膨張していなかったら、夜空は暗くは見えないだろうということである。

暗闇は単に人間の目のなかにあり、見えていると思っているが見えてはいない。メシェの目には暗闇はない。

ゆえに暗闇を求める者たち（原註）はメシェの口より愚か者よとあざわらわれる、なんとなれば彼らは暗闇でないものを暗闇と名づけそれを因果と呼ぶからであります。

原註　ハンダラ教徒のこと。

因果は存在しない、なんとなれば万物は時の芯にあるからであります、満天の星が夜空からおちる雨粒の球に映しだされるごとく、したがってすべての星は雨粒を映しておる。暗闇も死も存在しない、なんとなれば、万物は一刹那の光芒の中にあり、そのはじめも終わりも一つなのである。一つの芯、一つの目、一つの法、一つの光。いざメシェの目をのぞこうではないか！

13　捕えられ更生施設へ

エストラーベンの唐突な出現、私の行動や計画に通じている事実、彼の警告の異常なほどの緊迫感に私は愕然とし、タクシーを拾うとすぐにオブスレの嶋へ行った。エストラーベンがなぜこれほど多くの情報をもっているのか、なぜどこからともなく不意にあらわれて、昨日オブスレが私にしないほうがいいと忠告してくれたことを、私にするようにとすすめるのかその理由をたずねようと思った。委員はあいにく外出中で、門番は、行き先もいつ帰ってくるのかも知らなかった。イエギの家へ行ってみたが、そこでも同様だった。この秋になっていちばんの猛吹雪がおそってきた。タクシーの運転手はタイヤに滑りどめをつけていなかったので、シュスギスの家より先へ行くのを拒んだ。その晩はオブスレにもイエギにもスロセにも電話で連絡をとることができなかった。

夕食のときシュスギスが事情を説明してくれた。ちょうどヨメシュ教の祭日で、聖者や神の御座を捧げもつ人々や共生区の幹部たちの儀式が寺院で行なわれるのだそうだ。エストラーベンの振舞いについても抜け目なく説明してくれた。かつて権力の座について、権力を失った人間は、なんとかもう一度人や物事を支配する機会をつかもうとあがくものだ――なりふりかまわず躍起になる、時がたつにつれ、自分が無力な無名人になったことを悟るからだ。たしかにそれは、あのエストラーベンの不安、狂ったような振舞いを説明するだろうと思った。しかし私は彼の不安に感応した。ごてごてと料理のならんだ長い食事のあいだ、私は不安にさいなまれた。シュスギスは、私や大勢の使用人や夜ごとに彼と食卓をかこむ追従者などの一座を相手にえんえんとしゃべりまくった。これほど雄弁なこれほど陽気な彼をみたことがない。夕食が終わってみるともう外出には遅い時間になっていた。どうせ祭りの儀式は真夜中すぎまでかかるから委員たちはまだ戻ってはいないとシュスギスが言った。夜食は辞退することにして早目に寝についた。夜明け近く、私は見知らぬ者に叩き起こされ、逮捕すると告げられ、武装警官にかこまれてクンデルシアーデン刑務所へ護送された。

クンデルシアーデンはミシュノリに残っている数少ない古い建物の一つである。市中を歩きまわったときよく目についたが、塔がいくつもそびえている陰気な長い建物で、共生区の色つやのない建造物群の中できわだって見える。外観どおりの、名称にふさわしい建物。刑務所である。なにかの偽装でもなく、単なる見せかけでも偽名でもない。本物、現実の刑務所、文字どおりの建物だ。

たくましい体格の警護人は長い廊下へ私を追いたて、照明だけはひどく明るいみすぼらしい小部屋へ私を閉じこめた。数分すると役人らしい細面の人物をかこんで警護人がどやどやと入ってきた。その人物は二人だけ警護人を残してあとは追いはらった。私はオブスレ委員に伝言をたのみたいがと言った。

「オブスレ委員は、おまえの逮捕は承知だ」

「承知だと？」私はまぬけ面《づら》をして言った。

「わたしの上司は三十三委員会の命令によって行動している。これより訊問をはじめる」

警護人が私の腕をつかんだ。私は反抗し、憤然として言った。

「訊問には答えるからこんな脅しはやめてください！」

細長い顔の役人は私の言葉を無視して警護人をもう一人呼び入れた。警護人が三人がかりで折りたたみ式のテーブルに私を縛りつけ、服を脱がせ、自白剤とおぼしいものを注射した。

どのくらい訊問が続いたのか、どんな訊問だったのか、私にはわからない。なにしろ訊問のあいだ切れ目なく注射をされていたのでなにも覚えていない。正気にもどるまでどれだけクンデルシアーデンに監禁されていたのか見当もつかなかった。体の状態からおして四、五日ぐらいとふんだが確かなことはわからない。しばらく今日が何月の何日であるかもわからなかったが、そのうち徐々に自分のおかれた情況が理解できるようになった。

私は隊商のトラックに乗せられていた。カルガブからレルへ便乗したトラックと同じようなトラックだが、客車ではなく貨物車だった。私のほかに二、三十人ぐらいの人間が押しこめられていたが、数ははっきりとはわからない、窓もなく後部の扉のわずかなすきま、それも四枚重ねの金網をくぐりぬけてくる乏しい光線がたよりでは。私がはっきりした意識を取り戻したときには、旅はかなり前からはじまっているらしく、各人の座もだいたいきまっていたし、糞尿や吐瀉物や汗の臭気はもう抑えようもなく、逃れるわけにもいかないほどだった。だれもが見知らぬ者同士だった。どこへ連れていかれるのかだれも知らなかった。話し声もあまりしない。不平も言わず希望もないオルゴレインの人々といっしょに暗闇の中に閉じこめられたのはこれが二度目だ。この国へ来た最初の夜、私にあたえられた予兆をいまようやく悟った。私はあの暗黒の穴蔵を無視して地上のオルゴレインの実体を白日の下に探し求めていたのだ。どうりで何もかも現実とは思われなかったわけだ。

トラックは東へ向かっていると私は感じた。実は西へ、オルゴレインの奥へ奥へと向かっているのが明らかになったときも、この感じを拭いさるわけにいかなかった。磁気や方角に対する感覚は、よその惑星上では狂いがちである。知能もその誤りを補えないとなると残るのは深い当惑のみである。なにもかも文字どおりばらばらになってしまったような感じだ。

トラックの積荷が一人その晩死んだ。腹をなぐられたか蹴られたかしたのか、肛門と口から血をだして死んだ。だれも世話をしてやるものはいなかった。してやれることもなかった。数時間前にプラスチック製の水差しがほうりこまれたがとうの昔にからになっていた。たまたま私の右どなりにいたのでその人物の頭を膝の上にのせて呼吸のしやすいようにしてやった、そうして彼は死んだ。みんな裸だったが、私は脚や太ももや腕に、彼が吐いた血を衣服のかわりにまとうことになった。ぬくもりのない、かさかさした茶色の衣服。

夜の冷えこみはきびしく、おたがいによりそって暖をとった。死体はなんのたしにもならないので隅に押しだされた。みんな体を寄せあい、夜通し、共に揺れ、共に倒れた。鋼鉄の箱の中は真暗闇である。トラックは田舎道を走っているらしく、後続車は一台もなかった。

金網に顔を押しつけても扉のすきまからは暗闇とぼうっと盛りあがっている積雪が見えるだけだった。

いま降っている雪、新しく降りつもった雪、ずっと以前に積もった雪、雨後に積もった雪、新しく凍った雪……オルゴレイン語にもカルハイド語にも、これらをそれぞれ言い表わす言葉がある。カルハイド語には（私はオルゴレイン語よりこちらの方に通じている）私の数えたかぎりでは、雪の種類、状態、年齢、性質などを言い表わす言葉が実に六十二もある。それから降り工合を言い表わす言葉がそれと同数ぐらい、氷に関する言葉が同じく、それから温度の状態、風の強さ、降水の種類などを言い表わす言葉がまた二十やそこらはある。その夜私はそれらの言葉のリストをせっせと頭の中に書きつらねた。出来あがったリストを繰りかえすうちに、また新しい言葉を思いだすので、それをアルファベット順にならべたリストのしかるべき箇所へ挿入した。

夜が明けてトラックが止まった。みなは扉のすきまに口を押しつけ、死人が出た、はこびだしてくれと絶叫した。口々にわめきたてた。わめきながら扉や車体をどんどん叩くので、鋼鉄の箱の中はすさまじい騒音となり耐えがたいほどになった。それでもだれも来なかった。トラックは数時間停車していた。それからようやく扉の外で人声がした。急に車体がかたむき、氷の上を横すべりしたような感じで走りだした。扉のあいだからのぞくと、日もだいぶ高くなっており、車は林の斜面をのぼっていた。

トラックはこうして三日三晩――私が意識をとりもどしてから四日――走りつづけた。検問所に止まることもなかったから、町と名のつくところは通らなかったのだと思う。人目をしのぶ行き先も定かならぬ旅。運転手の交代とバッテリーに充電するための停車があったが、このほかにトラックの中からは見当もつかない理由で長時間停車することもあった。うち二日は、正午から夕刻まで、トラックは置き去りにされたように止まっていた、そして夜になるとまた走りだした。一日一回正午ごろ大きな水差しが扉の差し入れ口からあらわれる。

　死体を入れて二十六人、十三人の二倍いた。ゲセン人は十三を単位にしてものを数える。十三、二十六、五十二というふうに。これはおそらく彼らのセクシャル・サイクルになっている二十六日という月齢のせいだろう。死体は冷しておくように車の後の扉に押しつけられてあった。残る二十五人は夜になるまでおもいおもいの場所に、自分のテリトリーにしゃがんだり横になったりしている。寒気がきびしくなってくるとじりじりとおたがいに近づきあって、ついには一つの大きな塊りになる、中心は暖かく外側は冷たい一つの塊りになる。

　思いやりは残っていた。私と老人とひどい咳をしている人間を寒さに対する抵抗力が弱いと見て毎晩二十五人でつくる円陣の真ん中へ、いちばん暖まる芯へ入れてくれるのであった。人をかきわけてそこへ入っていくのではなく毎晩三人はいつのまにかちゃんと中心におさまっているのだった。恐るべきものだ、人間が失わないこの思いやりというしろもの。恐るべきものだ、それが極寒の暗黒に素裸でいる私たちの持てる唯一のものだと考えると。富めるわれわれ、力に充《み》ちあふれていたわれわれが最後に握っているのがこのささやかな小銭であるとは。これが与えることのできる唯一のものとは。

毎晩この群の中で体をよせあってはいたが、しかしおたがいは遠く触れ合えない存在だった。あるものは薬の常習で知覚が鈍っていたし、あるものはおそらく先天的な精薄者であろう、だれもかれも虐待の経験をもち怯えていた。それにしても二十五人のうち一人として話しかけようとするものも、まして悪態をつくものもいないというのは奇妙に思われる。思いやりと忍耐心はたしかにあったが、それは沈黙のうちに、常に沈黙のうちに示されるだけである。みなが死ぬべき運命を持ち、よどんだ暗闇でたえず体をぶっつけあい、うち重なってたおれ、入りまじった息を吸い、火をかきたてるように体のぬくもりをかきたてているというのに――あいかわらず見知らぬ者同士なのだ。彼らの名前を知る機会はついになかった。

ある日のこと、たぶん三日目だと思うが、トラックが何時間も止まったままなので、とうとう置き去りにされ野たれ死にさせられるのかと観念したとき、そばにいた人物が私に話しかけてきた。前に働いていたという南オルゴレインの工場のこと、そこの監督といざこざを起こしたいきさつなどをくどくどと話しだした。ものうい声でぼそぼそとしゃべりつづけ、私が聞いているかどうかたしかめるかのように手を私の手に重ねていた。日はすでに西におちようとしていたが、路肩で車体がかたむいたとき、扉のすきまから突如として一条の光がさしこんだ、車体の奥まで見えるほど。そして私はそこに一人の少女を見た。ととのった顔だちの、あかまみれの、やつれはてた痴呆めいた少女が私の顔を見あげ、おずおずと頬笑み、慰めを求めながらしゃべりつづけている。若いオルゴレイン人がケメルに入り、私に引きつけられていたのだ。彼らのうちのひとりが、たった一度私になにかを求めた、それでもそれに応えるすべは私にはない。私は立ちあがり扉に近づいて空気を吸ったり外を眺めたりするふりをして自分の場所には長いこと戻らなかった。

その晩トラックは長い坂を上っていき、そして下り、また上った。ときどき理由もわからずに停車した。そのたびに凍てついた深い静寂が鋼鉄の壁をひしひしと押しつつんだ。漠々たる荒野の静寂、高山の静寂が。ケメルに入っている若者はあいかわらず私の横に陣どって私に触れようとあせった。私はまた立ちあがって長いこと扉の金網に顔を押しつけ、剃刀の刃のように喉と肺を切り裂く清冽な空気を吸った。扉に押しつけていた手の感覚がなくなった。このままでは凍傷になってしまうと私はようやく気づいた。吐く息が凍って唇と金網のあいだに小さな氷の橋ができた。私は扉からはなれるためにはこの氷の橋を手で割らなければならなかった。そしてみんなのあいだにしゃがみこんだが、寒さのためにがたがたと胴震いがはじまった。かつてない震え方でまるで熱性けいれんのようにがくんがくんと体がとびあがる。車はふたたび上りだした。騒音や車の動きは、あの凍てついた深い静寂を追いはらってくれ、温もりの幻覚をあたえてくれたが、それでも寒くてその晩はとうとう寝つかれなかった。車は一晩中かなり高い標高を走っていたように思うが、人間の呼吸や脈搏やエネルギーレベルは情況いかんによってはあてにならない指針であることを考えるとそれもあてにならない。

あとで知ったのだが、あの晩われわれはセムベンシェン山脈を越えたそうであるから、山道を九千フィート以上のぼったことになる。

空腹にはあまり悩まされなかった。私がとった最後の食事は、記憶にあるかぎりでは、シュスギスの館でのあの長いたっぷりとした食事であった。クンデルシアーデンでも食事は与えられたのだろうが、まったく記憶にはない。この鋼鉄の箱の中では食べることは生活の一部ではないらしかった。またあまり考えもしなかった。反面、のどの渇きは生命を維持するための絶対条件のひとつだった。日に一度そのために扉にもうけられた差し入れ口の錠がはずされた。われわれの仲間のだれかがプラスチックの水差しをそこから出すと、氷のように冷たい空気とともに水を満した水差しがすぐに戻ってくる。

一人一人が飲む水の量をはかる方法はない。水差しがまわされ、三口か四口飲むと次の手が伸びてくる。施与者や保護者の役を果たすものはだれもいなかった。ひどい咳をしていた人物、いまは高熱にあえいでいる人物のために水を少しとっておいてやろうと言うものもない。私がそうしようと提案するとみんなうなずくのだが、だれも実際にそうするものはいなかった。水はほぼ公平にわけられ——だれもより多くを要求しなかった——数分でなくなってしまう。一度、箱の前方の壁によりかかっていた三人のところへ水差しがまわってきたときにもうからだったことがあった。あくる日このうちの二人が、列の先頭にしてもらいたいと申し出て受けいれられた。あとの一人は前方のすみにうずくまったまま動かなかった。彼に分け前がいくように気を配る者はいなかった。私自身もそうしようとしなかったのはなぜだろう。わからない。トラックに乗せられてから四日目だった。自分の分け前がなかったとしても要求したかどうか疑問だ。病人の渇きや苦痛には気づいていた。ほかのみんなも自分と同様に渇いていることもわかっていた。しかしこうした苦痛を和らげる手段はなにもなかったので彼らと同じようにただおとなしく受け入れるより仕方がなかった。

同じ環境に置かれても人それぞれにちがう振舞いをすることは私も知っている。彼らはオルゴレイン人である、生まれおちてからこのかた上からの命令によって集団の目的のため、相互扶助、従順、服従などをたたきこまれた人々だ。独立心や決断力は弱められている。怒るという能力も乏しい。彼らは一つの全体を形成し、私もその中の一人だ。それはだれしも感じている。肩をよせあう人々がおたがいに生命の火をかきたてて一つの全体としてあることは夜の安息といえよう。しかし全体を代弁するスポークスマンはいない。長のいない受け身のグループなのだ。

もっと確固とした意志を持っている人間ならもっとましなことができただろう。話しあい、水を公平に分け、病人の世話をし、はげましあったかもしれない。果たしてどうだろうか。私が知っているのはあのトラックの中がどうだったかということだけだ。

トラックの中で意識を恢復してから、私の計算が正しければ五日目の朝、車が止まった。外で話し声や呼びかわす声が聞こえた。扉の錠がはずされ左右に大きく開かれた。

私たちは順々に出口へ這っていった。四つんばいで這うようにしておりるもの、飛びおりるもの。二十四人が外へ出た。二つの死体、古い死体と、二日二晩水をのまずとうとう死んでしまったもう一人の死体はひきずりおろされた。

外は寒かった。酷寒と、白雪をぎらぎら反射させる白い光は、あの悪臭ふんぷんとしたトラックを去るのさえ辛いと感じさせ、泣きだすものすらいた。われわれはトラックの横にかたまりあった。みんな裸で異臭をはなっていた。われわれという小さな全体、夜の存在が苛酷な白昼の光に照らしだされた。われわれを追い立て一列に並ばせ、数百ヤードはなれた建物まで歩かせた。建物の金属の壁、雪をのせた屋根、見わたすかぎりの雪原、昇りそめた太陽と広い空の下にえんえんと連なる山なみ、なにもかも溢れかえる光に震え、きらきら輝いていた。

掘立て小屋の前に置かれた大きな水槽の近くで一列に並ばされ、体を洗うように命ぜられた。体を洗う前にみんな桶の水をむさぼるように飲んだ。体を洗いおわると大きな建物のほうに連れていかれ、下着と灰色のフェルトの服と半ズボンとレギンスとフェルトの長靴を与えられた。

食堂へ入るとき看守が各人の名前をリストと照合した。食堂では灰色の服をきた百人あまりの囚人たちといっしょに、床に釘づけにされた食卓にすわらされ朝食を食べた。おかゆとビールだった。食事がすむと新顔も古顔もいっしょにされて十一人ずつの班にわけられた。私の班は、二百ヤードばかりはなれた囲いの中にある製材所へ連れていかれた。囲いのすぐ近くから林になり、林は北へ目の届くかぎり、起伏する丘を覆っていた。看守の監督のもとで製材された材木を工場から冬期貯木場にあてられた大きな小屋へ運びこむのが仕事だった。

トラックに何日も揺られてきたあとでは歩くのもかがむのも材木を持ちあげるのも容易ではなかった。怠けることは許されなかったが、強いられることもなかった。昼ごろに穀粒茶のオルシュが一杯ずつくばられた。日没前にバラックへ連れ戻されおかゆと野菜少々とビールの夕食が与えられた。夜は大部屋に閉じこめられ、一晩中電灯がこうこうとついていた。周囲の壁に二段にとりつけられた奥行五フィートの棚の上で眠るのだ。古顔が上段にあがった。上の方があたたかい空気がのぼってくるからである。戸口で寝袋が手わたされる。ごわごわした重い袋で前に使ったやつらの汗で悪臭を放っていたが、寒さはよく防いでくれてあたたかだった。欠点は私には短いことだった。ゲセン人なら頭まですっぽり入るのだが私はだめだった。寝棚の上でも十分に手足が伸ばせない。

ここはプレフェン共生区の第三更生施設、再生公社と呼ばれている。プレフェン第三十区はオルゴレインの居住可能地域の最北端にありセムベンシェン山脈とエサゲル河と海岸にとりかこまれている。人口はわずかで都市と呼べるものはない。ここからもっとも近い町はツルフと呼ばれ、南へ数マイルほどのところにある。見たこともない町だ。施設は人跡まれな広大な森林地帯タレンペスのはずれにある。極北の地なのでヘメンやセレムやブラックベイトのような大木はなく、林はみなソレという灌木ばかりである。十フィートから十二フィートほどの高さで、節こぶだらけの、灰色の葉をつけた針葉樹である。惑星〈冬〉では、植物も動物も原種の数は少ないが、それぞれの種の仲間はきわめて広範囲に分布している。ソレ林はえんえん数千平方マイルにおよび、その林にはソレ以外の木はない。ここでは原生のものも入念な手入れが行なわれており、この林も数世紀前から伐採が行なわれているにもかかわらず空閑地は皆無で、切株がそのまま放置されていることもなく、山肌を露出している斜面もない。林の木は一本一本に用途がきめられており、製材所で出るおがくずも一粒たりと無駄にされていないらしい。施設には小さな工場があり、天候の加減で伐採班が林へ出ないときは、われわれは製材所か工場で、おがくずや木っ端や樹皮を加工し圧縮しさまざまな形に型押ししたり、ソレの針葉を乾かしたものからプラスチックに使う樹脂を抽出したりした。

　仕事は純粋に仕事で酷使はされなかった。もう少し多い食べ物ともう少しましな衣服があれば仕事も楽しかったかもしれないが、ほとんどいつも空腹で寒かったので愉しむ気分にはなれなかった。看守は厳格というほどではなく手荒なまねもしなかった。総じて鈍重でだらしなく不器用、女性的な感じがした――繊細だからというのではなくその反対の意味、つまりぶくぶく肥ったところや粗野なところや敏捷さを欠いた鈍重なところなどが女性的だった。仲間の囚人にとりかこまれているとき私は惑星〈冬〉へ来てはじめて、女あるいは去勢された男にかこまれた男という感じをもった。囚人たちも看守と同様にだらしなく締りがなく粗野だった。彼らを個々に識別するのは困難である。感情曲線は常に低く、彼らの話はつまらない。このような画一化された無気力さは、食べ物や温かさや自由の欠乏のせいかとはじめは思ったが、ほかに特別な理由があることに私は気づいた。それは囚人たちに与えられるケメル抑制剤のためであった。

　ゲセン人の性サイクルの性交能力を軽減あるいは除去する薬があるということは知っていた。便宜上、または病気や、道徳上強いられた禁欲などさまざまな理由で使われている。ケメルを二、三度抜かしても悪影響はない。だからこの薬の使用は珍しいことではなく一般に認められている。しかしそれを強制的に与えることがあるとは夢にも思わなかった。

使うにはそれだけの理由がある。ケメルに入った囚人は作業集団の中にあっては不穏な存在となる。作業からはずしたところで、あとはどうすればよいか？――ことに囚人の中に同時にケメルに入ったものがいないとしたら。たかだか百五十人ばかりではそうした場合はいくらでもありうる。パートナーがなくケメル期を過ごすのはゲセン人にとっては辛いことだ。としたらその辛さを事前に防いでやる、そして作業時間のロスをなくしてやる、ケメルに入らないようにしてやるのが最善の策というわけだ。そこでケメルを薬で抑制する。

ここに数年間収容されている囚人たちは精神的にも、またある程度肉体的にもこの化学的な去勢に順応しているようだ。彼らは去勢牛のように性を欠いている。天使のように恥じらいも欲望もない。しかし恥じらいも欲望もないというのは人間ではない。

ゲセン人の性衝動は生まれながら範囲が明確に限定されているので、社会によって干渉されることはあまりない。私の知るバイセクシャルの社会に比べると、性の法制化や干渉や抑制は少ない。禁欲はまったく任意なものだ。快楽は完全に容認されている。性に対する恐怖や欲求不満もきわめてまれである。社会的な目的のために性を抑制するという例に出会ったのはこれがはじめてである。単なる抑制ではなく禁圧であるから欲求不満ではなく長い間にはもっと不気味なもの――消極性――が生じる。

惑星〈冬〉には共同生活をいとなむ昆虫はいない。ゲセン人は、彼らの大地を昆虫たちと分かちあってはいない。集団に対し、全体に対し、服従以外の本能をもたぬあの中性の小さな虫たちが作る、自分たちの社会よりは占い無数の王国と大地を分かちあってきた地球人とはちがうのだ。もし惑星〈冬〉に蟻がいたら彼らはとうの昔に蟻を模倣していたにちがいない。更生施設制度はかなり最近のもので、この惑星のこの一つの国だけに限られ、その存在はほとんどまったく知られていない。だがこれはセクシャル・コントロールに弱い人々の社会が進むかもしれない方向を不気味に暗示している。

プレフェンでは前にものべたように仕事のわりには食いものが少なく、衣服、ことに足の装備は、冬の気候にはまったく不向きである。看守、といってもたいていは保護監察中の囚人だが、彼らの装備もわれわれと大差はない、この施設の目的は懲罰であるが破壊的なものではない。投薬による訊問さえなかったら耐えられないものではなかった。

囚人たちのあるものは十二人ずつまとめて訊問を受けた。彼らは単に告解とか教義問答のようなものを暗誦し、ケメル抑制剤の注射を受けたのち作業場へ戻される。政治犯は五日目ごとに薬を与えられて訊問を受けることになっている。

彼らがどのような薬を使っているか不明である。訊問の目的もわからない。彼らが私にどんな質問をしたかまったくわからない。いつも数時間後に寝棚で目をさますと、寝棚には六、七人同じような仲間がいて、あるものは私のように目をさまし、あるものはまだ薬の作用でぐったりと眠りこんでいる。みんなが起きると看守がやってきて作業場へ連れていく。だが三度目か四度目の訊問のあとで私は起きあがれなくなった。私はそのままにほうっておかれた、翌日は悪寒がしたがどうやら作業に出ることができた。その次の訊問のあとでは二日のあいだ脱力感があった。どうもケメル抑制ホルモンか自白剤が、ゲセン人とはちがう私の神経組織に有害のようで、毒素が累積していくのだ。

次の訊問日が来たら調査官に頼んでみようと考えたことを覚えている。まず注射をしないでも質問には正直に答えると約束する。それから、見当ちがいな質問をして見当ちがいな答をきいても仕方がないではありませんかと私は言う。すると調査官は、金色の鎖を首にかけた予言者のファクスを振りむく。そして私はファクスと長々と話しこむ、とても気持がいい、話しながら私は砕かれた木屑を入れた木桶にチューブから酸性の液体を適宜にたらしていく。そんな場面を私は想像した。だが実際に訊問室にあてられた小部屋へ入っていくと、調査官の助手が私のカラーをひきおろして有無をいわせず注射をした。このときの記憶では、あるいはもっと前の訊問の記憶なのかもしれないが、とにかくくたびれた顔の爪に垢のたまったオルゴレインの若い調査官がぼそぼそとこう言ったのをおぼえている。「わたしの質問にはオルゴレイン語で答えなければいけない、ほかの言語を使ってはいけない。おまえはオルゴレイン語で話さなくてはならない」

ここには病院というものはない。施設のおきては働くか死ぬかだ。しかし現実にはお慈悲があった——仕事と死のあいだの間隙を看守が埋めてくれた。前にも述べたが彼らは残酷ではない。といって親切でもない。要するにだらしがない、自分が面倒にまきこまれない限りどうでもよいのだ。私ともう一人の囚人が立ちあがれなくなったことがわかると見て見ぬふりをして寝袋のなかに入れたままほうっておいた。私は最後の訊問のあとすっかり体が衰弱していた。もう一人の中年の男は肝臓が悪くて死にかけていた。彼はすぐに死ねるわけではないので、しばらくこうして寝棚にいることを許された。

プレフェンでは彼のことをいちばんよく覚えている。体格はゲセンの典型的な大陸人である、小柄な体、短い四肢、皮下脂肪の厚い層が病んでいる体にふっくらとした丸みをあたえている。手足はこぢんまりとして、腰が張り、胸巾は広く、胸部はわが種族の男性より発達しているわけではない。肌は黒ずんだ赤褐色、黒い毛髪は動物の毛なみのように美しい。顔は大きく、顔だちはきりっとして頬骨がはりだしている。地球《テラ》の高地人や極地民族などと似たようなタイプだ。彼の名をアスラという。大工だった。

われわれは話しあった。

アスラは死ぬのをいやがってはいなかったと思うが、死を怖れていた。彼はその恐怖をまぎらすものを求めていた。

死をまぢかにひかえているという以外に共通点はないのだが、そのことは話題にはしたくなかった。したがって、たがいに理解しあうという機会はほとんどなかった。彼にとってそれはどうでもよいことだった。しかも私のほうは彼より若く懐疑的であったから、意思の疎通や理解や説明を望んだ。だが説明はなされなかった。ただ話しあうだけだった。

夜になるとバラックの寝所はぎらつく照明に照らしだされ、がやがやと騒々しかった。昼は明りも消え、がらんとした部屋は薄暗く静まりかえる。私と彼は寝棚で寄りそうようにしてひそひそとしゃべりあった。アスラは、クンデレル谷、私がかつてミシュノリの国境から車で横断したあの広大な美しい平野の共生区農場での若き日の思い出をとりとめもなくしゃべるのだった。訛りはひどいし、私が知りもしない人物や場所や習慣や道具などの名前がぽんぽんとびだすので、彼の追憶の大要がつかめるにすぎなかった。彼の気分がいいのはたいてい午ごろだが、そのころになると私は神話や伝説をきかせてくれと頼む。ゲセン人はたいていこうした話をよく知っている。彼らの文学は事実記されてはいるものの、生きた言語で語りつがれているので、その意味では彼らはみな教養があるということになる。アスラはオルゴレインの主要な民話やメシェの短い寓話やパルシドの話や大叙事詩の断片や貿易商人の長篇小説級の冒険物語などを知っていた。そうした話や、子供のころ聞いたという民話の断片を、特有のねっちりした方言で話してくれた。疲れてくると私に話をしてくれとせがんだ。「カルハイドにはどんな話があるかね？」と彼は激痛におそわれる脚をさすりながら、気の弱そうな、いたずらっぽい、辛抱強い微笑をうかべて私を見つめるのだった。

あるとき私はこう言った。「わたしはね、ほかの世界に住んでいる人たちの話を知っているよ」

「それはどういう世界かね？」

「だいたいここと同じような世界だよ。でもここの太陽のまわりをまわっているんじゃない。あんた方がセレミと呼んでいる星のまわりをまわっている。ここの太陽と同じような黄色い星なのだよ、その太陽の下で暮らしている人たちがいるのさ」

「ああ、サノビの教えの中にあるよ、ほかの世界というやつが。がきのころ、わしの郷にサノビの頭のおかしい坊主がよう来おって、がきどもにその話をした、嘘つきは死ぬとそこへ行く、自殺人も行く、それから泥棒も――そこは、わしらが、あんたやわしが行く、そういう場所のひとつかね？」

「いやわたしが言っているのはそういう霊の世界じゃない。現実にある世界だ。そこに住んでいる人たちは現実にいるんだ、生きている、ここの人たちのように。でもずっと昔に飛ぶ方法を知った」

アスラはにっこりとした。

「手をばたばたさせて飛ぶんじゃない。自動車のような機械で飛ぶんだよ」だが〝飛ぶ〟という言葉はオルゴレイン語にないので説明するのに骨を折った。飛ぶにもっとも近い言葉も〝滑走〟という程度の意味しかない。「つまり橇が雪の上をすべるように、空中をすべっていく機械を発明した。それからその機械をもっと遠くへもっと速く飛ばそうと考えているうちに、弓ではなった石のように地上からはなれて雲を突き抜けて空気を突き抜けてよその世界へ飛んでいって、よその太陽のまわりをまわることのできるようなそんな機械をとうとう作りだした。そして彼らはよその世界にたどりついて、そこでなにを発見したかというと、人間を……」

「空中をすべるのか？」

「まあ、そういうものかな……その人たちがわたしの住んでいる世界にやってきたとき、わたしらは空中をすべることはすでに知っていた。ところが彼らは、星から星へすべっていく方法を教えてくれた。わたしらの世界にはまだそういう機械はなかった」

アスラは、話し手がその話のなかに入りこんできたことにとまどっていた。私は薬の作用で腕や胸がひどく痛み、熱もあったので、自分がどう話を進めるつもりだったのかわからなくなってしまった。

「話しておくれ」彼は話を理解しようと努力していた。「彼らは空中をすべるほかにどんなことをした？」

「うん、ここの人たちと同じようなことをした。ここの人とちがうのは、一年じゅうケメルがつづいているっていうことかな」

彼はフッフッと低く笑った。ここの生活はなにも隠せなかったので、囚人や看守たちが私につけたあだ名は必然的に〈倒錯者〉だった。しかし恥も欲望もないところでは、いかに異常であっても、爪はじきにされることはなかった。アスラにしても、私の話と私自身の欠陥を結びつけて笑ったのではあるまいと思う。彼はただ古くから言いはやされている冗談の一つぐらいに思ったのだろう。彼はフッフと笑いながらこう言った。「一年じゅうケメルだと……するとそこは褒美を与えるところなのか？　それとも罰を与えるところなのか？」

「さあ、どうだろうね、アスラ。この世界はどっちだろう？」

「どっちでもないよ、坊や。ここはごらんのとおりの世界だ——あるがままだ。おまえはここに生まれてきた……なにもかもあるがままの姿だ……」

「わたしはここに生まれたんじゃない。ここへやってきたんだ。わたしがここを選んだんだ」

沈黙と影が二人を包んだ。壁一つ向こうの野山の静寂を破って遠くかすかに鋸の鋭い音が聞こえる。それがただ一つの物音だった。「ああそうか……ああそうか」とアスラはつぶやき吐息をつき脚をさすって無意識に小さなうめき声をたてた。「わしらはここを選んだわけでないが」と彼は言った。

それから二日後彼は昏睡状態におちいりまもなく息をひきとった。彼がなんの罪でこの施設へ送られてきたのかは知らない、彼の書類にどのような罪状が記されているのか知るすべはない。

ただ私が知っているのは彼がここに一年たらずいたという事実だけだ。

アスラが死んだ翌日、私は訊問に呼ばれたが、もう歩く気力もなく、かつがれていった。

そのあとのことは何も覚えていない。

14 逃亡

オブスレとイエギが街を出てスロセの館の門番が予に門前ばらいをくわせたのでもう友人は頼りにならぬ、敵のもとへ行くときであると予は悟った。シュスギス委員のもとへ行って彼を脅迫した。買収するだけの金を持っていなかったので予の名声を代償とした。不実な者のあいだでは叛逆者の名はよい資本である。予はチベの暗殺をもくろむカルハイド貴族党の間諜としてオルゴレインに来ているが、予とサルフとの連絡係りとして貴君が指名されている、ついてはある情報の提供を求めたい。もし貴君が拒否するならば貴君が二重間諜で自由交易党に通じているとエルヘンラングの予の友人に伝えよう、むろんその情報はミシュノリからサルフへ伝わるだろうと予はシュスギスに言った。すると彼は予の言葉を真に受け予に必要な情報をただちに提供してくれたばかりか、これだけでよいのですかと賛同さえ求めた。

予の友人であったオブスレ、イエギなどからの危険はまだ予の身辺にさしせまってはおらぬ。奴等は保身のために使節を売ったのである。そして予が奴等のため己れのために面倒は起こすまいと信じている。サルフではガウム以外の人間は予を注目に価いする人物と考えてはいなかったが、予がシュスギスのもとへ行ったことを知ったらすぐさま予を追いかけてくるであろう。予はなすべきことをなしたのち速やかに奴等の目の前から消え失せねばならぬ。カルハイドへの郵便は検閲されるであろうし電話や無線も傍受されるであろうからカルハイドにいる人間に直接伝言を頼む方法はなく、仕方なく王立大使館へおもむいた。王宮での知己であったサルドン・レム・イル・チェネウィッチが館員であった。使節の行方、使節の監禁されている場所などについての伝言をアルガーベン王に届けることを即座に快諾してくれた。チェネウィッチは信頼できる誠実な知恵者であるゆえ伝言はかならずや届けてくれるものと思うが、アルガーベン王がこの伝言をどう受けとるかどう処理するかは予測しがたい。予はただアイの星船が突如雲上より舞いおりる場合を想定し、事前に王にこの事実を知っていてもらいたかったのである。アイはサルフに逮捕される前に星船に信号を送ったかもしれぬという希望に予はまだすがっていたのである。

予の身辺はいまや危うくなった。大使館に入ったところを目撃されていたとすると危険は目前に迫ったと考えてよい。大使館の門を出ると予はただちに南通りの隊商だまりへ直行し、その日オドストレス・ススミの正午前に来たときと同じように隊商の荷積人足としてミシュノリを去った。古い身分証明書は持っていたが新しい仕事につくために少々改変しておいた。なにせオルゴレインでは日に五十二回も検査があるゆえ身分証明書類の変造は危険であるが、危険は珍しいことではなく魚の嶋の仲間たちがいろいろと策をさずけてくれた。偽名を使うのは業腹であるが、そうするよりほかに助かる道もなく、オルゴレインを縦断して西海へたどりつく見込みもない。

隊商の車がクンデレル橋を轟々と地ひびきたてて渡りミシュノリを出ていくあいだ予の想いはたえず西へさまよった。秋は冬へと移りつつあり、道路が閉鎖され速度の早い交通機関が通行不能となる前にどうしても目的の地へ着かねばならぬ。着けばあとはどうにかなるであろう。シノス行政局にいたころコムスバショムの更正公社を見学したことがあり施設に入っていたという囚人にも会ったことがある。そこで見たことや聞いたことがいま予の心に重くのしかかっている。三十度ぐらいでもう外套を着るような、寒さに極度に弱い使節がプレフェンの冬を越せるとは思えぬ。だからこそ先を急がねばならぬのだが隊商はゆっくりと北や南の町から町へ荷を積んだりおろしたりしていくのでエサゲル河の河口にあるエスウェンへたどりつくのに半月もかかった。

エスウェンで予は僥倖《ぎょうこう》に恵まれた。短期逗留者用宿舎で泊まりあわせた者たちと話しあううちに毛皮商人が河をさかのぼること、公認わな猟師が橇や氷船でタレンペスの森を通って氷原近くまで往来していることを小耳にはさんだ。わな猟の話から予はある計画を思いついた。ケルムにはゴブラン奥地のように白い毛皮をもったペスリがいる。ペスリは氷河の下のひっそりした場所を好む。若い頃ケルムのソレ林でペスリ狩りをしたことがあるが、いまプレフェンのソレ林へペスリ狩りに行って悪い理由は別にないではないか。

オルゴレインの北部や西部の奥地、セムベンシェン山脈の西の大荒原地帯はある程度自由に出入りができる。ここまではいちいち監視の手をのばすには官憲の手が不足しているのである。その昔の自由のいくばくかが新世代にも残っているのである。エスウェンはエサゲル湾の灰色の岩盤に築かれた灰色の港町である。雨まじりの潮風が吹き荒れ、住民は陰気な顔をした漁師で話し方は朴訥《ぼくとつ》である。予は予の運命の別れ道となったエスウェンを讃嘆をこめて振りかえる。

すきい、雪靴、わな、食糧を買いととのえ、猟師の免許状や身分証明書などなど共生区支部より取得し、マブリバという老人を首領とする猟師の一行に加わってエサゲルを徒歩でさかのぼる旅についた。河は未《いま》だ凍結しておらず道路は車が行き来していた。この年のしまいの月だというのに海岸沿いの丘陵地帯は雪より雨が多かった。猟師たちは真冬まで待ってセルンの月に氷船でエサゲル河をさかのぼるのがふつうだが、マノリバは早目に北上しペスリが大移動をはじめて林へ入ってきたときに一網打尽にしようという目算である。マブリバは奥地や北セムベンシェンや火の丘についても知悉《ちしつ》しており、予は彼とともに河をさかのぼりながら後日役立つさまざまな知識を学んだ。

ツルフの町で予は仮病を使い一行から脱落した。彼らが北上すると予は北東に向かいセムベンシェンの丘陵地帯へ入った。そこで数日間付近の偵察を行ない運んできたものはすべてツルフより十二、三まいるはなれた谷あいに隠したのち町へ戻ったが、今回は南より町へ入って短期逗留者用宿舎に宿泊した。わな猟のための装備をととのえるという口実で、すきい、雪靴、食糧、毛皮の寝袋、冬の衣服など一式をもう一度買いととのえた。チャベすとうぶとポリ皮の天幕とそれを乗せる軽量橇も。あとはただ雨が雪に変わり泥が氷になるのを待つのみ。それも長くはない、ミシュノリからツルフまでの旅で一月も費やしているゆえ。アルハド・セルンに凍結がはじまり待ちに待った雪が降りはじめる。

予はまだ日の高いうちにプレフェン更生施設の電気柵を越えたが予の足跡はすぐに雪がおおってくれた。橇は施設の東にある林の奥の湧き清水のそばに隠し、雪靴をはき背嚢《はいのう》だけを背負ってふたたび道へひきかえした。それから道に沿って歩き、堂々と施設正門より入った。ツルフで待つあいだ再度変造せる身分証を見せる。このたびは〈青印〉で姓名はセネル・ベンス仮釈放中とありエプス・セルンまでにプレフェン共生区第二更生施設におもむき二年間の看守勤務につくべしという命令書が添付されている。鼻のきく調査官であればこのような擦りきれた皺だらけの書類に不審をいだいたかもしれぬが、さいわい鼻のきくものはいなかった。

施設に入るのはいともたやすかった。これならば出るのもたやすいだろうといくぶん安堵する。

看守長は予が指定日より遅れたといって文句をいったのち仮小屋へ行くようにと命じた。夕食もとうにすみさいわい時刻もおそかったゆえ予の上等な衣服を看守用の長靴と制服にとりかえさせられずにすんだ。銃はわたされなかったが賄《まかない》係りを籠絡《ろうらく》して食糧をわけてもらうべく炊事場をうろつくあいだに手頃な銃を見つけた。賄係りの銃がかまどのうしろの壁にかかっていたのである。予はそれを盗んだ。銃は致死に設定されていなかった。おそらくどの看守の銃も設定されてはいまい。看守は施設で囚人を殺す必要がないのだ。飢餓と寒さと絶望が彼らのかわりに殺してくれる。

施設の職員は三十人から四十人ぐらい、囚人は百五、六十人ぐらい、ひとりとして健康なものは見られず、まだ四の刻を過ぎたばかりというにはや大半がぐっすりと眠りこんでいた。若い看守に連れられ眠れる囚人たちのあいだを巡視した。ぎらぎらと照らしつける光の下でずらりとならんで眠っている彼らを見ると、疑いをもたれぬうちに今夜中に行動を起こすという計画をあきらめた。彼らは子宮の中の赤児のごとく寝袋にすっぽりともぐって長い寝棚にならんでおり見わけようがなかった。——しかし見まわすうちにたったひとつ寝袋からはみだした体が見つかった。髑髏《どくろ》のような黒い顔とおちくぼんだ日とべったりこびりついた長髪を予は見つけたのである。

エスウェンで変転した僥倖がいまや予の手中で世界を回転させた。予にあたえられた唯一の天賦は、運命の巨大な歯車がいつわずかな一押しで動きはじめるかを予見し行動することである。この予見能力は昨年エルヘンラングにおいて失われ二度と取り戻すことはないと思っていた。ここにおいてふたたび現世の己れの運命を、この世界の好機というものを、危険な急坂を滑りおりる二連橇《ボブスレー》を操るごとくに操れるのだという確信がよみがえったのは望外のよろこびであった。

予は好奇心の強い落ち着きのない頭の弱い人物という役柄を演じて方々のぞきまわっていたので彼らはさっそく予に夜勤を命じた。真夜中には予ともう一人の夜勤の屋内看守をのぞいてみんな眠りこんでいた。予はたえまなくのぞきまわり、時折長い寝棚のそばを行ったり来たりした。予は計画どおりに予の魂と肉体がドセに入る準備をした。暗闇の力を借りねば予自身の力のみでは足りぬ。夜明け近く予はもう一度寝所へ入り賄《まかない》係りの銃でゲンリー・アイの頭部に百分の一秒の音波衝撃をあたえたのち、寝袋に入れたまま肩にかつぎ看守室へはこんでいった。

「なにをやっているんだ?」と相棒がねぼけまなこで言った。「そんなものはほうっておけ!」と。

「死んでいるんだ」と予は言った。

「また死んだのか? おどろいたな、まだ冬になっていないのに」彼はこちらを向き予の背中にだらんとたれている使節の顔をのぞきこむ。「あいつか、倒錯者だな。カルハイド人の噂はきいていたが、こいつの顔を見るまではぜったい信じなかったよ。なんと醜い倒錯者だ。一日じゅう寝棚でうんうんうなったり、溜息ついたりしていたがこうすぐ死ぬとは思わなかった。さあおもてへほうりだしてくるがいい、朝までほうっておいても大丈夫だろう、ほれ、糞袋のかつぎ人足みたいにそんなところに突ったっていないで……」

廊下を通って監視所へ行ったが、看守である予がそこへ入って警報装置などのすいっち板を探しだすのを妨げるものはいなかった。どのすいっちにも表示はなかったが火急のさいに誤たぬようにと看守たちの手でそれぞれのすいっちの横に爪でひっかいた文字があった。Fと記された外柵の電流を切るすいっちをまわしたのちアイの両肩を抱えてひきずっていった。表口の監視所で見張りをしている看守のそばにやってきた予は重い死体を懸命にひきずる演技をしてみせた。なにしろドセの力が体内にみなぎっており自分より重い死体もかるがるとかつげるほどだったのでそれを見破られたくなかったのである。予は言った。「死んだ囚人だけど外へ運びだせという命令でね。どこへ置くかね？」

「さあね。とにかく外へ出せ。軒先に置けば雪には埋もれまいからね、来年の春の雪どけに臭い死体がうかびあがることもなかろう。ペデティアが降っているよ」彼の言うペデティアとはわれわれがソベと呼ぶ湿った大雪のことで予にとっては耳よりな知らせであった。「よしきた」と予は言い、死体をひきずって表へ出ると建物をまわりこんで彼の目のとどかぬところまで歩いた。そこでまたアイを肩に背負い北東に数百やあど進み、電流を切っておいた柵をよじのぼりアイを柵の向こうへおろしてから予もとびおり、そこでまたアイをかつぎなおし河へ向かって大急ぎで歩きだした。柵よりさまで行かぬうちに呼び子がぴいぴいと鳴りひびき照明灯がついた。降りしきる雪は予の姿を隠してくれたが足跡を即座に消しさるのは不可能であった。しかし予が川にたどりついても彼らはまだ足跡を発見しておらなかった。予はなるべく木の下の雪の積もっていない地面を歩き、雪の積もっているところは川べりの水の中を歩きながらひたすら北へ進んだ。エサゲル河の支流である急流はまだ凍結していなかった。夜明けとともに物の形も判然としてきたので予は先を急いだ。完全にドセの状態だったのでアイの体も長くて持ちにくいだけで重くはなかった。流れに沿って森へ入り雪橇《ぞり》を隠しておいた小谷へやってきた。橇を引きだし、アイの体を橇に乗せて縛りつけそのまわりに荷物を積みあげて体が隠れるようにしたのち全体に帆布をかけた。それから着替えをして食事をした。長期にわたるドセのため始まるすさまじい飢餓感がすでに予をさいなみはじめていた。食事がすむと林道へ出て北へ向かって歩きだした。ほどなくすきいをはいた二人連れが追いついてきた。

予はわな猟師の装備をしていたのでグレンデのしまいの日に北に向かったマブリバの一行を追いかけているのだと話した。彼はマブリバのことは知っており、予の免許証をちらりと見ただけで予の話を疑わなかった。彼らは逃亡者がまさか北へ向かっているとは思いもよらなかったのである。プレフェンの北には森と氷原しかないゆえ。そもそも逃亡者の捜索にははじめからあまり熱意がないのだろう。なぜに熱意をもつ必要があるだろうか？　二人連れは予を追いこしていったが一時間後に予とすれ違い施設のほうへ戻っていった。一人は予が昨夜いっしょに夜勤をした看守であった。半夜予と対座しながら予の顔を見てはいなかったのである。

彼らの姿が見えなくなると林道をそれ、ゆるい曲線を描きながら、一日がかりで林を縦断し施設の東の丘陵を突っきってようやく予備の装備を隠しておいたツルフの近くの小谷へたどりついた。起伏の多い地形を己れの体より重いものを引いていくのは骨が折れたが雪は深くすでに固まりつつあった上に予はドセに入っていた。ドセの状態をこのまま持続せねばならぬ。いったんドセの力をゆるめればそれまでである。一時間以上ドセの状態を持続した経験はないが、古老たちのなかには、一昼夜あるいはそれ以上ドセの力を持続できる者もいるそうで、予の場合は緊急の必要が予の鍛練の結果を補ってくれたのであろうか。ドセに入るとあまり心配はしないものであるが、予の心配は予が与えたわずかばかりの音波衝撃からもうとうに目醒めてよいはずの使節のことである。いまだに身じろぎ一つせず、予は彼の介抱をする時間がなかった。彼の体はまったく異質のものであるゆえ、われわれにとっては単なる麻酔にすぎないものも彼にとっては死を意味するのであろうか？　車輪が自分の手の下でまわりだしたら言葉に気をつけるべきである。予は二度も彼を死人と呼び死体として運んだ。予が丘を越えてかついできたのはじつは死人だったのではあるまいか、彼の生命も予の幸運もけっきょくは徒費されたのではあるまいかという考えがしきりに湧く。その思いに予は汗を流し呪いを口にした。するとドセの力がこわれた甕《かめ》からほとばしる水のごとくに予の体内より流れさっていくのが感じられた。だが予はひたすら進み、とうとう丘の麓《ふもと》の小谷にたどりつくまで、そして天幕を張りアイのためになすべきことをなすまでドセの力は消えなかった。予は濃縮食糧の箱をあけてむさぼりくったのち残りの少量をすうぷにしていまにも飢死にしそうな顔のアイに飲ませた。腕と胸の潰瘍は使っていた不潔な寝袋にこすられてできたものであろう。ただれた傷口を洗って毛皮の寝袋に入れてやり、冬と荒々しい自然が彼を隠してくれるように寝袋がすっぽりと彼の体をあたたかく隠してしまうと、もう予にしてやれることはなにもなかった。夜が訪れ、闇がひしひしとあたりを押しつつみはじめると、みずからの意志でふるいおこした渾身の力に対する報いがどっと襲いかかった。予は暗闇に予と彼の体を託さねばならなかった。

予らは眠った。雪が降りだした。二昼夜にわたるサンゲンの眠りのあいだ雪は降りつづけていたにちがいない。大吹雪ではないもののこの冬一番の積雪となった。眠りより醒め起きあがり外をうち眺めれば天幕はなかば雪に埋まっておった。日の光と蒼い影が雪上にくっきりとおちている。かなた東の空高く流れる灰色の煙雲が空の光輝をわずかに翳らせている。予らにもっとも近い火の丘ウデヌシュレケの噴煙なり。尖った天幕のまわりは雪がうず高く積もり小山も丘も斜面もすべて白一色、足跡ひとつない雪原であった。

まだ予は回復期なので衰弱ははなはだしく眠くもあったが目をさましていられるときには少しずつアイにすうぷをあたえた。その日の夕刻彼の顔に生気がよみがえる、まだ意識ははっきりせぬが。はなはだしき恐怖に襲われたごとく叫びをあげて起きあがる。予がのぞきこむと逃れようともがき精根つきはててふたたび失神した。その夜アイは予の知らぬ言葉でしきりにしゃべった。荒野の暗闇と静寂の中で別の世界で学んだ言葉をぶつぶつと呟《つぶや》くのを聞いていると奇異の感にうたれる。翌日は辛い思いをした。彼の世話をしようとする予を施設の看守と思うらしく注射をされるのではないかと怯えるのである。オルゴレイン語とカルハイド語をごっちゃにしてやめてくれと哀願し必死に抵抗した。こんな場面が何度もくりかえされサンゲン期にいる予はまだ身も心も弱りはてていたのでこれ以上彼の面倒をみられないような気さえした。奴等はアイに薬をあたえたばかりでなく頭脳改造も行なって彼を狂人あるいは魯鈍《ろどん》にしてしまったのではないかと予は憂慮した。それならソレ林の橇の上でいっそ死んでくれたがましであったと思った。さもなくば一時の僥倖などに恵まれず、ミシュノリを去るときに予が捕えられ施設へ送りこまれていれば、予はみずからの罪に服していたであろう。

眠りよりさめるとアイが予を見つめていた。

「エストラーベン？」と弱々しいが驚愕の叫びをもらした。

予の心臓はうちふるえた。予は彼を安心させてやり彼がしてもらいたいということをしてやった。その夜は二人ともぐっすりと眠った。

あくる日アイの容態はさらに快方に向かい起きあがって食事をした。手足にできた腫瘍も癒えてきた。なぜそのようになったか予は問うてみた。

「わからない、たぶん薬のせいでしょう。注射をひんぱんにされていたから――」

「ケメルを抑制するために？」施設から逃げてきた者や釈放された者からそのような話を聞いてはいたが。

「そう。そのほかにも、なんだったかわからないが、ある種の自白剤でしょう。それで工合が悪くなったのですが、どうしてもやめてはくれなかった。彼らはなにを知ろうとしたのだろう？　わたしはなにを話せばよかったのだろう？」

「あなたの口からなにかを知るというより、あなたを手なずけようとしたのではないだろうか」

「手なずける？」

「オルグレビイの誘導剤を強制的に常用させることによってあなたを手なずけようとしたのではないだろうか。そのような手段はカルハイドでもないことはないが。あるいはあなたや他の連中を実験台にしたか。施設の囚人に頭脳改造剤を実験的に与えているという噂を聞いたことがある。そのときはまさかと思ったが今は信じざるを得ない」

「カルハイドにもああいう施設があるのですか?」

「カルハイドに? いいや、ありませんよ」

彼はいらいらした様子で額をこすった。「ミシュノリの人々は、オルゴレインにはああいう場所はないというでしょうね」

「まさか。奴らは自慢しますよ。更生施設のテープや写真を得意然と見せてくれるでしょう。そこで異常者は正常に戻され、滅びゆく種族は避難所を与えられているのだから。ミシュノリの近くにある第一区更生施設を見せてくれるかもしれない、あそこはどの点から見てもすばらしいものですよ。カルハイドにも施設があるのではないかとあなたが考えるとしたらそれはわれわれを過大評価しているのですよ、ミスタ・アイ。われわれはそれほど洗練された知性を有する国民ではない」

あかあかと燃えるチャベすとうぶを彼は横たわったまま長いこと見つめていた。すとうぶはさっきからつけたままで、息苦しいくらいの熱気を放っている。やがて予のほうを見た。

「けさ話してくださったと思いますけれど、まだあのときは頭がはっきりしていなくて。わたしはいまどこにいるのですか? どうやってここへ来たのですか?」

予はもう一度くりかえし話した。

「あなたはただ……わたしをかついで歩いてきたというのですか?」

「ミスタ・アイ、あそこにいる囚人たちはだれでも、あるいはみんないっしょに、いつでもあそこから出られるのですよ。もしあなたたちが空腹ではなければ、薬を与えられ衰弱していなければ、錯乱していなければ、そして冬の装備をもっていれば、そしてどこか行く当てがあれば……そこが問題だ。あなたはどこへ行くつもりです？　町ですか？　身分証明書がない。それでおわりだ。荒野に？　避難小屋もない。プレフェンでは夏期には看守の数をふやします。冬期は冬の自然が看守の役目を果たしてくれますからね」

彼はほとんど聞いていなかった。「わたしのような重いものをかついでは百フィートだって歩けはしないはずです、エストラーベン。ましてやわたしをかついで暗い山道を二マイルも走るなどとは――」

「ドセに入っていたのです」

彼は口ごもった。「自発的に？」

「そう」

「あなたは……ハンダラ教徒なのですか？」

「ハンダラ教徒のあいだで育てられロセレルとりでで二年暮らしました。ケルムでは内郷の人々はほとんどハンダラ教徒です」

「ドセ期のあとは、エネルギーを使いはたしてほとんど虚脱状態になると思っていましたが――」

「そうです。サンゲン期と呼ばれ深い眠りにおちます。それはドセ期より長いのです。そしていったん恢復期に入ったら、それに抗《あらが》うのは危険です。わたしは二晩ぶっとおしに眠りましたよ。まだサンゲン期にいるのです。だからあの丘を歩いて越えることができません。それから猛烈な飢えに悩まされます。今週の分にあてた食糧をもうほとんど食べつくしてしまいましたよ」

「なるほど」と彼はいらだった性急な声でいった。「あなたを信じよう——信じるより仕方がない。わたしがいて、あなたがいて……だがわからない。あなたがなんのためにこんなことをしたのかわからない」

それを聞くと、怒りがむらむらと湧いた。予は怒りをしずめるまで彼を見ずまた返答もせず手もとにあった氷刀を見つめていたにちがいない。さいわい予の心臓はまだそれほど活気づいてはいなかった。予は自分に言いきかせた。彼は無知な人間であり、異人であり、悪用されて怯えているのだと。そしてようやく予は冷静になり、こう言った。

「あなたがオルゴレインへ来たこと、そしてプレフェンの施設へ来たことは一部はわたしの責任だと思っている。わたしは自分のあやまちを償おうと思っています」

「わたしがオルゴレインへ来たのはあなたとはなんの関係もない」

「ミスタ・アイ、われわれは同じ事柄をちがう目で見ていたのですよ、奴らもわれわれと同じなのだろうと思いちがいをしていたのですよ。去年の春に立ち戻ってみましょう。わたしはあなたやあなたの使命についてはなんの決定もしないように、要石の儀式がすむまで半月ほど待つようにとアルガーベンに進言してきた。謁見はすでにきまっていたし、とにかく儀式をとどこおりなくすませるのが先決だと思われた、その結果に期待したわけではないが。

このことについてはすべておわかりいただけたかと思っていたが、それはまちがいだった。万事わたしの独り合点だった。わたしはあなたの気分を害するようなことはしたくはなかった、また忠告をするつもりもなかった。キョレミにおけるペメル・ハルジ・レム・イル・チベの突然の台頭がもたらす危険についてはもう理解しているものと思った。チベは、あなたを怖れる恰好の理由を知っていれば、おそらくあなたが一部の党派の肩をもっていると王に讒訴《ざんそ》する、そして、恐怖によって容易に動かされるアルガーベンはあなたを殺していただろう。だからチベが権勢を揮《ふる》うあいだあなたに安全な場所でおとなしくしていてもらいたかったのです。そしてたまたまわたしもあなたとともに失脚した。いずれ失脚していたでしょうが、あなたと話しあったあの晩になろうとは夢にも思わなかった。アルガーベンの総理大臣はだれも長続きはしないのですよ。追放命令を受けとるともうあなたとは連絡がとれなかった、そんなことをしたらあなたをわたしの厄介事にまきこみ、あなたをいっそう危険な立場におくことになりますからね。わたしはここオルゴレインにやってきた。あなたにもオルゴレインへ来るようにとひそかに助言したつもりです。三十三委員会の人たちの中でまあまあ信頼できる人々にあなたの入国を許可するように進言した。彼らの肝いりがなければ入国の許可は得られなかったでしょう。彼らはあなたという人物を通して権力への道を、日ましに烈しさを加えるカルハイドとの争いから逃れる道を、そして自由交易への復帰の道を、サルフの手からおそらく逃れうる道を見いだしたのですよ、わたしもその後押しをした。だが彼らは慎重すぎた、行動することを怖れた。だからあなたの存在を公表せずに秘密にした、そのために大事な機会を失い、あまつさえ保身のためにあなたをサルフに売った。わたしは彼らに頼りすぎていた、したがって罪はわたしにあるのですよ」

「しかしいったいなんの目的で――この複雑怪奇さ、秘密主義、権力の争奪、謀略――これはいったいなんのためですか、エストラーベン？　あなたはなにを求めているのですか？」

「あなたと同じものを求めているのですよ。わが世界とあなたの世界との盟約を。あなたはなんだと思ったのですか？」

われわれは二つの木彫りの人形のように燃えさかるすとうぶ越しに見つめあった。

「つまり、盟約を結ぶのが、たとえオルゴレインであってもいいと――？」

「たとえオルゴレインであってもカルハイドはすぐに従うでしょう。われわれ全同胞の危急存亡のときにわたしがシフグレソルにこだわると思いますか？　どこの国がはじめに目覚めようと、畢竟《ひっきょう》われわれが目覚めるのであればいいではありませんか？」

「いったいどうしたらあなたの言葉を信じられるだろう！」と彼はわめいた。だが肉体の衰弱のために怒りも悲しげに哀れっぽく聞こえた。「それがすべて事実ならもっと早く、去年の春にも話してくれればよかったのに、プレフェンへ行く手間もはぶけたんです。あなたはわたしのために骨を折って――」

「そして失敗した。そしてあなたを苦痛と屈辱と危険の淵におとした。よくわかっていますよ。しかしもしあのときあなたのために、チベと闘おうとしていたら、あなたはいまここにこうしてはいられなかったでしょう、きっとエルヘンラングの墓の下にいるでしょうね。だがいまではあなたの話を信じている人間が少数ながらカルハイドにもオルゴレインにもいる、彼らはわたしの話に耳を傾ける。彼らはあなたのために働いてくれるかもしれない。わたしの最大の過ちは、ご指摘のとおりわたしの意図をあなたに明確に伝えなかったことだ。わたしはそういうことには慣れていないのですよ。助言にしろ非難にしろ、与えたり与えられたりということに慣れていないのですよ」

「無体なことを言っているつもりはないが、エストラーベン――」

「だがそういうことになるのです。まったく奇妙だ。わたしはゲセンであなたを信じている唯一の人間であるのに、あなたがゲセンで信じることを拒否する唯一の人間であるとは」

彼は両手で頭を抱えこんだ。ややあってこう言った。「すみません、エストラーベン」それは謝罪であり容認であった。

「だがあなたは、わたしがあなたを信じている事実を信じることができないし、信じる意志ももつまい」予はそう言って立ちあがった。足が痺れていた。予は怒りと疲労で体が震えるのを感じた。

「どうか心話術を教えてください」予は気楽に恨みがましくない口調で話そうと思った。「嘘のないあなたの言葉を聞かせてください。教えてください、そしてなぜわたしがこれまでこういうことをしたか訊いてください」

「ぜひそうしたいものです、エストラーベン」

15 氷原へ

私は目をさました。今までは温かく仄暗《ほのぐら》い円錐形の部屋の中で目をさますことが、そしてそれがテントで私はその中に生きて横たわっていて、もうプレフェンにいるのではないのだと語りかける自分の理性の声を聞くことが、奇異に感じられもし信じがたくもあった。そしていままた目をさましたが、あの奇異な感じは消失し、平和な安堵感が私を包んでいた。私は起きあがりあくびをし、べっとりとからみあった髪を指で梳いた。私はエストラーベンを見た。二フィートほどはなれたところの寝袋の上で手足を伸ばして眠りこけている。半ズボンのほかにはなにもはいていない。彼には暑いのだ。暗い神秘的な顔は、光に、私の視線にさらされている。眠っているエストラーベンは少々阿呆に見える、だれの寝顔もそうだが。目鼻立ちのくっきりした丸い顔は穏やかでよそよそしく、上唇と太い眉毛の上に小さな汗の粒がうきでている。エルヘンラングの式典の壇上で正装に身をかため陽ざしをあび汗をかいていた彼の姿を思いだす。そしていま私は、無防備の半裸の彼を冷たい光のもとで見ている、生地のままの彼をはじめて見ている。

遅くになって彼は目をさましたが、はっきりと目がさめるまで時間がかかった。あくびをしながらよろよろ立ち上がって上衣を着ると、テントの外へ首を突きだして天気工合を見て、それから私にオルシュを飲むかときいた。私が這いずりまわって、彼がゆうベストーブの上にのせた鍋の中に入れておいた氷の水でオルシュを煮だしておいたのを知ると、ぎごちなく礼を言ってコップを受けとり座りこんでそれを飲んだ。

「われわれはここからどこへ行くことになるのですか、エストラーベン？」

「それはあなたのご希望次第ですよ、ミスタ・アイ。ただしあなたの体力の許す範囲で」

「オルゴレインからもっとも早く出る道は？」

「西。海岸に向かう道です。三十マイルかそこらです」

「それからどうします？」

「港はもうすぐ凍結するかあるいはすでに凍結しているかもしれない。いずれにしても冬期は船は遠くまで行きません。隊商がシスやペルンテルへ出かける来春までどこかにひそんで待つことになる。カルハイドとの交易禁止がこのまま続けばカルハイドへ入るものもいません。隊商とかけあって潜入の方法を考えることはできる。残念ながらその金がないのです」

「ほかに方法は？」

「カルハイド。陸路で」

「そこまでどのくらい――千マイルぐらいですか？」

「そうです、道路を行けば。しかし道路はだめですよ。最初の検問所すら通れないでしょう。唯一の道は山越えをして北へ向かいゴブランを横断して東へ、それからグセン湾の国境までおりるほかはない」

「ゴブランを横断する——あの氷原をですか？」

彼はうなずいた。

「冬期は不可能ではないですか？」

「不可能ではないと思いますよ。ただし冬の旅はいつでも運に左右されますが。考え方によれば氷原は冬わたるほうがいいのです。大氷原では好天が続くし氷が太陽熱を反射します。嵐は氷原の外へ押しやられてしまう。だからブリザードの内側の場所というような伝説が生まれたのですよ。われわれにとっては好都合だと思いますよ、ほかに利点はないが」

「ではあなたは本気で——」

「本気でなかったら、あなたをプレフェンの施設から連れ出した意味がないではないか」

彼はまだとげとげしく、腹を立てていた。昨夜かわした会話が二人のあいだにわだかまっていた。

「すると春を待って海を渡るより氷原を渡っていったほうが危険は少ないというのですね？」

彼はうなずいた。「人目につかない」と彼は簡潔に説明した。

私はしばらく考えた。「わたしの適応性のなさを考慮に入れてくれたでしょうね？　わたしはあなたのように寒さに強くないですよ、あなたとはとうてい比べものにならない。スキーは下手ですし、体も衰弱している——二、三日前よりだいぶよくなりましたが」

　ふたたび彼はうなずいた。「やれると思います」と彼は言った。これまでずうっと皮肉とっていたあの簡潔さで。

「なるほど」

　彼は私を見つめ茶を飲んだ。茶といってよいだろう。煎ったペルムの粒を水から煮だしたオルシュは、茶色をした甘ずっぱい飲みものでビタミンAとCと砂糖、それにロベリンと同類の快い刺激性の成分が添加されている。冬ビールのないところにはオルシュがある。ビールもオルシュもないところ、人間はいない。

「きつい行軍になるでしょう」彼は茶碗をおいて言った。「非常にきつい。運がなければ成功はおぼつかない」

「あなたが連れだしてくれたあの汚水溜《おすいだ》めで死ぬより氷の上で死んだほうがましだ」

　彼は乾燥したブレッド・アップルを切りわけ、私に一切れさしだし、自分も一切れを口に入れて嚙みながら考えにふけっている。やがて「食糧がもっといる」と言った。

「カルハイドにたどりついたらどうなりますか――あなたは？　まだ追放の身でしょうに」

　彼はかわうそのような暗い目で私を見た。「そう。だからわたしはこちら側にとどまるつもりです」

「しかしあなたがこの国の囚人を逃亡させたことを彼らが突きとめたら？」

「突きとめるまでもない」と陰気な薄笑いをうかべて、「なにはともあれまず氷原を渡らねばならない」

私は思わずさけんだ。「ああエストラーベン、昨夜わたしが言ったことを許してください——」

「ヌスス」彼はブレッド・アップルを噛みながら立ちあがると、ヒエブと外套を着て長靴をはきテントの自在戸をあけてかわうそのような敏捷さで外へ抜けだした。そして外からテントに首をつっこむとこう言った。

「遅くなるかもしれない。一晩帰らないかもしれない。ひとりで大丈夫だろうか？」

「ええ」

「では」

そう言って彼は出ていった。エストラーベンのように情況の変化にこれほど完璧かつ迅速に即応していく人物を私は知らない。私の体は恢復し私はよろこんで行くと言い、彼はサンゲン期を脱した。こうしてすべての障害がとりのぞかれた瞬間、彼は出発した。決してせいたりあせったりせず、ただひたすらに用意周到なのだ。これこそ、彼が私のために放擲《ほうてき》したなみ並々ならぬ政治的キャリアの秘密にちがいない。これはまた私によせる信頼と私の使命によせる献身の深さをも示すものだ。私がこの惑星に来たとき、彼にはすでに受け入れ態勢ができていた。惑星〈冬〉ではそんな人間は彼一人だ。

にもかかわらず彼は自分をぐずな人間だと、緊急の場合に役立たずだと思いこんでいる。

かつてこんなことを言ったことがある。自分は非常に頭のはたらきが鈍いから、自分の行動をきめるときは、自分の〝運〟がどの方向に動いているかという漠然とした直感にたよるのだと、そしてその直感はめったにはずれたことがないと。彼は大真面目でそう言った。おそらく真実かもしれない。惑星〈冬〉で未来を予見するのは、とりでの予言者たちばかりではない。予言者たちは予感を手なずけ修練しているが、確実性は増していない。この点については、ヨメシュ教徒の言うとおりだ。彼らの能力はおそらく厳密にあるいは単に予言ではなく、すべてを同時に見る（たとえ閃きであっても）能力、全体を見る能力なのだろう。

エストラーベンのいないあいだは、小さなヒーター・ストーブを強にセットしておいたので、ひさしぶりに体の芯からあたたまった――何カ月ぶりだろう？　もうセルンの月、新年の冬の月になっているのだろうが、プレフェンからこちら月日がわからなくなっている。

このストーブは厳しい寒さをしのぐためにゲセン人の千年来の努力が注がれている優秀かつ経済的な器具である。あえて改良の余地があるとすれば動力源を核融合パックに変えることくらいであろうか。バイオニック蓄電池は十四カ月間の連続使用に耐え、熱出力は大で、ストーブ、ヒーター、ランタンを兼ね、重さも約四ポンドと軽い。これがなくてはわれわれは五十マイルも進めはしなかった。エストラーベンの所持金はこれを買ったためにだいぶ減ったはずである、ミシュノリで私が投げるように与えたあの金である。テントはプラスチック製、全天候用、寒冷地ではテントの内部に水滴がたまるという厄介な欠点も最小限度にくいとめてある。ペスリの皮の寝袋、衣服、スキー、橇、食糧、すべて最高の品、軽量で耐久性あり、高価。彼が食糧を調達しにいったのだとすると何を代償にして手に入れてくるのだろうか？

彼は翌日の夕暮れまで戻ってこなかった。私はそのあいだ何度か雪靴をはき、テントの周囲の斜面を歩きまわって足ならしをし体力をつける努力をした。スキーはかなり器用に滑ることができたが雪靴には閉口した。迷子になるといけないので丘の頂きを越えたりはしなかった。この辺の谷はけわしく、いたるところに渓流あり峡谷ありで、東のかたには雪のかかった山が聳《そび》えている。エストラーベンが戻ってこなかったら、こんな人里はなれた場所でどうしたらいいだろうと不安に思う時があった。

彼は雪煙をあげながら薄明りの斜面をすべりおりてきて——彼はスキーの達人だ——私のかたわらで止まった、いかにもくたびれきった様子で重そうな荷物を背負っている。なにやらぎっしりと詰まった大きな煤だらけのザックだ。その昔の地球で煙突からおりてきたというサンタクロースのようだ。ザックの中身はカディクと乾燥したブレッド・アップルと茶と、ゲセン人たちが塊茎から精製する赤くてかたい、土のような味のする砂糖の板だった。

「どこで調達してきたんですか？」

「盗んだのですよ」とカルハイドの元宰相はストーブに両手をかざしながら言った。さすがの彼も寒いのだ、さっきからストーブの温度を下げようとはしなかった。「ツルフで。きわどいところでうまくいきました」それが彼から聞き得たすべてだ。彼はその冒険を自慢するでもなく笑いとばしもしなかった。惑星〈冬〉では盗みはもっとも卑劣な犯罪と見なされている。盗人より卑劣とされるのは唯一、自殺者である。

「こちらの食糧をまず片づけなければ。重いのでね」と彼は、私が雪を入れた鍋をストーブにかけるあいだそう言った。前に調達した食糧は〝濃縮食糧〟で高エネルギー成分を配合し脱水、圧縮した強化食糧――オルゴレインではギチ－ミチと呼ばれているしろもの、われわれはむろんカルハイド語で会話を交わしていたものの、われわれもそう呼ぶことにした。最低必要量は一日一人当たり一ポンドとして六十日分はゆうにある。エストラーベンは顔を洗い、食事をすませるとストーブのそばで長いことかかって、われわれの持てるものを正確に算出し、それをいかにいつ使うか配分した。計測器がないのでギチ－ミチの一ポンドの箱を規準にして計算した。彼はゲセン人の例にもれずそれぞれの食糧のカロリーと栄養価を知悉《ちしつ》していた。それからさまざまな環境に応じての自己の必要量も知っていたし、また私の必要量も正確に算出する方法を知っていた。こうした知識は惑星〈冬〉では欠かせない生存条件の一つだ。

　ようやく食糧の配分計算が終わると彼は寝袋をひろげて眠りについた。夜中、彼がしきりに寝言をつぶやくのを聞いた。重量、日数、距離などと……

　われわれの全行程はざっと八百マイルである。まず百マイルを北ないし北東へ進み、林を抜けセムベンシェン山脈の北端を越え、大氷河へと向かうのである。これは二またにわかれて突きだした大陸の四十五度線以北の全域と、ところによっては三十五度線あたりまでの地域をおおう大氷原である。この南への広がりの一部が火の丘、つまりセムベンシェン山脈の最後の峰の一部にあたり、このあたりがわれわれの第一のゴールとなる。こうした山岳地帯なら氷河に到達することもできるだろうし、山の斜面から氷原へおりることも、そこから発する氷河の斜面をよじのぼることもできるだろうとエストラーベンは判断したのである。それから先は氷の上を東へ六百マイルばかり行けばよい。氷河がグセン湾の近くでふたたび北上する地点でわれわれは南東へ向かい、最後の五十マイルから百マイルは、おそらく十フィートないしは二十フィートの積雪があるシェンシェイの湿原を横断してカルハイドの国境に至る。

このルートはスタートからゴールまで一貫して人跡未踏の地域である。調査官に出会う機会は皆無だ。これがもっとも重要な点である。私は身分証明書類はいっさいないし、エストラーベンの書類はこれ以上の偽造はむずかしいという。いずれにせよ行きずりの人間には私はゲセン人で通るかもしれないが、私を探している人間の目を欺くことは不可能だ。この点ではエストラーベンが示した計画はきわめて実際的である。

しかしその他すべての点では狂気の沙汰としか言いようがない。

私は意見をさしひかえた。もし死に方の選択をせまられるならば、逃避行の途中で死ぬほうがましと言ったのは、あれは本気で言ったのだ。だがエストラーベンはまだほかに方法はないかと模索している。あくる日橇に荷を積む作業を念入りにやったが、そのとき彼がこんなことを言った。「もし星船に連絡がとれたらどのくらいでここへやってくるだろうか？」

「八日から半月のあいだです。船がゲセンの太陽軌道のどの辺にいるかによりますね。太陽の裏側にいるかもしれないし」

「それより早くはなりませんか？」

「なりませんね。ナファル推進は太陽系の近くでは使えません。使えるのはロケット推進ですから少なくとも八日はかかりますね。なぜですか？」

彼は答える前に積荷にしっかりと綱をかけた。「あなたの世界の助力を乞うたらどうかと考えていたのですよ、わたしの世界は頼りになりそうもありませんから。ツルフに無線所があるが」

「出力はどのくらいです」

「たいしたことはない。ここから一番近いところではクフメイに大きな送信機がありますが、ここから南へ四百マイルはど行かねばならない」

「クフメイは大きな町でしょう？」

「人口二十五万ぐらいです」

「いずれにしても送信機は必要だし、それから少なくとも八日はサルフの目を逃れながらどこかに潜んでいなければならない……あまり見込みはないですね」

彼はうなずいた。

私はカディクの最後の一袋をテントからかつぎだし、橇の積荷のすき間に押しこんでから言った。「もしわたしがミシュノリで、あなたが道で話しかけてきた晩に――あなたがそうしろと言ったあの晩――わたしが逮捕されたあの晩に、船を呼んでいたら……しかしどっちみちオブスレがアンシブルを持っていってしまったし。いまでも彼が持っているのでしょうがね」

「彼に使えるだろうか？」

「いや、むりです。いじりまわしていて偶然にということもあり得ない。きわめて複雑な装置ですからね。わたしが使っていいさえしたら！」

「あの日すでにゲームが終わったことを知っていたら」彼は微笑した。彼は後悔する人間ではなかった。

「あなたは知っていたと思う。しかしわたしがあなたを信じなかったんです」

荷物を橇に積みかえるとあとはもう何もせずその日一日精力をたくわえるべきだと彼は主張した。彼はテントの中で腹這いになると小さなノートにカルハイド語のあのこまかい縦書き、早書きの筆記体でせっせと書きこんだ。この一ヵ月日記をつけるひまがなかったと彼は苦にしていた。日記はかなり几帳面につけていた様子だ。この日記は彼の家族、エストレの郷に対する義務であり絆なのだろうと思う。もっともそれはあとになって知ったことだが。私はこのとき彼が何を書いているのかも知らず、スキーにワックスを塗ったあとは何もせずにすわりこんでいた。私はダンス・ミュージックを口笛で吹きはじめたが途中でやめた。テントは一つだから、おたがいにいらいらさせないようにするにはかなりの自制心と礼節とが要求される……エストラーベンは口笛を吹く私を見あげていたが、その顔にいらだちは見受けられなかった。むしろ夢みるような表情で私を見つめた。

「あなたの船のことを去年知っていたらと思いますよ……なぜあなたはたった一人でこの世界へ送りこまれたのですか？」

「未知の世界へ送られる第一陣は常に一人がよいのです。一人の異人なら好奇心にかられてと言えますが、二人となるとこれはもう侵略ですからね」

「第一陣の生命は軽視されているのですね」

「いや。エクーメンが生命を軽視したりするものですか。だからこそ危険に対しては二人より一人、二十人より一人のほうがいい。それに大勢の人間がタイム・ジャンプを行なうのは費用や時間がかかりすぎる。いずれにしろこの仕事はわたしが志願したんです」

「危険に名誉あり」と彼は格言めいたことを言った。「わたしたちがカルハイドに着いたときは存分な名誉が待っている……」

　彼の話を聞いているとなんだかほんとうにカルハイドへたどりつけるような気がしてくる、氷河の上、真冬の嵐の中、生き物の気配もなく身を隠すところとてない山、峡谷、クレバス、火山、氷河、氷原、凍った沼や海を八百マイルも越えてカルハイドへたどりつけるような気がしてくる。彼は、あの要石の儀式の日、つり台に乗って要石をモルタルで塗りかためていたときの狂人王と同じような頑固さと忍耐強さで日記を書きつづけながら、こう言うのである。「われわれがカルハイドに着いたあかつきには……」

　彼の言うあかつきとは、日付もないはかない希望ではない。冬の四の月の四の日、アルハド・アネルにカルハイドへ着くつもりでいる。そのためには明日、すなわち一の月の十三の日、すなわちトルメンボド・セルンに出発しなければならない。食糧は彼の計算によればゲセン暦で三カ月、つまり七十八日間食いつなぐことができる。したがって一日十二マイル歩くとして七十日間、そしてアルハド・アネルにはカルハイドへ到着する予定である。これですべての準備は完了。あとはぐっすり眠るのみだ。

払暁《ふつぎょう》、雪靴をはき風もなく軽い小雪のちらつく中を出発した。丘の斜面はベッサ、つまり踏みかためられていない柔らかな雪で、地球のスキーヤーたちが〝新雪〟と呼ぶ雪である。橇には積荷がいっぱいだ。総重量は三百ポンド以上とエストラーベンはふんでいる。小舟のような扱いやすい設計の橇だが、ふわふわの雪の上を引いていくのは骨が折れる。滑走部分はすばらしく、ほとんど抵抗を無にしてしまうような物質で塗装されてはいるものの、吹きだまりに入るとこれも役に立たない。こういう雪の斜面や峡谷をのぼりおりするには、一人が引き具に入って引っぱり、もう一人は後から押すのがいちばんよいということがわかった。雪はひねもすしんしんと降りつづける。私たちは食事のために二度小休止をした。広大な丘陵地帯は寂として音がない。私たちはまた歩きつづける、と、突如として黄昏となった。この朝あとにしてきた谷あいと同じような谷あい、白くこんもりもりあがった丘のあいだの小さな谷で橇を停めた。私は疲労困憊してふらふらだったが、一日が終わったのが信じられなかった。橇の距離計によると約十五マイル進んだ。

荷物を満載した橇で、丘や谷が交互にひかえている山岳地帯のこんな柔らかな積雪の上をこれだけのペースで進めるとすれば、積雪がかたい氷の上や平坦なところならもっと進めるはずだ、積荷はだんだん軽くなるのだし。エストラーベンによせた私の信頼は、無意識に生じたものというより、願望によるものであった。だがいまや私は心から信じる気になった。

私たちは七十日以内にきっとカルハイドに着く。

「こういう旅は経験があるのですか？」と私は訊いた。

「橇で？　たびたびね」

「長距離を？」

「数年前の秋、ケルムの氷の上を二百マイルばかり」

ケルム国の南部、つまりカルハイドの亜大陸の南端にあたる山岳地帯は北部のように氷河地帯である。ゲセンの大陸の住民は二つの白い壁にはさまれた細長い土地に住んでいるのだ。彼らの計算によれば、太陽熱が今より八度下がれば、二つの壁はじりじりと一つにあわさってしまうだろうということだ、人間も土地も消滅して氷ばかりになると。

「なんのための旅ですか？」

「好奇心と冒険心」彼は微笑して言いよどんだ。「知的生活の分野における複雑性と緊張度を増大するため」彼は私が前に話したエクーメンの引用のひとつを借用した。

「ああ、あなたは存在の実体として特有の進化的傾向を意識して広げようとしたわけですね。その一つの表われが探検ですからね」

あたたかなテントの中でお茶を飲みながらかゆの煮えるのを待つ、なんともくつろいだ豊かな気分を満喫していた。

「そのとおりです」と彼は言った。「六人でね。みんな若かった。エストレからわたしと兄、ストクから四人の友。目的のある旅ではなかったのです。ただあの氷原の上にそそりたつテレマンダ山を見たかった。あれをあの土地から見たものは数少ないのでね」

かゆが煮えた、プレフェンのふすまの雑炊とは似て非なるもの。地球の焼き栗のような香ばしい味で舌に火傷をするくらい熱い。体も心もあたたまった私は言った。

「ゲセンで食べたいちばんおいしいものはいつもあなたといっしょに食べていますね、エストラーベン」

「ミシュノリの宴会のときはちがう」

「ええ、あれはね……あなたはオルゴレインを憎んでいるのでしょう」

「料理の仕方を知っているオルゴレイン人は非常に少ない。オルゴレインを憎んでいるかと？　いいや、なんで憎む必要がありますか？　どうして人は国家を憎んだり愛したりするのですか？　チベがよく言っておった、わたしはそういう芸当ができない。わたしはその国の人間を知っている、その国の町や農場や丘や川や岩を知っている、山あいの畑の斜面に秋の夕日がどんなふうにおちていくか知っている、しかしそうしたものに境をつけ、名前をつけ、名前をつけないところは愛さないというのはいったいどういうことだろうか？　国を愛するとはいったいどういうことだろうか？　国でないものを憎むということだろうか？　そうだとしたら、いいことではない。では単なる自己愛だろうか？　それならいい、しかしそれを美徳とすべきではない、公言すべきではない……わたしは人生を愛する限りエストレ領の山々を愛するが、こうした愛には憎悪という境界線はない。その向こうについて、わたしは無知なのだと願っている」

ハンダラ教徒の言う無知とは——抽象的概念を無視し、実体を確実に把握すること。こうした態度には女性的なもの、抽象概念や理想の拒絶、あたえられたものへの服従などがあり、私にとってはあまり快いものではない。

また彼は几帳面にこうつけくわえた。「悪い政府を憎まないのは愚か者です。そしてもしこの地上によい政府というものがあるなら、それに奉仕するのは大きな愉びだと思います」

ここで私たちは理解しあった。「私はその愉びをいくばくか味わっています」と私は言った。

「そう、そう思っていました」

私は茶碗を湯で洗い、洗い水をテントのバルブドアから外へ捨てた。外は真暗闇だ。小雪がちらちらと舞っている、バルブドアから洩れるほのぐらい長円形の光でようやくそれが見える。私はテントの中の乾いた暖かさにふたたびもどると、寝袋をひろげた。彼が「茶碗をこちらへください、ミスタ・アイ」というようなことを言ったとき、私はこう言った。「ゴブランの大氷原を横断するあいだも〝ミスタ〟ですか？」

彼は顔をあげて笑った。「といってなんと呼べばいいかわからない」

「わたしの名はゲンリー・アイですよ」

「それは知っていますよ。しかし、あなただってわたしの領地の名を使っている」

「わたしもなんとお呼びしてよいやらわからない」

「ハルス」

「ではわたしはアイ――だれが、名を呼びあうのですか」

「郷の兄弟や友人」と彼は言ったが、その言い方は、直径八フィートのテントの中でわずか二フィートしかはなれていないのに、まるで手が届かないような遠い感じがした。それには私も答えようがない。正直さほど傲慢なものがあるだろうか？　私の心は冷え、私は寝袋にもぐりこんだ。「おやすみ、アイ」と異星人が言った、そしてもう一人の異星人が言った。

「おやすみ、ハルス」

友人。どんな友人も新月になれば愛人に変わってしまう世界において、友人とはなにか？　私は男性という性に閉じこめられているから友人ではない。セレム・ハルスにとっては友人でもないし、彼の種族のだれにとっても友人ではない。男でも女でもない、そして男であり女である彼ら、月のめぐりにより周期的に手を触れあうだけで変態をとげるもの、人間のゆりかごの中の取り替え子である彼らは、私の肉親でもなく友人でもない。われわれのあいだに愛は存在しない。

私たちは眠った。真夜中に一度目をさますと、雪がさらさらとテントに降りつもる音がした。

エストラーベンは夜が明けると起きだして朝食の支度をした。天気は快晴だ。荷をまとめ、太陽が谷あいを縁どる灌木のしげみのてっぺんを金色に染めだすころ出発した。エストラーベンは先に立って橇を引き、私は後ろから押す役と舵をとる役をひきうける。雪の表面にうっすらと氷が張りはじめた。下りの急斜面にくると私たちは犬橇のように走る。この日はプレフェンの施設との境の林、雪のひげを生やし、ずんぐりとした矮小なソレが密生する林に沿ってしばらく進んでから林の中へ踏みこんだ。北の街道へ出る勇気はないが林道がしばらくのあいだは目印の役をしてくれた。林の中も倒木や下生えがなくなると歩きやすくなった。タレンペスに入ると峡谷や切りたった断崖が少なくなった。その夜、橇の距離計は二十マイルを示した。前夜より疲労も少ない。

惑星〈冬〉で寒気が一時緩む時期は、いつまでも明るい。この惑星は黄道面に対してわずかに傾いているだけなので低緯度の地域でははっきりした季節の変化はあらわれない。楕円軌道のために、季節の変化は南北両半球のそれぞれにではなく惑星全体に及ぶ。遠日点の軌道上の動きののろい末端では、太陽熱のロスによってすでに不安定な天候をいっそう不安定にし、すでに寒いところをいっそう寒くし、じめじめした灰色の夏を、酷烈な白い冬に変えてしまう。冬は一年中でもっとも乾燥した季節なので、これほど寒くなければいちばん快適かもしれない。太陽はいつも頭上に高く輝いている。寒気と夜が同時にやってくる地球の極地のように光が徐々に失われていくようなことはない。ゲセンの冬は明るい、酷烈で明るい。

タレンペスの森を抜けるのに三日かかった。三日目は早目にテントを張り、エストラーベンは罠をしかけた。ペスリを捕えようというのだ。ペスリは惑星〈冬〉においてはやや大型の獣に属し、地球の狐ぐらいの大きさがあり、卵生の草食動物、灰色ないしは白色のすばらしい毛皮をもっている。ペスリの肉は食べられるので、彼は肉を追っているのだ。ペスリは目下、大挙して南へ移動中である。とてもすばしっこいうえに群は作らないので、風上へまわったときには、二、三匹しか目にとまらなかった。だがソレ林の中の雪面にはかんじきがつけた小さな足跡が無数についていてそれがみんな南へ向かっていた。エストラーベンがしかけた罠は一時間か二時間でいっぱいになった。彼は捕えた六匹の獣をきれいに処理して、いくつかに切りわけ、一部は外につるして凍らせ、残りをその晩のシチューにして食べた。ゲセン人は狩猟民族ではない、もともと狩りの獲物がごく少ないのである。豊かな海にいる獲物を除いては、大型の草食動物はいない、したがって肉食動物のたぐいもいない。だから彼らは漁をし農園を作っている。手を血まみれにしているゲセン人を私は見たことがない。

エストラーベンは白い毛皮を見つめた。「これでペスリの狩人の一週間分の宿賃になる」と彼は言った。「無駄になってしまうが」彼は一枚を私にさしだして触らせてくれた。それはあまりにも柔らかくふかふかしているので、触っているのかいないのかわからないくらいだ。寝袋や外套やフードも同じ毛皮が裏地に使ってあるが、無類の防寒具である、また見るからに美しい。「シチューにして食べるなんてもったいないな」と私は言った。

エストラーベンは私に暗い視線をちらりと投げ、「蛋白質が必要です」と言った。そして毛皮を外へほうりだした。そうしておけばラッシイという獰猛な小さなねずみ蛇が内臓も骨もすっかり食いつくして血だらけの雪まできれいになめてしまうのだという。

彼は正しかった。おおむね正しかった。一匹のペスリから肉が一、二ポンドとれる。私はその晩シチューの肉の私の分け前を平らげ、彼の分まで知らずに食べていたかもしれない。朝、山を登りはじめるとき、私はいつもより二倍の橇のエンジンになった。

その日は登りつづけた。タレンペスを抜けて追手の手の届かぬところまでたどりつくあいだ終始われわれの味方をしてくれた恵みの雪とクロゼット――零度からマイナス二十度までのあいだの無風状態――もとうとうわれわれを見はなして、温度は氷点を上まわり雨が降りだしてきた。ゲセン人が冬、気温が上がると文句を言い、下がると大喜びする理由がようやくのみこめた。街では雨はわずらわしいものだが、旅人にとっては命取りになる。午前中ずっと、セムベンシェン山脈の側壁の、雨でぐしゃぐしゃになった冷たい深い雪を踏んで橇を引っぱりあげた。午後には急斜面の雪はほとんど消えてしまった。土砂降りの雨とぬかるみと砂礫の数マイル。橇の滑走部をくるみ車輪をつけて引いた。車輪のついた手押し車はたえずぬかるみにはまりこんだり傾いたりして始末におえない。夕暮れになっても身をよせる岩蔭や洞窟が見つからず、細心の注意をはらったにもかかわらず、積荷が濡れてきた。エストラーベンがかねがね言っていたことだが、私たちが使っているテントは中が乾いているかぎりはどんな悪天候でも快適に過ごすことができると、またこうも言っていた。「寝袋がよく乾いていないと夜じゅう体熱をうばわれて安眠できない。わたしたちの糧食ではとても不足で、そうした消耗には耐えられない、それに太陽熱で乾かせる見込みもないから極力濡らさないようにすべきだ」と。それで私はテントに雪や湿気を入れないように彼と同じぐらい細心の注意をはらってきた。だからテントの中に放出されるのは食事の支度で出る湯気や肺や毛穴から出る呼気など、まったく止むをえないものばかりだった。だがこの夜はテントを張る前になにもかもが濡れてしまった。テントを張りおえるとチャベ・ストーブをかこんで蒸ぐなってあまりあるくらい美味のシチュー、ほかの惨めさをつったせいもあってたった九マイルしか進まなかった。橇の距離計は、一日じゅう上りだ気を発散させ、そうするあいだに、熱いこってりしたペスリのシチューが煮あがった。

「予定の距離がこなせなかったのは今日がはじめてですね」と私は言った。

エストラーベンはうなずきながら、滋養たっぷりのペスリの脛骨をばりばりと嚙みくだいた。濡れた上衣は脱ぎ、シャツと半ズボン姿、素足で、衿もとをはだけている。私はまだ寒くて外套もヒエブも長靴も脱げなかった。すわって骨の髄も嚙みくだいている彼、清潔でタフで忍耐強い彼、毛皮のようにすべすべした頭髪が鳥の羽のように水をはじいている。家の庇から雨滴がおちるように髪の毛からポタポタと水滴がしたたりおちているがいっこうに平気だ。こんな惨めな思いをしてもちっとも挫けない。彼はこの土地の人間だ。

はじめて食べたペスリの肉のせいか腹が痛くなり、夜半にかけて痛みがひどくなった。篠つく雨の音を聞きながら、じめついた暗闇の中で私は目をあけていた。

朝食のとき彼が言った。「ゆうべは眠れなかったようですね」

「どうしてそれを?」彼はぐっすり眠っていて、私がテントを出ていったときも身動きひとつしなかったのだが。

彼はまたあの目つきで私を見つめた。「どうした?」

「下痢ですよ」

彼は顔をしかめ語気を荒らげた。「あの肉のせいだ」

「そうらしい」

「わたしのせいだ。わたしがちゃんと——」

「大丈夫ですよ」

「旅をつづけられるだろうか？」

「ええ」

雨は小止みなく降りつづけた。西から吹きあげる潮風のために、二、三千フィートという標高のここですら気温は華氏三十度だった。灰色の霧と土砂降りの雨で四分の一マイル先も見えない。頭上に聳え立つ斜面を私は一度も振り仰ぐことはなかった、見えるのは降り注ぐ雨ばかりだった。コンパスを頼りに進み、広大な斜面の近道や脇道が許すかぎり、なるべく北へ向かう進路をはずさないように縦断した。

氷河はこれらの山腹を何億年もかかって北部地帯に向かってじりじりと浸食していったのだ。平たい花崗岩の表面にU字型の丸のみで削ったような、長くまっすぐな氷河の爪跡が幾筋もついている。ときどきこの氷河の爪跡の上をまるで道をたどるように橇を引いていくことができた。

私は精いっぱい引っぱった。思いきり反りかえって引き具を引く、おかげで体がほかほかあたたまった。午《ひる》、食事のために小休止、寒気がして胸がむかつき食べる気がしない。ここからふたたび登りだす。雨が降る、降る、どこまでも降る。午すぎエストラーベンは、黒い岩が庇のように突きだしている場所で止まった。私が引き具から出ないうちにさっさとテントを張ってしまった。そして私に中へ入って寝るように命じた。

「大丈夫ですよ」と私は言った。

「大丈夫ではない」と彼は言った。「さあ早く」と。

私はしぶしぶ彼の言葉に従ったが、彼の言い方に腹が立った。彼が夜の支度をするために中へ入ってきたとき、食事の用意をするべく私は体を起こした、私の当番だったのだ。すると彼はまたもや有無をいわさぬ口調で寝ているようにと言った。

「命令することはないでしょう」と私は言った。

「すまない」と彼はこわばった口調で言うと背を向けた。

「わたしが病気じゃないのはわかっているでしょう」

「いや、わからなかった。正直に言ってくれなければ、あなたの顔色で判断するより仕方がない。まだ体力はすっかり恢復していないし、この強行軍だ。あなたの限界がどこにあるのかわたしにはわからないのだ」

「限界にきたら教えますよ」

彼の庇護者のような振舞いが不愉快だった。私より頭一つは背も低いし、男というより女みたいなふっくらした体つきで、筋肉質ではない。彼といっしょに橇を引くときは、彼の歩調にあわせて歩幅を短くせざるを得ない、引く力も彼より強くならないようにしなければならないのだ。言うなれば騾馬とともに引き具をつけられた奔馬といったところなのに――

「ではもう病気ではないのだね？」

「ええ。そりゃ疲れてはいますよ。それはあなたも同じだ」

「そう、わたしも疲れている」と彼は言った。「あなたの体が心配でね。まだまだ先は長いのだから」

彼は庇護者面をしたわけではなかったのである。私が病気だと思い、病人は命令に従うべきだと思ったのだ。彼は率直だった、だから私にも率直さを期待したわけだが、私はその期待に応えられなかった。要するに彼は、自尊心を扱いづらくさせるような男らしさとか精力とかいった要素を欠いているのだ。

もっとも彼が私に対してかけたシフグレソルの基準レベルをもっと下げられるならば、私自身の男性特有の自尊心という競争的な要素など捨ててしまってもよいのだが、私がシフグレソルをほとんど理解できないのと同様に、これは彼に理解できないにちがいない……

「きょうはどのくらい進みましたか？」と私は訊いた。

彼は振りかえって、やさしくほほえんだ。そして「六マイル」と言った。

翌日は七マイル、そしてその次の日は十二マイル、そしてまたその次の日にはついに雨から、雲から、人間の領域から脱した。いまやわれわれは海抜五、六千フィートの高い台地に立っていた。そこは最近の火山活動を物語る証左がいたるところに見受けられた。われわれはセムベンシェン山脈の火の丘に達したのである。台地は徐々に狭まって谷となり、谷は長い尾根のあいだを走る道になった。この谷のはずれにたどりつくころには雨雲はうすくなり、ちぎれはじめた。冷たい北風がちぎれ雲を吹きはらい、やがて左右に山の峰が姿を現わしはじめた。眩《まばゆ》い空に不意に顔をだした太陽のもと、雪をかぶった玄武岩が黒と白のだんだら模様を描いている。行手はるか数百フィートの眼下には、曲がりくねった谷がはっきりと見え、谷底には氷と石がごろごろしていた。谷の向こうに巨大な氷壁がそそりたち、目をその壁の縁まで上へ上へとあげていくと、そこには氷原そのもの、ゴブラン氷河が見え、北の果てまでまばゆく限りなく白く、白く、それは見ていられないほどの白さだ。

岩石が累々と転がっている谷から、大氷原の末端の断崖や屈曲部や突出部から黒々とした尾根があちこちに隆起している。台地からもわれわれの両側にそそりたつ峰ほどの小山が隆起し、その側壁から一マイルほど煙がたなびいている。はるかかなたの氷河の上にも、尖った峰、高い頂き、黒い円錐形火山などが突兀《とっこつ》とそびえている。氷面にあいた火口から煙が噴きだしていた。

私の横で引き具に入ったエストラーベンは壮大な、言語を絶した荒涼たる風景に見とれている。「これを見るだけで生きていた甲斐がある」と彼は言った。

私も同感であった。旅が終りに近づくというのはいいものだ。しかし結局肝心なのはこの旅そのものなのだ。

この北斜面では降雨がなかった。雪原は道から堆石の谷へ向かって広がっている。われわれは橇の車輪をはずし、滑走部のおおいをはずし、スキーをはくと出発した――下へ、北へ、前方へ、黒と白の巨大な文字で**死**と記された、雪原いっぱいに**死**と書かれた氷と火の沈黙の大荒野に向かって。橇は羽のように軽く、われわれは歓声をあげた。

16　ドルムネルとドレメゴーレの間

オディルニ・セルン

アイが寝袋の中より訊ねた。「なにを書いているのです、ハルス」

「記録」と答えれば彼は小さく笑い「わたしはエクーメンの記録用の日誌をつけねばならないのですが、〝ぼいす・らいたあ〟がないと根気がつづかないのですよ」と言う。

そこで予は説明した。これはエストレの人々のために書いているのだと。彼らはこれを適当に編集して領史に加えてくれるだろうと。想いはおのずと郷と息子の上におよび予はそれを振り切るためにこう尋ねたのであった。「あなたの親――つまり両親はまだ生きておられるのか？」

「いや、七十年前に死にましたよ」とアイはこたえた。

それを聞いて予は不思議に思った。アイはまだ三十にもなっていない。「あなた方の一年は数え方がちがうのか？」

「いいえ。ああ、なるほど。わたしがたいむじゃんぷをしたからです。地球からハインのディブナントへ二十年、そこからオルールへ五十年、オルールからここへ十七年というように。

わたしは地球をはなれてからまだ七年しか生きていませんが、わたしが地球で生まれたのは百二十年前にはなります」

ずっと以前エルヘンラングにいた頃、彼は星の光が進む速度で星と星のあいだを進む船の中では時間がどのように短くなるか説明してくれたが、予はこの事実を人間の命の長さあるいは彼が彼の世界に残してきた人々の命の長さにまで敷衍《ふえん》することは思い及ばなかった。星から星へ飛ぶというあの驚くべき船の中で彼が数時間を過ごすあいだに故郷へ残してきた人々は年老い死んでいき、そしてその子たちも年老いて……予はようやく口を開いた。「わたしひとり追放の身と思っていたが」

「あなたはわたしのために追放の身となり——わたしはあなたのために……」と彼は言ってふたたび笑い声をたてたが、それは重苦しい沈黙の中でわずかながら明るく軽快にひびいたのであった。あの山道を下ってからこの三日というものは苦労ばかり多くて実り少ない日々であったが、アイは挫けもせずまた空しい希望を抱きもしなかった。そして以前より予に対して忍耐強かった。おそらく施設であたえられた薬も発汗とともに消失したのであろう。われわれは協力しあうことを学んだのかもしれない。

今日は昨日登った玄武岩の尾根を越えて向こう側へおりた。谷底から見たときは氷原までは平坦な道にみえたが、登るにつれ岩屑やすべりやすい岩肌が露出しており、勾配も次第に急になり、たとえ橇という荷がなくともとうてい登攀《とうはん》は不可能であった。そこで今晩は堆石の谷底までひきかえした。このあたりは植物は皆無である。岩と小石の山と堆石の原と泥土。

氷河の分流はここ五十年ないし百年のあいだにこの斜面から退き、惑星の骨格を大気中に露出させている。骨格をおおう大地の肉、植物という肉はまったく見あたらぬ。あちこちの噴気孔から黄ばんだ煙がどんよりと流れだし地表を低く這っている。大気は硫黄の臭いがする。気温華氏十二度、曇。尾根より数まいる西方に見えた氷河の分流に至る難所を乗り越えるまで大雪が降らぬよう願っている。分流は、二つの火山、蒸気と噴煙が吹きだしている二つの火山のあいだの台地から流れだす幅広い氷河のように見えた。手前の火山の山腹からそこへたどりつけるならば氷原への足がかりになるであろう。東方には小さな氷河が凍結した湖へ流れこんでいるが蛇行している上に大きなくればすがいくつか見える。予らの装備では踏破は不可能なり。火山のあいだの氷河を行ってみることに意見が一致する。もっとも西へ進むことになるゆえ少なくとも目的地まで二日分の損失になる。すなわち西へ行くことによって一日、西へ進んだ分をとりかえすために一日。

オポスセ・セルン

ネセレムの雪(原註)。この天気では前進できぬ。二人とも終日睡眠をとる。すでに半月近い行軍ゆえ睡眠はよき休養となる。

原註　中程度のブリザード

オトルメンボド・セルン

ネセレムの雪。充分な睡眠。アイより地球の遊戯を教わる。方形の板上に小石を置く遊戯にして、ごと呼ばれる興趣深き難しき遊びなり。彼の言うとおりここにはご石がいくらでもある。

アイは寒さにかなりよく耐えている。勇気だけで事足りるならば雪虫のごとく耐えるであろう。気温が零度以上のときでもヒエブと外套にくるまり頭巾をかぶっている姿は奇異なり。だが橇を引くとき、太陽が出て風が冷たくないとすぐに外套を脱ぎ、予らのごとく汗をかく。天幕内の暖房については妥協しあわねばならぬ。彼は常に高温にしようとし予は常に低温にしようとする。どちらかに快適な温度はどちらかを肺炎にする。そこで中間で妥協すると彼は寝袋の外では震え予は寝袋の中ではうだっている。しかし天幕を共にしながら乗り越えてきた長き道のりを思えばよくやってきたとの感あり。

ゲセニ・サネルン

吹雪のち晴。風もやみ温度計は終日十五度を示す。手前の火山の西斜面で野営する。予のオルゴレインの地図の上ではドレメゴーレ山。氷河をはさんで相対している山はドルムネル山と呼ばれている。地図はずさんなものなり。西方に高峰が望まれるが地図にはのっておらぬし縮尺もいいかげんである。この火の丘まで登ってくるオルゴレイン人は少ないのであろう。壮観ではあるがわざわざ登ってくるほどの価値はない。本日は十一まいるを引く。難行軍なり。行けども行けども岩。アイはすでに眠っている。予は踵の筋を痛めた。足が二つの石のあいだにはまりこんだときに不注意にもねじってしまったため午後はずっと足をひきずっていた。一夜休めば癒るはず。明日は氷河へ降りねばならぬ。

食糧は目にみえて減りつつあるが、これはかさばるものを先に食べているせいである。粗末な食糧は九十ぽんどないし百ぽんど。このうち半分は予がツルフにて盗めるもの。十五日間で六十ぽんどが消えた。ギチ－ミチを一日一ぽんどずつ食べはじめた。カディク二袋と砂糖少々と乾魚一箱などのちのちの楽しみにとっておく。ツルフで盗んだあの重いばかりの食糧が片づいたのはまず重畳なり。これで橇もだいぶ軽くなる。

ソルドニ・サネルルン

華氏二十度。氷雨。風は燧道《すいどう》を吹き抜ける突風のごとく氷河を吹きぬける。末端より四分の一まいるの地点、万年雪の長い平らな稜線上で野営。ドレメゴーレより下る道はけわしく急で岩の露出せる岩っ原なり。氷河の末端には深い裂け目があり氷に閉じこめられた岩や石がごつごつしているので橇に車輪をつける。しかし百やあども行かぬうちに石のあいだに車輪がはまりこみ車軸が曲がってしまった。その後は滑走具を使う。本日は四まいるのみ、いぜんとして反対方向に進んでいる。流れだした氷河は大きく蛇行しながら西方のゴブラン台地へと登りつめるように見える。二つの火山のあいだは約四まいる、その中央に向かって進むのは困難ではあるまいが、期待したより裂け目が多く表面はもろい。

ドルムネルは活火山なり。口元に降りかかる霙《みぞれ》は噴煙と硫黄の臭いがする。西のかたは雨雲の下にも終日黒い煙がたれこめている。時おり雲も氷雨も氷も大気もどんよりした赤色に変じ、また徐々に灰色にもどる。氷河は予らの足下でかすかに震動する。

エスキチウエ・レム・イル・ヘルの仮説によれば、北西オルゴレインと多島国における火山活動がこの一、二万年のあいだに活発化し、氷河期の終熄あるいは少なくとも後退あるいは間氷期の到来を予示しているという。火山活動により大気中に放出された炭酸ガスが絶縁体の働きをなし、地上より反射される長波の熱エネルギーをやがては地上にとどめ、太陽の熱を無駄なく吸収せしめる。世界の平均気温は三十度ほど上昇し七十二度程度になるものと彼は言う。そのとき予、存在せざるは喜ばしきかぎりなり。アイによればこれと同じ学説が彼らの世界のいまだ完全に終熄していない氷河期の後退を説明づける理論として地球の学者たちによって唱えられている由。これらの学説はおおむね反論不能であり、また立証もされていない。なぜ氷河期がくるのか、なぜ去るのかだれにもわからぬ。無知という雪原はいまだに未踏のままなり。

暗闇の中ドルムネルの頂上より巨大な台地が燃えつづけているのが見える。

エプス・サネルン

距離計は本日十六まいいる進んだことを示しているが、昨夜の野営地点よりは直線距離にして八まいいるも進んでおらぬ。依然二つの火山のあいだの氷の道の上にいる。ドルムネルは活火山なり。焔《ほのお》の舌が黒い山腹をみみずのように這いくだりおるのが、風が灰柱や噴煙や白い蒸気の渦を吹きはらう瞬間よく見えた。しゅうしゅういう音が絶え間なく大気を満たしている。その音は大きくて絶え間がないので足を止めて耳をかたむけても耳には聞こえぬ。だがそれは人体のあらゆる裂け目にもぐりこんでくる。氷河は間断なく震動し、足下ではじけるごとく裂け、ぶつかり合い、躍り上がる。吹雪が氷の裂け目と裂け目のあいだに架けわたした雪の橋は、氷と氷の下の大地のこの轟々たる震動によってすべて振いおとされてしまった。予らは前進と後退をくりかえしつつ、橇を呑みこんでしまうような氷の裂け目を一つまた一つと避けながら北へ進もうと努力したが、いかんせん西か東へ進む羽目になってしまう。頭上ではドレメゴーレがドルムネルの労苦に同情するかのごとく轟いて臭い屁をひりだす。

たまたまアイの顔を見ると今朝は鼻、耳、顎などひどい凍傷にやられ、すっかり灰色に変じていた。マッサージをしてどうやら常態に復せしめたがこれからは注意せねばならぬ。氷の上を吹きわたってくる風はまことに苛烈なり。橇を引く予らはその風にまともにさらされねばならぬ。

咆哮する二頭の怪獣の間にある裂け目と皺だらけの氷の腕より脱けだせるならばどれほど嬉しかろう。山は見えるべきもので、耳で聞くものではない。

アルハド・サネルルン

ソベの雪。十五度から二十度。本日十二まいる進んだがうち五まいるが実効距離。北方に高くゴブラン氷原の末端が近づいてきた。氷河は幅数まいるはあることがわかる。ドルムネルとドレメゴーレのあいだの〝腕〟は一本の指にすぎず予らはいまやその手の甲に乗っている。野営地より振り返り下を見おろせば、氷河は、その流れを堰きとめられて蒸気をあげる黒い火山によって引き裂かれ震動している。前方を眺むれば氷河は河幅を広げつつ上り、大きく蛇行して黒い尾根を小さく見せながら雲と煙と雪の紗幕の下に高々とそびえたつ氷壁へと達している。いまや火山灰が雪とともに降りそそぎ、氷は噴石の上あるいは下に厚く張りつめている。表面はかなり歩きやすいが、橇を引くには凹凸はげしく滑走具ははや再塗装の要あり。二度三度すぐ近くの氷上に火山弾がおちた。しゅうっという大きな音をたてつつ氷に穴をうがつ。火山灰がばらばらと雪とともに降ってくる。予らは創造されつつある混沌の天地を北へ北へと微々たる動きで這っていくのである。

未完の天地創造に栄えあれ！

ネセルハド・サネルン

朝より雪降らず、曇天、風あり、十五度。予らが立つこの巨大な多重氷河は西から谷を浸食しており、予らはその最東端に立っている。ドレメゴーレとドルムネルはもはや予らの背後にあるといってよかろう。もっともドレメゴーレの峻嶮な尾根は東の方のほとんど予らの目の位置にそびえたっている。予らはよじのぼり這いずりつつもついに分岐点に達した。ここは、氷河沿いに西へ大きく蛇行しつつ徐々に氷の台地へ登っていくか、あるいは今夜の野営地より一まいいるほど北方の氷の崖を一気に登攀するかという分岐点、後者は危険をかえりみなければ二十まいるないし三十まいるの短縮になる。

アイは危険を好んだ。

彼にはあるもろさがある。あらゆるものに対して無防備で傷つきやすく常に危険にさらされておりその生殖器すらも常に体外にぶらさげているようである。しかし体力がある、信じられぬくらい強い体力をもつ。予より長く荷を引きつづけられるかどうかわからないが予より早く力強く引くことができる――二倍も力強く。障害物に遭遇したとき、橇の前や後を持ちあげて乗り越えさせる力がある。予はドセに入っていない限りあれほどの重量のものを持ちあげることはできぬ。もろさと強さを釣り合わせるために容易に絶望したり、たちどころに挑戦するような感情の起伏がある。荒々しく短兵急《たんぺいきゅう》なる勇気。この数十日にわたる気長な厳しい行軍は彼の身心を極度に消耗させており、もし彼がわが種族の一員なれば予は彼を臆病者と考えるであろうが、彼は決して臆病なのではない。予のついぞ知らぬ雄々しい勇気を有している。危険という峻厳な試練に生命を賭すことをいさぎよしとしている。

『火と恐怖はよき召使いにして悪《あ》しき君主なり』彼は恐怖をして己れに奉仕せしめている。

予は恐怖に先導させてまわり道をしている。勇気と理性が彼には具《そな》わっている。かかる旅において安全な道をどこまでも探し求めるは果たして賢明なりや？　無謀な道はある。それは避けたいと思う、しかし安全な道はないのである。

ストレス・サネルン

運に見はなされている。終日努力せるも橇を引きあげる道なし。
突風をともなうソベの雪に多量の灰がまじる。西より吹きつける風がふたたびドルムネルの噴煙の帳《とばり》を運んでくるため終日暗し。ここまで登ると氷面はあまり震動しないが岩棚をのぼろうとしたときに大きな地震に見舞われた。そのために岩棚に引きあげた橇が落ち、予はあっというまに橇にひきずられ五、六ふぃいいと転落したが、アイが渾身の力で橇を引きとめてくれたため二十ふぃいいとあまりの崖下まで橇と共に転落する危機を免れた。この冒険でいずれかが足なり肩なりを骨折するならばおそらくそれは二人の終末となるであろう。たしかに一か八かの危険がある――間近にみるとかなり忌まわしい危険である。予らの背後に横たわる氷河の谷底は白い蒸気がもうもうとあがっている。溶岩が氷の谷底に流れこんでいるのである。引きかえすことはできぬ。明日また西側にまわり登り道を探してみよう。

ベルニ・サネルン

幸運に恵まれず。さらに西へ進まねばならぬ。終日たそがれのごとく暗し。肺がざらつく、寒気のためにあらず(この西風のおかげで夜でも零度をうわまわっている)噴出した灰を吸ったためなり。圧縮された地塊や氷の断層にしがみつき這いのぼりつつ、常に垂直な懸崖や張り出しに行手を阻まれるという空しい努力のくりかえしが二日つづいた末に、アイは疲労困憊し不機嫌になる。いまにも泣きだしそうな顔だが泣きはせぬ。泣くことを不徳か恥辱のように考えているらしい。逃避行第一日のあの極端に衰弱していたときですら涙を流すときは、予から顔をそむけた。個人的、種族的、社会的、性的な理由があるのか——なぜアイが泣いてはならぬのか予には推測できぬ。しかるに彼の名は〝苦痛の涙〟という。はじめてエルヘンラングで彼に逢ったとき——いまは遠い昔のように思われるが——〝異人〟の話を聞きその名を訊ねると夜の帳の向こうより人間の喉を通して〝苦痛の涙〟という答がかえってきた。いま彼は眠っている。腕が震え、痙攣している、筋肉の疲労なり。予らの周囲の世界、氷と岩、灰と雪、火と暗闇も、震え、痙攣し、ぶつぶつ呟いている。いましがた外をのぞけば火山のあかあかと燃える炎が暗闇におおいかぶさる厚い雲の横腹をにぶく照らしだしていた。

オルニ・サネルン

幸運に恵まれず。旅に出てより今日で二十二日目、しかるに十日目以後はいささかも東へ進むあたわず。西へ進みて二十五まいるばかりの損失。十八日目以降まったく進捗《しんちょく》なし。ただじっとすわっているほうがましであろう。たとえ氷原にたどりついたにせよ氷原を横断するだけの食糧が残っているであろうか。懸念は打ち消しがたし。霧と降灰のために視界をさえぎられ、よりよい道を選ぶこともままならぬ。アイは急斜面を前にするたび、いかな急な斜面であろうと、少しでも足がかりがありそうなところは登ってみようと言う。彼は予の慎重さにいらだっている。双方気の荒だつのに気をつけねばならぬ。予はあと二日ばかりでケメルに入るため身心両面の緊張度が高まっている。火山灰の降る寒気きびしき黄昏どき氷の崖際に寄って下をのぞきこむ。もし予がヨメシュ新教典を書くならば、盗人の死後はここへ送りこむであろう。ツルフで夜半食物の袋を盗んだ盗人たちの死後は。ある者の郷や名前を盗み、その名を辱めて追放した盗人の死後は。頭がぼんやりしている、この部分はあとですべて削除しなければならぬ、いま読みなおすのは大儀なり。

ハルハハド・サネルン

ゴブラン氷原上に立つ。予らが旅の二十三日目。予らはゴブラン氷原の上にいる。今朝出発するとすぐに昨夜の野営地よりわずか数百やあど前方に氷原へのぼる道を発見。氷の崖を登りつめたところの氷河の裂け目から石炭殻を敷きつめたような広い道が蛇行しつつ延びていた。予らはその道にたどりつくやセスの土手を散策しているがごとく進んだ。予らはいまゴブラン氷原の上にいるのである。ふたたび東へ向かい、帰路につけるのである。

　この成果にアイは有頂天となり予はそれに感染したらしい。冷静になって見ると、この道も前と同じような難路であった。予らはいま台地の端にいる。大きなくればす――そのいくつかは村の家を一軒ずつ呑みこむのではなく、いくつかの村をひとのみにしてしまいそうな大きさ――が北方に食いこんでおりその先は見えない。裂け目は予らの行手をさえぎっているのでまたもや東ではなく北へ進まねばならぬ。地表の状態も悪い。大きな氷塊のあいだを縫って橇をむりやり引きあげていかねばならぬ、火の丘を押しのけたり、貫いたりしている巨大な変幻自在の氷の層によるひずみによって押しあげられる大量の氷塊と巨大な岩塊のあいだを。押しつぶされた尾根は異様な形をつくり、くつがえった塔や足のない巨人や石弩《いしゆみ》を思わせる。はじめは一まいいるほどの厚さであった氷はいよいよその厚さを増し山々を呑みこみ火口を沈黙せしめようとしている。北方数まいいるの地点の氷上より峰が一つそそりたっている。若い火山の鋭く優美にして不毛の円錐形。この火山は氷の層よりも何千年も若い。その氷層は、すりつぶし、押しのけ、すべてを砕いてくればずを作り、巨大な岩や尾根へと変え、ここからは見えない卜方にある六千ふぃいとの斜面におしかぶさるように押し出している。

振りかえればドルムネルの噴煙が氷面の灰褐色のひろがりのごとく終日背後にたれこめていた。間断ない風がいま北東より地上を這うがごとく吹きはじめ、ただよう煤煙と予らがこの数日間呼吸してきた大地の腸の臭いを追いはらい、予らの背後の煙を、氷河や低い山々や石ころの谷やその他地上のもろもろに黒い蓋をかぶせるがごとく平らに引き伸ばした。氷以外のなにものもなしと氷は言う。しかし北方にある若い火山はその氷の言い分については一言あるに相違ない。

降雪なく高曇。黄昏の台地上はマイナス四度。万年雪と新しい氷層と古い氷層が足もとで入りまじる。新しい氷層はつるつるした油断のならない青い氷だが白い雨氷の下に隠れている。そのためにふたりともよく滑って転倒する。予は腹這いのまま十五ふぃいとも滑ってしまったこともある。引き具に入ったアイは腹をかかえて笑った。そして詫びを言ったのち氷の上で滑って転ぶのはゲセンでは自分一人だと思っていたから、と弁解するのである。

本日十三まいる。しかしこうした切れ目や裂け目のある盛り上がった氷丘脈をこのまま進みつづければ体力を消耗しつくすか、腹這いで滑りおちるどころではない、最悪の事故を招くだろう。

満ちゆく月は低く乾いた血のように濁れる色。茶色をおびた真珠色の暈《かさ》、月を囲う。

グイルニ・サネルン

降雪、風あり気温低し。本日もまた十三まいる。これで第一野営地を出発以来二百五十四まいるを踏破したことになる。一日平均十・五まいる。吹雪待ちをしていた二日を除けば十一・五まいるということになろう。このうち七十五まいるないし百まいるは前進に寄与せず。出発時よりカルハイドへ著しく近づいたとは言いがたい。だが目的地に行きつくチャンスはわずかながら前よりは増している。

火山の暗闇より抜けだして以来、予らの心は作業にのみ不安にのみ注がれていたわけではなく、夕食後天幕内で話しあうこともあった。予はすでにケメルに入っていたのでアイの存在を無視することがふだんより容易であろうかと思われたが、二人用の天幕内では無理であった。問題はむろん彼もまた奇妙な形態ながらケメルに入っているという事実にある。常にケメルの状態。一年を通じてケメルであり、性を選択することも知らぬというのであるから、その欲望は奇妙な感度の低いものにちがいないが、欲望は存在する。そして予がそこにいる。今宵予の彼に対する極度に肉体的な意識は無視しがたく、それを非恍惚状態あるいは禁欲状態に強いて切り替えるにはあまりにも疲れすぎていた。とうとう彼が訊ねた、なにかあなたの気分を害するようなことをしたのかと。予は当惑気味に予の沈黙について釈明をした。彼が笑うのではないかと予は怖れた。畢竟《ひっきょう》彼は変人にして性的変質者にすぎず、予もまた然り。この氷原ではいずれも独りであり隔絶されている。予は予の世界の人々や社会や法律から隔絶されており彼もまた然り。予の存在を支持してくれる同胞の満ちあふれている世界はもはや存在せぬ。予らはついに平等になった、平等であり異邦人であり孤独である。むろん彼は笑わなかった。それどころかこれほどの優しさがあったかと思われるような優しさを示して話した。ややあって彼は孤独について、寂しさについて語った。

「あなた方の種族はこの世界において怖ろしいほど孤独ですね。ほかに哺乳類もいなければ両性動物もいない。愛玩用として飼いならせるほど知能のある動物もいない。この特有の事実はあなた方の思考法に影響をあたえているにちがいない。科学的思考法についてだけではありませんよ。もっともあなた方は驚くべき仮説設定者です――あなた方自身と知能の低い動物の間の埋めることのできない間隙と向き合って、進化の概念に到達したのは驚くべきことだ。しかしこのように敵意ある世界で孤立していることは哲学的にも情緒的にもあなた方のものの見方に影響をあたえているのではないだろうか」

「ヨメシュ教徒なら人間の孤立した特性は神性であると言うでしょう」

「地上の主《しゅ》であるというのですね、そう、よその世界のカルトも同様の結論に達していますよ。活動的で攻撃的で生態系を破壊するような文化のカルトであることが多いが。オルゴレインはオルゴレイン流であるけれどもこの型に入りますね。彼らは少なくとも物事を推し進めることに熱心のようだ。ハンダラ教徒はどう言いますか?」
「いやハンダラ教には……ご承知のように理論や教義というものがない……おそらく彼らは人間と動物のあいだの間隙に気づかないのだろう、その類似性、その絆、生き物が属する全体などのほうに気をとられているために」トルメルの歌が今日一日予の心をはなれなかったので予はそれを口にした。

光は暗闇の左手《ゆんで》
暗闇は光の右手《めて》。
二つはひとつ、生と死と、
ともに横たわり、
さながらにケメルの伴侶、
さながらに合わせし双手、
さながらに因−果のごと。

暗誦する予の声は震えた。予の兄が死の直前に予に書き遺せる文《ふみ》にこの歌が記されたるを憶いだせしゆえなり。
アイは沈黙していたがややしてロを開いた。「あなたは孤独でありながら一人ではない、おそらくあなたはわれわれが二元論に執着しているように全体に執着している」

「われわれも二元論者ですよ。二元性は根源的なものではないか？　自己と他者がいるかぎり」

「われと汝」と彼は言った。「ええ、そうですね、性よりもっと広範な意味で……」

「教えてください、あなたの種族の異性というのはあなたとどうちがっているのか？」

彼は愕きの表情をうかべたが、予自身もそのような質問をしたことに愕いた。ゲメルがかかる衝動を生じせしめたのであろう。予も彼も自意識過剰の気味なり。「そんなことは考えてもみませんでしたよ」と彼は言った。「あなたは女性というものを見たことがないのですね」と彼は地球の言葉を用いたが、予はその言葉を知っていた。

「あなたが持ってきた写真で見たことはある、女性は妊娠したゲセン人のように見えるが胸はずっと大きい。精神面でもあなたの性と大差があるのですか？　まったくちがう種族のようなのだろうか？」

「いや。そう。いやいや、むろんちがう種族ではない。しかしその違いが非常に重要なのですよ。われわれの人生においてもっとも重要なこと、もっとも重大な要素の一つは、男性に生まれるか女性に生まれるかということです。ほとんどの社会においてその性が、そのひとの将来の可能性や行動や外観や倫理や態度など――ほとんどあらゆることを決定するのです。語彙も。語法も。衣服も。食物すら。女性は……女性は食事の量も少ないですし……いや、先天的な相違と後天的な相違を分けるのは非常に困難ですね。女性が社会において男性と同等の役割を果たしている場合にも子を生むことはすべて女性の負担ですし、それを養育するのもほとんど……」

「すると平等は普遍の法則ではないのですね？　彼らは知能的に劣っているのですか？」

「さあどうだろう。あまり数学者とか作曲家とか発明家、哲学者などにはなりませんね。かといって彼らが愚かだというのではない。体は筋肉質ではないが男性より忍耐力はややまさっている。心理学的には――」

彼は長いこと燃えるすとうぶを見つめていたがやがてかぶりを振った。「ハルス」と彼は言った。「女性とはなんぞやと言われてもとても一口では言えない。女性を抽象的概念で捕えたことがないから、それに――いやはや！――女性のことはいままですっかり忘れていましたよ、ここへ来てからもう二年になりますからねえ……さてさて。ある意味ではわたしにとって女性はあなた以上に異邦人といった感じですよ。あなたとはとにかく一つの同じ性をわけあっているのですし……」彼は目をそらして笑った、悲しげに、不安そうに。予の想いは複雑であったのでこの話はこれで打ち切った。

イルニ・サネルン

本日すきいにて十八まいる、羅針儀により東北東へすきいをはいて進む。はじめの一時間で氷塊のひしめきあう尾根とくればすを脱出する。彼と二人引き具に入り、はじめは予が先に立ち足もとに気をつけつつ進んだがもはやその必要もなし。かたい氷の上に万年雪が二ふいいと積もっており、万年雪の上は数いんち新雪が積もり雪面は良好。人間も橇も難渋することなく、橇は軽々と滑り数百ぽんどの荷重を引いているとは信じがたかった。午後は交代で引いた。こんなすばらしい雪面なら一人で楽に引ける。丘を越え岩を攀《よ》じのぼる重労働を荷の重いうちにしなければならなかったのはかえすがえすも無念。いまは軽々と走る。橇は軽すぎる。食糧のことがしじゅう気がかりである。われわれは空気を食べるようにしか食べていないとアイは言う。ひねもす平坦な氷原を灰青色の空の下、飛ぶように進む、いまやはるか後方となったヌナタクの黒い峰々と黒いしみのような、ドルムネルの呼気のほかには空をさえぎるものとてなし。にぶく光る太陽と氷のほかはなにひとつなし。

17　オルゴレインの創世伝説

この伝説の発生は先史時代と言われさまざまな形で伝承されている。このきわめて原始的な説話はゴブランの奥地のイセンペスの洞窟宮で発見されたヨメシュ前書より引用した。

はじめに氷と太陽があった。長い年月をかけて太陽はたゆまず照りつけ氷を溶かして大きな裂け目を創った。この裂け目の側面に大きな氷の像がいくつか立っていて、氷の裂け目は底なしだった。その深淵の側面に立つ氷の像から水滴がしたたった。氷の像の一つが言った。「われは血を流す」もう一つの像が言った。「われは泣く」また三つ目の像が言った。「われは汗を流す」

像たちは裂け目をよじのぼり氷原に立った。「われは血を流す」と言った像は、太陽に手を伸ばし太陽の腸から糞便をひとつかみ摑みだし、それで地上に丘と谷を創った。「われは泣く」と言った像は氷に息を吐きかけて溶かし、それで河と海を創った。「われは汗をかく」と言った像は土と海水をあつめて木と植物と穀物畑と動物と人間を創った。作物は土や海の中で育ち獣は野をかけまわり海を泳いだが人間だけが目ざめなかった。人間は三十九人いた。氷の上で眠りつづけ身じろぎもしなかった。

するとと三つの氷の像は膝をかかえてすわりこみ、太陽に体を溶かさせた。体は溶けて乳となり乳は眠る者たちの口に流れこんだので眠る者たちはようやく目をさました。この乳は人の子だけが飲み、この乳がなくては目ざめて生を得ない。

はじめに目ざめたのはエドンデュラスだった。背は高く立ちあがると頭が天を裂き雪を降らせた。ほかの者たちが身じろぎをして目ざめはじめたのを見、その者たちが動くのを見て彼らを怖れたので一人ずつ拳で撲り殺した。三十六人まで殺した。だが最後から二番目の者は逃げだした。この者はハハラスといった。氷原を越え平原を越えて逃げていった。エドンデュラスはあとを追い、ついに捕えて撲り殺した。ハハラスは息絶えた。それからエドンデュラスは誕生の地ゴブラン氷原に戻った。そこには死体がならんでいたが、最後の者の姿はなかった。エドンデュラスがハハラスを追いかけているあいだに逃げていったのだ。

エドンデュラスは兄弟たちの凍った死体を積みあげて家を築き、その中で最後の者が戻ってくるのを待った。毎日死体が一つずつ口をきいた。「彼は燃えているか？　彼は燃えているか？」すると残りの死体が声をそろえて答えた。「まだ、まだ」やがてエドンデュラスは眠るとケメルに入り、夢の中で動き大声で話をし、目をさますと死体が声をそろえて言った。「彼は燃えている！　燃えている！」すると最後の弟はその声を聞きつけ死体の家の中に入っていきエドンデュラスと交わった。この二人から人の国が生まれた、エドンデュラスの肉から、エドンデュラスの子宮から。父親となった弟の名は伝わっていない。

生まれた子供たちは昼間出歩くときも小さな暗闇をひきつれていた。エドンデュラスは言った。「わたしの息子たちはなぜこのように暗闇につきまとわれているのか？」ケメルの伴侶はこたえた。「なぜならば息子たちは肉の館で生まれたので死があとをつけまわしているのだ。息子たちは時の芯にいる。はじめに太陽と氷があり、影はなかった。われらが死を迎えるとき、太陽は己れを食《は》み、影は光を食《は》み、あとには氷と闇しか残らないだろう」

18　氷原の上で

　ひっそりした暗い部屋でいましも眠りにおちようとするとき、私は過去の大いなる幻影を垣間見ることがある。テントの内張りが私の顔におおいかぶさるようにあり何も見えないが、テントの外側の斜面のかすかな音、吹きつける雪のさらさらという音は聞こえる。何も見えない。チャベ・ストーブは放光用のスイッチが切られているので単に放熱する球体、ぬくもりの芯でしかない。寝袋のかすかな湿りとまといつく感触。雪の音。エストラーベンの寝息がかすかに聞こえる。暗闇。ただそれだけだ。われわれはなかにいる、われわれ二人は、避難所の中のあらゆるものの中心で休息をとっている。外には相変わらず巨大な暗黒が寒気が死の孤独が横たわっている。

　いままさに眠りにおちようとする至福の瞬間に己れの生活の中心になるものが何であるか判然とする。過ぎ去り失われ、なおかつ永遠であるところのあの時間、耐え抜いたあの瞬間、ぬくもりの中心がなんであるか。

　真冬の氷原で橇を引いたあの数週間が幸せだったと言うつもりはない。私は空腹で、過度の緊張を強いられ、しばしば不安にさいなまれ、日を追うにしたがってすべてけ悪化した。

たしかに幸福だったとはいえない。幸福とは理性と関係がある、理性のみが幸福を得るに価する。しかしあのとき私に与えられたものは、だれも獲得しえないもの、とっておけないもの、そしてそれを与えられたときにはしばしば気づきもしないものだった。つまり愉びなのだ。

　私はいつも彼より先にたいてい夜明け前に起きた。私の新陳代謝の速度は私の身長や体重を考慮に入れるとゲセン人の標準よりやや早い。エストラーベンはこうした相違をちゃんと食糧の配分に組みこんだ、家庭の主婦的な、あるいは科学的な正確さともいうべき気配りだった。私の一日分ははじめからエストラーベンより二オンスほど多かった。この不公平に対する抗議も、不平等配分の自明な必要性という正しい論理の前には沈黙せざるをえなかった。しかしどのように配分されようとその量はあまりにも少なかった。私は空腹で、絶えず空腹で、日ましに空腹感ははげしくなった。いつも腹が減って目がさめるのだ。

　あたりがまだ暗いときにはチャベ・ストーブを明るくし、前の晩にとっておき、すでに解けている氷のはいった鍋をストーブにかける。そのあいだエストラーベンは例によって天使と格闘しているかのように黙々と眠りと格闘する。ようやく闘いに勝ち、ううんと言って起きあがり、ぼんやりと私を見つめ頭を振って目をさます。身支度をし長靴をはき寝袋を丸めるころに朝食がととのう。煮たったオルシュをマグに一杯、そしてギチ－ミチを一箇湯にひたし生焼けの小さなパンのようにしたもの。私たちはそれをゆっくり時間をかけてしかつめらしく咀嚼《そしやく》し、こぼれたかけらも一粒残さず拾って食べる。食べているあいだにストーブが冷める。鍋や茶碗といっしょにそれを荷造りしフードつきの外套を着て手袋をはめ外気の中へ這いだす。外の寒さはいつも想像を絶していた。朝ごとに信じがたいその寒さに直面しなければならない。排便のために一度外に出たら、もう一度出ていくのはますます辛くなる。

雪が降っていることもある。暁の影の長い光が数マイルにわたる氷を黄金と青に美しく染めわけていることもある。だがたいていは灰色の風景である。

夜はテントの中に寒暖計を持ちこむ。外に持ちだしたとき指針が右へ（ゲセンの目盛は時計と逆まわりだ）さあっとまわりだして、八十度、五十度、二十度と下がりゼロとマイナス六十度のあいだのどこかで止まるまで眺めているのがおもしろい。

一人がテントをたたむあいだ、もう一人はストーブや寝袋などもろもろを橇に積みこむ。テントは紐でくくりつけ、私たちはスキーと引き具で身をかため出発の準備がととのう。われわれの衣服のストラップや止め具には小さなメタルが使われているが、引き具にはアルミ合金のバックルが使われており、それがたいそう立派なものなので手袋をはめたままで締めることができないが、この寒さでは素手でさわると灼熱しているように感じられる。気温がマイナス二十度以下になり、しかも風が吹くときには指先にはことのほか気をつけなければならない。さもないとたちまち凍傷にやられるからだ。足は一度も凍傷にかからなかった——冬の旅ではそれが一番大切なことだ。なにしろ一時間外気にさらされれば、一週間、下手をすれば一生不具になってしまうぐらいの寒さなのだ。エストラーベンは私のサイズを知らず、調達してきてくれた雪靴は少々ぶかぶかだったが、すきまにソックスを詰めこんでしのいだ。スキーをはくとさっさと引き具の中へ入り、橇の滑走具が凍りついてとれないときには蹴とばしたり、梃子で持ちあげたり、ゆすぶったりして引きはがしてから出発する。

夜半に大雪が降った朝は出発前にテントや橇を雪中より掘りだすのにだいぶ手間どる。新雪はかたくないのでシャベルでらくに掘れるが、とにかくわれわれのテントは、数百マイル四方の見渡すかぎりの氷原上に突き出している唯一の物なので、その周囲に積もる雪は相当な見ものだった。

私たちはコンパスによって東へ進んだ。風はいつも北から南へ氷河のほうから吹きつけた。来る日も来る日もわれわれの進行方向の左手から吹きつける。その風を防ぐにはフードだけではたよりないので、鼻と左の頬を保護するために顔をおおうマスクをつけた。それでもある日左眼が凍りついたまま開かなくなってしまったのでもうだめかと思った。エストラーベンが息と舌とで氷をとかしてくれたのだが、しばらくのあいだはなにも見えなかったからおそらく凍ったのはまつげばかりではあるまい。日光のもとではゲセン製の防護眼鏡をかけていたので二人とも雪盲は防げた。行軍は快調とはいえなかった。エストラーベンが言っていたように氷原は中央部に高気圧帯が生じ数千平方マイルにわたる白い氷面が日光を反射しているのだ。しかしわれわれはその中央部ではなくその縁、正確にいえばその縁と氷河の下の陸地に猛威をふるう大暴風雨地帯とのあいだにいた。真北から吹きつける風はわずかに晴天をもたらすが北東ないし北西の風は雪をもたらす。あるいはさらさらに乾いている雪を砂か砂塵のようなチクチクと目を刺す雲雪に変える。さもなければすっかり力を弱めて、雪面に波のような跡を残し、空を白に大気を白に変え、太陽を隠し、影もない世界にしてしまう、そして雪そのものも氷もわれわれの足もとから消えてしまうのだ。

正午近くには、いつも橇を止め、風が強ければ氷を切りだして防禦壁のように四方に積みあげる。湯をわかしギチ－ミチをひたしそのお湯にときたま砂糖を入れて飲む。そしてまた引き具の中へ入って出発する。

行軍や昼食の最中にはめったに口をきかない。なにしろ唇は赤くむけていて口をあけると冷気が中へ入りこんで歯や喉や肺を傷めるからだ。気温が零下四十度から五十度になったときは口をしっかり閉じて鼻で呼吸をしなければいけない。気温がさらに降下すると吐く息がそばから凍ってしまうので、呼吸はいっそう苦しくなる。注意していないと鼻孔が凍りついてふさがってしまうから、窒息しないためには、剃刀《かみそり》のような空気を大きく喘いで肺いっぱい吸いこまなければならない。

あるときは呼気がすぐさま凍ってパリパリと小さな音をたてて、まるで遠くで花火がはぜているような、水晶の雨が降っているような感じだ。ひと息ひと息が雪嵐をよぶ。

疲労の極に達するか、あるいは暗くなりはじめるまで引きつづけ、暗くなるとようやく橇を止めテントを張り、強風のおそれのあるときは橇を杭にしばりつけてから野営の支度にとりかかる。ふつうの日は一日に十一時間から十二時間橇を引いて十二マイルから十八マイルを進む。

あまり効率がよいとはいえないが、なにしろ状況が悪かった。雪面はスキーや橇に適当であるとは言えなかった。ふわふわした新雪では橇はもぐってしまう。一部がかたまっているときは、橇はくっつきスキーはくっつかないという工合でわれわれは絶えずうしろにぐいぐい引っぱられる仕儀《しぎ》になる。また雪面がかたければかたいで、サストルギすなわち長期間の風波によって雪面がでこぼこに盛りあがっており、場所によっては高さが四フィートにもなる。ナイフの刃のようになった、あるいは見事な蛇腹模様が刻まれた小山に橇を引っぱりあげ、引きおろす。そんな作業が果てしなくつづく。というのもそうした凹凸のある場所はわれわれの進路と平行して走るということはまったくないからだ。ゴブラン氷原は凍った池のような平らな氷板だとばかり思っていたが、数百平方マイルにわたる地域は嵐で波だつ海がそのまま凍結したような状態だった。

テントを張りすべてをしっかりと杭にくくりつけ、着衣についた雪を払いおとすというのは辛い作業だった。ときにはやり甲斐のない仕事のような気がした。夜おそく寒さのきびしいとき、そしてひどく疲れているときは、橇の蔭で寝袋にもぐりこんでしまったほうがテントを張る手間をかけるよりずっと楽なのではなかろうか。私にとっては明らかにそう思える夜が幾晩もあったこと、しかるに私の連れが、やるべきことはなにもかもきちんとやらなければいけないと毎度毎度頭ごなしに言うのに腹が立ったことなどをおぼえている。こういうとき私は彼を憎悪した、私の心の中に巣くっている死から湧きあがる憎悪。彼が生命の名のもとに私に下す厳しくてしつこくて面倒くさい命令を私は憎んだ。

なにもかもやりおえるとようやくテントに入れる。するとたちまちチャベ・ストーブの熱が私たちをぬくぬくとくるんでくれるのを感じる。すばらしいものが私たちを包んでくれる、ぬくもりが。死と寒気はどこか外に行ってしまう。

憎悪も外に置きざりにされる。私たちは食いかつ飲む。食ったあとは話をする。寒気がもっとも厳しいときは、テントのすぐれた断熱性もそれを締めだすことはできず、私たちはできるだけストーブによって寝袋にもぐりこむ。テントの内側を霜の柔毛がおおった。テントのバルブ窓を開けると寒気が流れこんでたちまち凝結し、テントをうずまく雪霧で満たしてしまう。ブリザードのときは針のような冷気が、いかに丹念に密閉してあっても通風孔から吹きこんできて、微細な雪片が濃霧のようにたちこめる。そんな夜は嵐は怖ろしいほどの雄たけびをあげるので、ふつうの声では話ができず、頭をくっつけて怒鳴りあわなければならない。そのほかの夜は静かだった。星々が形づくられる以前に存在しているような、あるいはいっさいが消滅したあとに存在するような感じの静かさだ。

夕べの食事がおわって一時間もするとエストラーベンは、ストーブの火力を弱めてもいいときには弱め、放光のスイッチも切ってしまう。そうしながら優雅な祈りの言葉をつぶやく。これが私の知っているハンダラ教の唯一の礼拝の言葉である。「暗闇と未完の創造に栄えあれ」と彼は言う、そして暗闇があった。私たちは眠った。朝になればまた同じことのくりかえし。

それが五十日つづいた。

エストラーベンは几帳面に日記をつけた、もっとも氷原にいるあいだは天候やその日進んだ距離を記していたにすぎない。それらのノートの中には私たちが交わした会話の断片とか彼自身の断想などがしばしば記されたが、氷原ですごした最初の一ヵ月、まだ話しあうだけのエネルギーが残っていたあの最初の一ヵ月、そして嵐のためにテントに閉じこめられていた日々、夕食から就寝までの休息のあいだに交わした深遠な沈黙の会話についてはまったく触れられていない。非同盟惑星において心話を使うことは禁止されてはいないが、かといって当然使ってよいというものでもないので、私はエストラーベンに、少なくとも私がこのことを船の仲間たちと話しあうまで、あなたが学んだことはあなたの国の人々には秘密にしておくように、と頼んだのである。彼は同意し約束を守ってくれた。私たちの沈黙の対話に関しては一言もしゃべりもせず記しもしなかった。

心話は、私の属する文明の所産として、彼が深い興味をいだいている異星の存在のあかしとして私からエストラーベンに与えうる唯一のものであった。私は果てしなく話し説明することができた。だが私が与えるべきものはそれだけだ。たしかにこれは惑星〈冬〉にわれわれが与えられる唯一の重要なものなのかもしれない。しかし彼に対する感謝の想いが、文化輸出禁止法を破った動機であるとはいえない。私は彼に負債を払っているのではない。このような負債はいつまでも負いつづけるものだ。エストラーベンと私は単に、われわれの持てるもので分かちあう価値のあるものはなんであろうと分かちあうというところまでたどりついていたのである。

両性人類であるゲセン人と単性人類であるハイン人のあいだの性交は可能であると実証さ

れることを私は期待する。ただしこのような交接は必然的に妊娠は不可能であろう。いずれにせよ実証にまたねばならない。エストラーベンと私は、少々微妙な点を除いては何ひとつ立証しなかった。私たちの性欲がもたらした危機ともいうべきものは旅のはじめの頃のある夜、氷原における第二夜におとずれた。私たちはその日一日火の丘の東のクレバス地帯を難渋しながら行きつ戻りつした。その晩はくたびれ果てていたが、平坦な道がすぐにも目の前に開けるだろうと確信したので意気はあがっていた。だが夕食後エストラーベンはむっつりと黙りこみ私の話を途中でさえぎったりした。あからさまな拒絶にあったとき私は思いきって言った。「ハルス、わたしはまたなにかいけないことを言ったようだ、なにがいけなかったのか教えてください」

彼は無言だった。

「シフグレソルを誤ったのだと思うけれど。申しわけない。わたしにはどうしても身につかない。実をいうとその言葉の意味も理解できない」と私は言った。

「シフグレソル？　あれは影という古語から来ている」

私たちはしばし黙りこんだが、やがて彼は私に優しいまなざしをまっすぐに向けた。赤味がかった光をあびた彼の顔は、物思いにふけりながら無言で相手を見つめている女の顔のように、たおやかで傷つきやすく遠い顔であった。

そのとき私はふたたび見たのだ、あれを限りに二度と見ることを怖れていたもの、彼については見えないふりをしていたものを見てしまったのだ。彼は男であると同時に女だった。

あの恐怖の源を説明する必要はその恐怖とともに消失した。私に残されたものはついにありのままの彼を受け入れることとだった。そのときまで私は彼を拒否していた。彼という現実を拒絶していた。ゲセンで私を信じている唯一の人物である彼は、私が不信をいだいている唯一のゲセン人であると言った彼の言葉は正しかった。なぜなら彼は私を人間として全面的に受け入れていた唯一の人物だからである。私に個人的な好意をよせ、私に個人的忠誠をよせ、したがって私にも同じ程度の容認、受容を要求していた人間だからである。私はいままでそうすることを肯《がえん》じえなかったのだ。そうすることを怖れていたのだ。私は信頼や友情を、女である男に、男である女にあたえることを欲していなかった。

彼はぎごちなく手短かに、自分がケメルに入っていること、どちらかが避けうるかぎりは私を避けようとしていることを説明した。「わたしはあなたに触れてはならない」と彼はひどく苦しそうに言った、言いながら顔をそむけた。

私は言った。「よくわかっています。わたしもまったく同感です」

私にはこう思われたので、心の中で彼に言った。すなわち私たちのあいだに友情の確信が突如湧いたのは、いましがたおたがいに認め、理解しあった、ただし和らげられない私たちのあいだの性的な緊張からであろうと。追放の身にある私たちになによりも必要であった友情、そしてこの苦しい旅の明け暮れにすでにたしかめあった友情は、いまはもう愛と呼んでもよいのかもしれない。だがそれはわれわれのあいだの違いからくるもので類似からきているものではない、両者の違いからこの愛は生じているのだ。そして愛がそれ自体かけ橋なのだ、私たちを分かっているものにかけわたす唯一の橋なのだ。われわれにとって性的な結合をすることはふたたび異邦人として相まみえることだと。私たちは触れあった。私たちに触れあえる唯一のやり方で。そこまでにとどめておいた。私たちが正しかったかどうか、それはわからない。

その夜はまたさらにいろいろと話しあったが、彼に女性とは何か訊ねられて理路整然と説明することの難しさを痛感したのをおぼえている。それから二口ばかりおたがいにぎごちなく用心深く振舞った。二人の人間のあいだに生じる深い愛は、結局深く傷つけあう力や機会をもっているものだ。私がエストラーベンを傷つけることができるとはあの晩まで夢にも思わなかった。

障壁がとりのぞかれてみると、私の立場からすれば、対話や理解の限界が耐えがたいものに思われてきた。それからまもなく、三日ほどたったある夜、夕食――この晩は二十マイル踏破のお祝いでカディクの砂糖がゆという特別献立――をすませると私は友に向かって言った。「去年の春、紅隅館であった晩に、あなたはわたしがもう少し、心話について語ってくれたらいいのにと言いましたね」

「ああ、そうだった」

「話し方を教えられるかどうかためしてみましょうか?」

彼は笑った。「わたしの嘘を見破ろうというのだね」

「あなたがぼくに嘘をついたことがあったとしてもそれは大昔のこと、よその国でのことですよ」

彼は正直者であるが、率直とはいえない。私の言葉は彼をおもしろがらせ、彼はこう言った。

「よその国でまた別の嘘をつくかもしれない。しかしその心話技術を、その……原住民に教えるのは禁じられていると思っていたが、われわれがエクーメンに加盟するまでは」

「禁止されてはいませんよ。先例がないだけだ。でもぼくはやりますよ、あなたさえよければ。ぼくにできさえすればば。ぼくは引きだし手ではありませんから」

「その技術を指導する特別の教師がいるのかね？」

「ええ。アルテラにはいませんが、あそこには先天的な感性をもつものが多数出ているので——聞くところによると——母親はまだ生まれていない胎児と心話をするそうですよ。胎児がなんと答えるのか知らないが。でもたいていの人間は教えてもらわなければならない。外国語のように。いやむしろ習得の遅れた母国語だと言ったほうがいいかもしれない」

彼にこの技術を教えようという私の動機を彼は理解していたと思う。彼もまたしきりに学びたがっていた。とにかく二人でやってみることにした。私は十二のときにどんな工合に引きだしてもらったか思いだしてみた。雑念を払うように、心は暗くしておくようにと私は言った。彼は十二歳の私より迅速かつ完全にそれをやってのけた。つまるところ彼はハンダラ教の熱烈な信者なのだ。そこで私は、できるだけはっきりと心語で話しかけてみた。反応はなかった。もう一度試みた。話しかけられる心語が聞こえるまでは話しかけることはできない。はっきりした反応がありテレパシー能力が生じたことがわかるまで、とにかく私の心語が彼にわかってもらえなければならない。半時間試みた末、私の脳は疲れ果ててしまった。彼は失望したようだった。「容易にできるような気がしていたが」と彼は白状した。二人ともくたびれ果てて、その晩はひとまずやめることにした。

その次もうまくいかなかった。彼が眠っているあいだに試みた。私の教師がテレパシー潜在保有者のあいだに〈夢の伝達〉が行なわれることがあると話してくれたのを思いだしたからだが、これも成功しなかった。

「きっとわれわれ種族はその能力が欠けているのだね」と彼は言った。「そのような能力を意味する言葉ができあがるような噂や伝説には事欠かないのだが。しかしわれわれのあいだで実証されたテレパシーの実例は知らない」

「ぼくたち種族も何千年来そうだったんです。少数の先天的な感性保有者は、その才能に気づかず、また送ったり受けたりする相手もいなかった。ほかの人たちは、いたとしてもみんな潜在者だった。前にもお話ししたような先天的感応者を除いて、この能力は、生理学的な一面はあるけれども、心理学的なもの、文化の産物、精神を使うことによって生じた副産物ですよ。幼い子供たち、精神障害者、未開社会や退化社会の人々は心話はできない。頭脳がすでにある程度複雑なものになっていなければならないんです。水素原子からアミノ酸を作ることはできない。まずさまざまな複雑化の段階を経ねばならない、それと同じ状況です。抽象概念、さまざまな社会的相互作用、複雑な文化的適応、審美的倫理的知覚力、こういったものがすべて、接触がなされる前に——潜在能力がわずかなりとも触発される前に——あるレベルに到達している必要があるんです」

「おそらくわれわれゲセン人は、そのレベルに達していないのだね」

「レベルははるかに超えている。ただこれも運がつきまといますからね。たとえばアミノ酸がつくりだされるときと同じで……あるいは文化の面に類似を求めるとすれば——単なる類似ですが、解明の手がかりになりますよ——科学的方法、たとえば、科学における具体的、実験的技術の適用。エクーメンには、高度の文化、複雑化した社会、哲学、芸術、倫理をもつ人々がいる、それらの分野においてすぐれた様式、偉大な業績を有する人々がいる。ところが彼らは石の目方ひとつ正確にはかる方法を学んでこなかった。むろんその方法を学びとる能力はあるんです。ただ五十万年間彼らはそれを学ばなかったというだけです……高等数学についてはなにも知らない、もっとも単純な算術の応用しか知らない人々がいます。彼らは微積分を理解する頭脳はあるけれども、いまもって理解していないし、理解した経験もない。じつをいうとわれわれ地球人も三千年前までは零の用法についてまったく無知だったんですよ」エストラーベンはそれを聞いて目をぱちくりさせた。「ゲセンについていえば、わたしが興味をいだいているのはその予見能力、このわれわれにも実は予見能力が潜在しているのではないかと興味津々ですよ——これもまた精神の進化の一部ではないかと思うのですね——もしあなたがこの技術を教えてくだされば、われわれにもできるのではないかと」

「それはなにかの役に立つ能力だろうか？」

「正確な予見ができますか？　もちろん！――」

「習得するほどのこともない、無益なものだということがわかるのではないだろうか」

「あなた方のハンダラ教には惹かれますよ、ハルス、しかし時々これはひとつの生き方に発展していった単なるパラドックスではないような気がするのですが……」

私たちはもう一度心話を試みた。まったく初心者に心語を送った経験は皆無だった。この経験は不快なものである。まるで不信心者がお祈りをしているような気分だった。やがてエストラーベンはあくびをしながら言った。「わたしは聾者だ。まったくの聾者だ。二人とも眠ったほうがましだ」私は同意した。彼は明りを消し暗闇への短い讃歌を唱えた。それから寝袋にもぐりこむと、エストラーベンは一、二分もたたないうちに眠りへすべりこんだ。泳ぎ手が暗い水の中へすべりこんでいくように。私は彼の眠りを自分のもののように感じた。感情移入の絆が存在していた。私はもう一度彼に語りかけた。眠たげに彼の名を呼んだ――「セレム！」

彼ははじかれたように起きあがった。暗闇の中で彼の声が高くひびいた。「アレク、おまえか？」

「チガウ、げんりー・あいダ、アナタニハナシカケテイルノハワタシダ」

彼は息をのんだ。沈黙。彼はチャベ・ストーブを手さぐりして明るくし、恐怖にみちた黒い瞳で私を見つめた。「夢を見た」と彼は言った。「家にいるのかと思った――」

「わたしの心語を聞いたんですよ」

「きみがわたしを呼んだのか——あれは兄だった。わたしが聞いたのは兄の声だった。彼は死んだ。きみはわたしを——わたしをセレムと呼んだか？　わたしは……これは思ったより怖ろしいことだ」彼は悪夢を追いはらうかのようにかぶりを振り、そして両手に顔をうずめた。

「ハルス、すまない——」

「いや、わたしの名前を呼んでくれ。死んだ人間の声でわたしの頭の中に話しかけることができるなら、わたしの名前を呼んでよいのだ！　彼はわたしをハルスと呼んだことがあっただろうか？　ああ、心話では嘘がつけないということがよくわかった。怖ろしいことだ……よろしい。よろしい、さあもう一度話しかけてくれ」

「待って」

「いや。続けてくれ」

彼の怯えたような烈しいまなざしを見かえしながら、私はふたたび話しかけた。「せれむ、ワガトモヨ、ワレワレノアイダデオソレルモノハナニモナイノダ」

彼は私を凝視しつづけたので、私の言葉が理解できないのかと思った。だが彼にはわかっていた。

「おお、しかしやはり怖い」と彼は言った。

しばらくして彼は自制心をとりもどし静かに言った。「あなたはわたしの国の言葉でしゃべっていた」

「あなたはぼくの国の言葉を知らない」

「あなたは言葉が伝わるのだと言ったが……わたしの想像していたのは――意思の疎通のようなものだと――」

「感情移入はまた別のものです、関係がないわけではないが。それが今晩わたしたちをつなげてくれたんです。しかし本来の心話では、脳の言語中枢が、活動して――」

「いや、いや、いや。それはあとにしてくれ。なぜ兄の声でしゃべったのか？」彼の声はこわばっていた。

「それはぼくにも答えられない。わからない。彼のことを話してください」

「ヌスス……実の兄で、アレク・ハルス・レム・イル・エストラーベンという。わたしより一つ年上だった。エストレの領主になるはずだった。わたしたちは……わたしは故郷を出た、知っているかもしれないが、彼のために。兄は十四年前に死んだ」

　私たちはしばらく黙りこんだ。彼の言葉の裏になにがあるのか知りようもなかったし、また訊ねることもできなかった。これだけのことを言うだけでも彼にとってどれほどの苦痛なのだろうか。

　私はようやく口を開いた。「話しかけて、セレム。わたしの名を呼んで」彼にできるはずだった。精神的な相互反応があった。あるいは熟練者が経験するように、位相が共鳴していた。むろん彼はまだバリヤーを自在にあげる方法を体得してはいない。私が聴き手であれば、そのとき彼が考えていることが聴きとれたはずだった。

「だめだ」と彼は言った。「とても。まだだめだ」

だがいかなる衝撃も畏怖も脅威も、あの飽くことを知らぬ、知識欲の旺盛な心を長いあいだ押さえつけておくわけにはいかなかった。彼がふたたび明りを消したとき、私の内なる耳におずおずとした彼のつぶやきがふいに聞こえた。「げんりー」ゲンリーのリはRの音で、心話でさえ彼はどうしても正しくLの発音ができなかった。

私は直ちに答えた。暗闇の中で彼は得体のしれぬ恐怖の声をあげたが、かすかな満足のひびきが感じられた。「もうやめてくれ、やめてくれ」と彼は声にだして言った。しばらくして私たちはようやく眠りについた。

心話は彼にとって楽なものではなかった。彼がその才能を欠いているとか、技術を体得できないというのではなく、それが彼の心をひどくかき乱すからだった、どうしても自然に受け入れられないからだった。彼はすぐにバリヤーを設けることを学んだが、それに頼れると彼が感じているかどうかよくわからない。おそらくわれわれもはじめはそうだったのだろう。数世紀前に最初の触発者がわれわれに〝最後の技術〟を教えるためにロカノンの世界から戻ってきたときは。おそらくゲセン人は、きわだって完璧な存在であるから、テレパシー会話を完璧さの侵害、尊厳の破壊と感じ、耐えがたいと感じるのだろう。おそらくこれはエストラーベン自身の性格にちがいない、率直さも慎しみ深さもともに強い。彼の言葉の一つ一つがより深い沈黙より生じるのだ。私の声が死者の、兄の声として彼には聞こえるのだ。彼とその兄のあいだに、愛と死のほかに何があったのかは知らないが、彼に語りかけるたびに彼のなかに潜むなにかが、私に傷口を触られたようにひるむのだ。それゆえわれわれのあいだに生じた心の触れあいは、たしかに絆《きずな》ではあるが、曖昧な素朴なもので、さらなる光を入れる（私の期待していたように）というよりは暗闇の広がりを示すものだった。

そして来る日も来る日も私たちは氷原を東へじりじりと進みつづけた。予定の日程のちょうど半分、すなわち三十五日目、オドルニ・サネルンには、距離では半分にはほど遠かった。橇の距離計では四百マイルも進んでいるのだが、おそらくそのうちの四分の三だけが実際に前進した距離であろうから、あとどれだけ進まねばならないか概算できた。氷原へよじのぼるまでの難行軍を前に、時間と距離と食糧をだいぶ消費してしまった。あとまだ数百マイルも進まねばならないがエストラーベンは私ほど心配してはいなかった。「橇はだんだん軽くなる」と彼は言うのだ。「目的地に近づくにつれどんどん軽くなる。それにいざとなれば、食糧を減らしてもよい。これまで十分に食べてきたから」

彼は皮肉を言っているのだと思ったが、私はもっと分別をもつべきだった。

四十日目から二日間、ブリザードにあい雪に閉じこめられた。テントの中でごろごろしている長い時間、エストラーベンはほとんど眠り通しに眠っていて、何も食べなかった。食事どきにはオルシュか砂糖水を飲んだ。私には食べろとしきりに言った。ただし割り当ての半分だけだと。「きみは飢餓を経験したことがないからね」と彼は言うのだ。

私は自尊心を傷つけられた。「あなたにどれほど経験がある――領主の、総理大臣のあなたに――？」

「ゲンリー、わたしたちは、窮乏に十分耐えうるように修行をするのだよ。エストレの家では子供のころ飢餓に耐える法を教えられた、ロセレルとりでのハンダラ教徒に。エルヘンラングではすっかりだめになってしまったが、ミシュノリでその償いをした……どうかわたしの言うとおりにしておくれ、友よ。わたしには自分のしていることはわかっているのだ」

　彼はわかっていた。私もわかっていた。

　それから四日間、マイナス二十五度以上にはならないという厳しい寒気に襲われ、そのうちにまたブリザードがやってきて東からまともに突風を受けた。最初の突風から二分もたたないうちに雪がはげしく舞いはじめ、六フィート先のエストラーベンの姿が見えなくなった。私は彼と橇と、あまりの烈しさに目も見えず息もつまるかと思われる横なぐりの雪とに背を向けて、ようやく息をついた。一分ほどして前に向きなおってみると彼の姿が消えていた。橇もなかった。なにもなかった。私はそれらがあったところへ、数歩足を踏みだし、あたりを手さぐりしてみた。大声でさけんだが、自分の声すら聞こえない。私は聾者となり、針のように突きささる灰色の条線でいっぱいになった宇宙にひとり取り残されていた。私は恐怖に襲われ、よろよろ前進しはじめた。狂ったように心語で、「せれむ！　せれむ！」と呼びかけながら。

　私の手のすぐ下にひざまずいていた彼が言った。「さあ早く、テントを張るから手をかしてくれ」

　私はそうしたが、恐怖に襲われた瞬間については一言も触れなかった。触れる必要はなかった。

このブリザードは二日つづいた。五日の損失である。これからもまだあるだろう。ニメルとアネルは大嵐の月だ。

「われわれもぎりぎりのところまできましたね」とある晩私は、ギチ - ミチの分量を計り湯に浸しながら言った。

彼は私を見た。彼のがっちりした大きな顔がげっそりとこけて頬骨の下に黒い翳ができており、目はおちくぼみ唇は荒れてひびわれている。彼がこんなありさまだとしたら、いったい私はどんな顔をしているか想像もつかない。彼は微笑んだ。「運があれば行きつけるだろうし、運がなければ行きつけぬまでだ」

彼ははじめからそう言っていた。自分のもろもろの不安、これが最後の必死の賭だという意識等々があり、彼の言葉を信じるほど現実をしっかり見ていなかった。いまでさえこう考える、いくらなんでもこれほど懸命にやってきたのだから、なんとか――

だが氷原はわれわれがどれほど懸命にやってきたかなどということは知らない。当たり前ではないか？　釣り合いはとれている。「あなたの運はどっちを向いているのだろうか、セレム？」と私はたまりかねて訊いた。

彼はこの質問に対してはにこりともしなかった。答えもしなかった。しばらくしてから彼はこう言っただけだ。「わたしはずっと下界の人たちのことを考えていた」下界とはわれわれにとっては南を意味する、氷原の下の世界、大地のあるところ、人間の、道路の、都のあるところ、いまのわれわれにとってはその存在すら想像しがたいところを意味していた。

「前にも話したが、ミシュノリを出るとき、きみに関する情報を王に伝言した。シュスギスがわたしに話してくれたこと、きみがプレフェンへ送られようとしていること。あのときは自分でこうしようというはっきりした意図はなく、ただ衝動に従ったまでだ。あれ以来わたしはあの衝動についてとくと考えてきた。たとえばこういうようなことが起こるかもしれない、王はシフグレソルを演ずるチャンスを見つけるだろう。チベはそれを妨げるような助言をするだろう。だがアルガーベンはもうそろそろチベに飽きてきたころだから、彼の助言は無視するかもしれない。王は尋ねるだろう。使節はどこだ。カルハイドの客人は？——ミシュノリは嘘をつくだろう。彼はこの秋ホルム熱で死にました。まことに悲しむべきことで、と。——彼がプレフェンの施設にいるとわが方の大使館が知らせてくるなどということがあるだろうか——彼はもうあそこにはいない。自分で探すがいい。いやいや、むろんそんなことはない、われわれはオルゴレインの委員会の言葉をそのまま受け入れる……だがそれらのやりとりのしばらくあとで、使節は北カルハイドに現われる、プレフェンの施設から逃げのびてきた。ミシュノリの驚愕、エルヘンラングの憤激。委員会は嘘がばれて面目まるつぶれ。アルガーベンにとってきみは宝物だ、長いあいだ行方知れずだった郷の兄弟だ、ゲンリー。しばらくのあいだはね。きみはただちに星船に信号を送るべきだ、きみが得る最初のチャンスを利用すべきだ。きみらの同胞をカルハイドへ呼びよせ、きみの使命をただちに達成すべきだ。アルガーベンがきみを脅威と見なさぬうちに、チベをはじめとする高官どもが、彼の狂気を煽りたててふたたび彼を脅かす前に。きみとの交渉で取り引きにいたったら、王はきっと約束は守る。それを破ることは彼のシフグレソルを破ることだから。ハルジの王たちは約束は守る。だがきみは機敏に行動しなければいけない、すぐに星船を呼びよせなければいけない」

「歓迎をしてくれるという気配がわずかでも見えたらそうしましょう」

「それはだめだ。あえて忠告するが、歓迎を待っているべきではない。いずれきみは歓迎されるだろうと思う。そして星船も。カルハイドはこの半年間惨めな思いをさせられてきた。きみはアルガーベンに形勢を逆転させるチャンスを与えることになる。彼はその機会を捕えるだろう」

「なるほど。しかしあなたは――」

「わたしは叛逆者エストラーベンだ。きみとはこんりんざい、まったく無関係な存在ということになる」

「はじめは」

「はじめは」と彼は同意した。

「はじめにもし危険があるなら、そのあいだ身を隠していればいいでしょう？」

「むろん、そのとおりだ」

食べ物の用意がととのったので、私たちは食事にとりかかった。食べることはなによりも大事なことで、それに没頭するから、食べるあいだはそれ以上一言も口をきかなかった。食卓のタブーはいまやもっとも完全に、おそらく原型どおりに守られており、最後のひとかけらが消えるまで私たちは一言もしゃべらなかった。食事がおわると彼は言った。「さて、わたしの予測があたるように祈る。どうか……わたしを許し……」

「率直な忠告をしてくれたことをですか？」と私は言った、なぜならいろいろな事柄がようやくわかってきたからである。「もちろんですとも、セレム。どうしてそんなことを言うんです？　ぼくには放棄するシフグレソルなどというものはありませんからね」彼はこの言葉をよろこんだが、まだなにか考えこんでいる。

やがてようやく口を開くとこう訊いた。「なぜ、なぜきみはひとりで来たのか——なぜひとりで送られてきたのか？　すべてがあの星船の着陸にかかっているというのに。なぜきみにとっても、われわれにとっても、なぜこれほど厄介なことになるのか？」

「これがエクーメンの慣習なんですよ、それには理由があるが。ぼくがひとりで来たのは、その理由を理解しているのかどうか怪しくなってきましたよ。もっともわたしにしてもそんなふうにどう見てもたった一人、無防備の状態でやってきたのは、そうすれば脅威をあたえることもないし、バランスを変えることもない、みんなあなた方のためだと思っていた。侵略ではなく単なるメッセンジャーボーイです。いやそれだけではない。一人ではあなた方の世界を変えることはできない。しかしぼくはあなた方の世界によって変えられることができる。一人ならぼくは耳を傾けなければならない、話さなければならない。一人なら、ぼくの作れる関係は、もし作れるならばだけれど、非人間的なものではない、政治的なものでもない。人間的な個人的なもので、それは政治的なもの以上の、あるいはそれ以下のものだ。われわれと彼らじゃない。わたしとあれでもない。われと汝だ。政治的ではない、実利的ではない、神秘的なものだ。ある意味ではエクーメンは政治体ではなく神秘体なんです。はじめということを非常に重要視している。はじめと手段と。彼らの主義は、目的は手段を選ばずという主義とはちょうど逆です。それゆえ彼らは微妙なやり方で、遅々としたやり方で、危険を伴う奇妙なやり方で事をはこぶ。進化の過程のように、ある意味では進化はエクーメンのモデルです……だからぼくは一人で送られてきた、あなた方のためにね？　それともぼく自身のためかな？　そこはわからない。たしかに、それは事をめんどうにした。ところであなたにお尋ねしますが、あなた方はなぜ空をとぶ乗り物を発明しようとはしなかったんでしょうね？　たった一機の盗んだ小型飛行機が、ぼくやあなたにどれだけ多くの困難をまぬがれさせてくれたかわからないのに！」

「正気の人間なら、なんで空を飛べるなどと考えるだろうか？」とエストラーベンはにべもなく言った。翼をもった動物のいない世界では当然の答である。ヨメシュ教の天使国の天使たちも飛ばずにただ雪のようにふわふわと地上におりてくるのだ、花のない世界の風で運ばれる種のように。

ニメルの中旬にさしかかり、厳しい風と寒気にさんざん見舞われたあとは、穏やかな天候が何日もつづいた。嵐が襲ったとしてもそれははるか南の下界のことで、ブリザードのこちら側にいるわれわれの周囲はただ一面の無風の曇り空のみであった。はじめは雲も薄かったたった。一夜のでどこからともなく薄日がもれて雲や雪に反射し、あたりはぼんやりと明るかった。一夜たつと暗雲が空をおおっていた。明るさはすっかり消えてしまった。われわれはテントからなにもない世界へ踏みだした。橇やテントはたしかにそこにあった、エストラーベンは私の横に立っていたが彼にも私にも影がなかった。四囲はただほの暗いばかりだった。ぱりぱりした雪の上を歩いても足跡が見えなかった。橇の跡も見えなかった。橇とテントと彼と私と、それだけだ。ほかにはなにもなかった。太陽もない空もない地平線もない、この世もない。白味がかった灰色の虚空、われわれはその中にぶらさがっているようだ。その幻影はあまりにも鮮明だったので、体のバランスをとるのに苦労した。私の内耳は、自分がどのように立っているか、視覚から確認を得ることになれていた。だがそれが得られなかった。私は盲人も同然だった。荷造りをしているあいだはそれでよかった。だが橇を引きはじめると、行手になにもない、見えるものもない、目に触れるものがいっさいないというのは、はじめはなんとも不愉快で、そのうちにひどくくたびれてきた。私たちはスキーをはき、万年雪の五、六千フィートくらい積もりつもったかたい――それはたしかである――良好な雪面を下っているのである。かなりスピードが出せるはずだった。だが私たちはそれどころかスピードをおとし、まったくさえぎるもののない漠々とした平原を手さぐりで進んでいった。ここで平常のスピードに上げるのはよほど強い意志を要した。雪面のほんのちょっとした凹凸も激しい衝撃をもたらした――階段をのぼるとき思いもよらぬ段があったとき、あるいはなかったときのような――なぜなら私たちには前が見えなかったからだ。凹凸の存在を示す影というものがなかったからだ。私たちは目を開いているのに手さぐりのスキーだった。来る日も来る日もこんな日が続き、休止する間隔が次第に短くなっていた、というのも午近くになると緊張と疲労で二人とも汗をかき、体はがくがく震えていたからだ。私は雪が恋しかった、ブリザードが恋しかった。なんでも恋しかった。だが来る朝も来る朝も私たちはテントから、虚空へ、白い曇り空の下へ、エストラーベンが名づけるところの無影の世界へと踏みだすのだった。

ある日の午後、オドルニ・ニメル、旅がはじまってから六十一日目、われわれの周囲の茫洋とした無の世界がのたうちはじめた。それがひんぱんにつづくので私は目の錯覚かと思い、大気の無意味な動きにはあまり注意をはらっていなかったのだが、とつぜん、頭上に小さな色あせた太陽がちらりと顔をだしたのだ。そして太陽から目を転じてまっすぐに前方を見ると、虚空に黒い大きなものがぬっと立ちはだかっていた。黒い触肢が空をかいている。私はぱっと立ちどまり、スキーをはいているエストラーベンの体を回転させてしまった。私たちはいっしょに引き具の中に入っていたのだ。

「あれはなんだろう?」

彼は霧の中の黒い怪物のようなものをしばらく見つめていたがやがて言った。「岩山だ……エシェルホスの岩山にちがいない」そして橇を引きつづけた。私たちのいるところから数マイルぐらい、手をのばせば届きそうなほど近くに見えた。白い曇天が地上を這う濃霧に変わり、そして霧が晴れあがると、落日の前に私たちはそれをはっきりと見た。アナタク、氷上にそびえたつ突兀《とつこつ》たる岩の小尖塔の群、海面に浮かぶ氷山さながらの景観。寒気が山々を呑みこみ、何百万年のあいだ屍《しかばね》をさらしていたのである。

それらの岩山は、われわれが最短コースのやや北よりにいることを示していた。いいかげんなこの地図を信じるならば。次の日私たちははじめて、やや南よりの東に進路を転じた。

19 帰還

風のある薄暗がりの中を私たちはせっせと進みつづけた、七週間来はじめて見た氷でも雪でも空でもないもの、エシェルホスのごつごつした岩山の姿に勇気をもらおうとしながら。地図上では、あの岩山は南はシェンシェイ沼沢地、東はグセン湾からほど遠からぬ地点にある。だがこれはあまり頼りにならないゴブラン地帯の地図である。それに私たちはひどく疲れていた。

私たちの実際の位置はゴブラン氷河の南端により近いらしい、というのは南へ進路を転じた次の日に、起状氷やクレバスに出会いはじめたからである。氷は火の丘地帯のように盛りあがったり裂けたりはしていないものの、非常にもろかった。何エイカーもあろうかというい凹地が方々にありおそらく夏には湖になるのだろう。エアポケットのように一ノィートぐらいがさっと陥没する雪面、小さな穴やクレバスがいたるところにばらまかれた地帯、そして氷原の古い渓谷のように大きなクレバスが次第に増えていき、あるものは山峡のように大きく、またさしわたしがわずか二、三フィートのものもあるが、とても深い。オドルニ・ニメル（エストラーベンの日記によれば——私は日記をつけていない）に、太陽が強い北風とともにぱっと射した。せまいクレバスにかけわたされた雪の橋をわたりながら、左や右の青い深淵をのぞきこむと、橇の滑走具によってけずりとられた氷片が、まるで銀線がうすい水晶の面に触れておちていくかと思われるような繊細なひびきをたてておちていく。深淵の上に輝く陽光を浴びながら橇をひくあの朝の夢幻の恍惚境を憶いだす。だがそのうちに空が白くなりはじめ、大気が濃密になっていった。影が消え、青い色が空から雪から溶けだしていく。このような氷面だったから、白い曇天の危険は念頭になかった。氷はけわしく波うっていたので、橇はエストラーベンが引き私が後押しをした。私は目を橇にあてたままただ一心に、どうすればうまく押せるかということだけ考えながら押していた。そのときとつぜん、橇の横棒が握っている私の手からもぎとられそうになり、橇がはげしい勢いで走りだした。私は本能的にその場に踏みとどまり、「おーい」と叫んで、エストラーベンを引き止めようとした、彼が平らな面に出てスピードをあげたのだと思った。だが橇は、先の方をかしげたまま突如停止した。そしてエストラーベンの姿はそこにはなかった。

彼を探しにいくために、私はもう少しで横棒をはなすところだった。そうしなかったのは僥倖《ぎょうこう》としか言いようがない。私はその場にしっかりふんばりながら、ばかのように彼の姿を探し求めた、そしてクレバスの淵を見た、雪の橋の一部が欠けておちていたのでよく見えた。彼はそのクレバスの淵に足からおちこんでいた、彼のあとからずりおちようとしている橇を支えているのは私の体重だけ、滑走部のうしろの三分の一がかろうじてかたい氷の上に踏みとどまっている。そして引き具に宙づりになっている彼の体の重みで、じりっじりっと鼻先のほうに傾いていく。

私は後部の横棒に自分の全体重をかけて橇を引っぱり、揺さぶり、クレバスの縁から引きあげようとした。それは容易なことではなかった。だが全身の力を横棒にかけて引っぱると橇はじりじりと動きだし、不意にするりとクレバスの上にあがった。エストラーベンは両手をクレバスの縁にかけていたので、それだけ軽くなって助かった。彼は引き具に引っぱられながら縁をよじのぼりきると氷の上に突っ伏した。

私は引き具のバックルをはずそうと彼のかたわらに膝をついたが、そこに伸びたまま胸を大きく喘《あえ》がせている様子を見て怖くなった。唇はチアノーゼをおこし、顔の片側が擦りむけて青黒くなっていた。

だがしっかりと体をおこすと、ささやくような声で言った。「青い──なにもかも青い──深淵の中にいくつも塔が──」

「なに？」

「クレバスの中に。どこもかしこも青い──光があふれている」

「大丈夫ですか？」

彼は引き具のバックルを締めなおした。

「きみが先に行け──体をロープでつないで──杖を使って」と大きく息を吸い、「道を拾っていくのだ」

それから数時間というもの一人が道を拾い一人が橇を引き、卵のからの上を歩く猫のように用心深く、一歩ずつ雪面を杖でたしかめながら進んだ。白い曇天のもとでは縁にさしかかるまでクレバスは見えない――縁が張りだしていたり足もとがもろければそれでおしまいだ。一歩一歩が不意打ちであり、落下であり、震撼であった。どこにも影というものがない。白くむらのない無音の球体。つや消しガラスのボールの内側を歩いているのと同じだった。ボールの内側にはなにもなく、ボールの外側にもなにもない。だがガラスにはいくつも割れ目が入っている。探っては一歩踏みだす、探っては一歩。目に見えぬその割れ目を探りつづける、その割れ目に踏みこんだら、白いガラスのボールから奈落の底へ墜ちる、墜ちる、墜ちる、果てもなく……一瞬の予断もゆるさぬ緊張が私の筋肉を少しずつ締めあげていく。そしてもうこれ以上一歩も進めぬというところまできてしまった。

「どうした、ゲンリー？」

私は無の真只中で立ちすくんだ。涙が出てきて目蓋が凍ってくっついてしまった。「墜ちるのが怖くてたまらない」と私は言った。

「ロープでつないでいるではないか」と彼は言った。それから私のところに近づいてきて、目のとどくところにクレバスがないのを見てとると、この場の情況をいちはやく読みとった。

「テントを張ろう」と彼は言った。

「まだその時間じゃない。先へ進むべきだ」と私は言った。

だが彼はさっさとテントを広げはじめた。

食事がすんだあと彼は言った。「止まるべき時だった。この道はこれ以上進めないと思う。

氷原が徐々に崩落しているらしいから、この先ずっとクレバスやもろい氷面がつづくだろうね。見えさえすれば行けるのだが、この無影のなかではね」

「ではどうやってシェンシェイ沼沢地へおりるんです？」

「南へ進路をとらずにまた東へ東へと行けば、グセン湾に通じるかたい氷面へ出るだろう。夏にグセン湾で舟からその氷原を見たことがあるのだよ。氷原は赤の丘へあがり氷の河に合流して湾へ下っている。この氷河の一つをおりていけば、凍った海づたいにカルハイドへ入れる。国境を越えるより海から入ったほうがいいだろうね。もっともいくらか遠まわりになるが――二十マイルから五十マイルぐらいは。きみの意見はどうかね、ゲンリー？」

「ぼくの意見は、この白い天候がつづくかぎり、あと二十フィートも動けないということですよ」

「しかしこのクレバス地帯を脱けだせば……」

「ああ、クレバス地帯を脱けだせるなら、わたしは元気百倍だ。お日様がいつか出てきてくれるなら、あなたをカルハイドまで橇に只乗りさせてあげますよ」これは私たちが旅のこの段階でせいぜい言ってみる冗談のたぐいだった。たいていばかばかしいものだが、それでもときどき相手の顔がほころんだ。「ぼくのほうはぜんぜん大丈夫ですよ、このひどい慢性恐怖症を別とすれば」と私は言った。

「恐怖はきわめて有用なものだ。暗闇のように、影のように」エストラーベンの微笑は、ひびわれ赤膚のむけた褐色のマスクに、黒い毛におおわれ黒い石が二つはめこまれたマスクに醜い裂け目をつくった。「昼間の光だけでは不十分というのは奇妙なものだね。歩くには影が必要なんだね」

「ちょっとあなたのノートを貸してください」

彼はちょうどその日の旅日記をしたためおわり距離と食糧の計算をすませたところだった。小さなノートと鉛筆をチャベ・ストーブのわきからさしだした。私は裏表紙の内側にかわでくっつけた白紙の頁に、円を描きその中にS状の曲線を描き、陰にあたる半分を黒く塗りつぶしたのち、彼にノートをかえした。

「この印を知っていますか？」

彼は長いこと、妙な顔でそれを見つめていたがとうとう「いいや」と答えた。

「これは地球とハイン・ディブナントとチフウォーで見られるものです。これはイン（陰）とヤン（陽）です。光は闇の左手……これはどういう意味だろう？　光、闇。恐怖、勇気。寒、暖。女性、男性。これはあなた自身ですね、セレム。二人であり一人である。雪上の影」

翌日、われわれは北東めざして白い虚空を歩きつづけ、ついに裂け目のないところまでたどりついた。一日がかりだった。一日分の食糧は三分の二に減らした、先々の長い道のりのあいだ、食糧が底をつかぬよう願いながら。もっとも私にとっては、底をつこうがつくまいが、どうでもいいように思われた、少ししかないのとなにもないのとその差はほんのわずかにすぎないのだから。だがエストラーベンは、直感や予感と思われるが、実は体験や論理に当てはめられるべきものに従い、己れの運を切り開いていく。四日のあいだ東へ進んだ。一日に十八マイルから二十マイルという、これまでのもっとも長い運搬距離を記録した四日間。そのうちに静穏無風の天候がくずれだし、前に後ろに横に、目の中に、こまかな雪の粒子が渦まき、渦まき、渦まき、光が死に嵐がはじまった。ブリザードが咆哮するあいだの三日間、私たちはテントに横になっていた、そのあいだ吹雪は三日三晩、呼吸をしない肺の臓腑から言葉にならぬ憎々しい叫びをわれわれに浴びせかけた。

「サケビカエシテヤリタクナル」と私は心語でエストラーベンに話しかける。すると彼は、彼の親しみをこめた控え目な折目正しさで返事をする。「ムダデス。キイテハクレマイ」

　私たちはよく眠り、少し食べ、凍傷や炎症や傷の手当てをし、心話をし、そしてまた眠った。三日三晩の絶叫がようやく早口のつぶやきになり、すすり泣きになり、そして沈黙した。夜が明けた。開いたドア・バルブを通して空の輝きが射しこんでくる。それを見ると胸がはずんだ。だが私たちはあまりにも衰弱していたので、活溌な大仰な動作でその喜びを表すことはできなかった。テントをたたみ——二人の老人のようにのろのろと動いたので二時間もかかった——そして出立した。道は下りで、勾配は見るからにゆるやかだった。かたい雪面はスキーに最適だった。太陽が照りだした。寒暖計は午前中にマイナス十度を示した。前進しはじめると力が湧いてくるようで、かなりの速度で楽に進んだ。この日は星が出るまで前進した。

夕食にエストラーベンは、一回分の食糧を全量出した。この量でいくとあと七日分しかない。

「車輪が回転するには」と彼はおだやかに言った。「精だして進むには食べねばならない」

「食って飲んで浮かれよう」と私は言った。食い物のおかげで意気軒昂。自分の言葉にげらげら笑った。「みんな一体——食う——飲む——浮かれる。食い物なくては浮かれられない、でしょ?」これは、イン・ヤン(陰陽)の円と同様に私には不可解な謎だが、浮かれ気分も長つづきはしなかった。エストラーベンの表情の何かがそんな気分を追いはらった。私はなんだか泣きたくなったが我慢した。エストラーベンは私ほど強くはない、これは不公平だろう、私が泣けば彼も泣くだろう。彼はもう眠っていた。鉢をひざの上においたまま眠っている。こんなだらしない恰好は彼らしくない。だが、眠るというのは悪い考えではない。

翌朝はかなり遅く目をさまし、二回分の食事をし、引き具に入ると氷原の縁から、軽くなった橇を引きだした。

氷原の縁は、青白い午後の光をあびて白と赤に光る小石まじりの急斜面になっていて、その下に凍った海が横たわっていた。グセン湾が、岸から岸まで、カルハイドから北極まで凍っていた。

赤い丘と丘のあいだに押しこめられている氷の砕けた縁や張り出しや溝などを越えて氷の海へおりたつのに、その日の午後から翌日いっぱいかかった。その二日目に、私たちは橇を捨てた。背中に背負う荷物をこしらえた。片方にテント、片方に袋類、食糧を半々にわけると、一人あたりの重量は二十五ポンドたらずだった。チャベ・ストーブを私の荷に加えたがそれでも三十ポンドは越えなかった。橇を引いて押して、てこであげて力いっぱい引いてという果てしない作業から解放されたのはありがたかったので、私は歩きだしてからエストラーベンにそう言った。彼は橇を振りかえった。氷と赤味がかった岩の広大な原の一片の塵を。「よくやってくれた」と彼は言った。彼の忠誠心は、あまねく物にまで及んでいるのだ。私たちが使い、慣れ親しんできた辛抱強い頼りがいのある頑固もの、私たちの生命を託した物にまで。彼は橇との別れを惜しんでいる。

その晩、旅立ちの日から数えて七十五日目、氷原に立ってから五十一日目、ハルハハド・アネルに、われわれはゴブラン氷原をおりてグセン湾の氷海にたどりついた。この日も暗くなるまで長いこと歩いた。大気はひどく冷たいが澄みきっていた。そして引いていく橇もないきれいな氷面は、私たちのスキーを誘《いざ》なってくれた。その晩キャンプを張ったとき、自分たちの体の下にあるのはもはや一マイルの厚さの氷ではなく、わずか数フィートの氷があるのみ、その下は塩水だと考えるとなんとも変な気分だった。だが考える時間はあまりなかった。私たちは食べ、そして眠った。

明け方、ふたたび晴天、だがひどく冷えこんでマイナス四十度を下まわった。南の方が見わたせ、海岸線が見えた。海岸線は、あちこちに突きだす氷河の河口を除けば、ほとんど一直線に南へ伸びている。はじめは海岸線に沿って進んだ。二つのオレンジ色の丘のあいだの谷の入口にスキーを横づけにするまで北風があと押しをしてくれた。その谷から吹きつける突風が私たちの足をさらった。私たちはなおも東へと急ぎ、ようやく海蝕平坦地に立った。ここは少なくとも立って進むことができた。「ゴブラン氷原はぼくらを口から吐きだした」と私は言った。

翌日、海岸線の東よりのカーブはわれわれの前方にきれいに伸びていた。右手はオルゴレイン、だが前方の青いカーブはカルハイドだ。

この日オルシュの最後の一つかみを使いはたし、カディクの最後の数オンスを食べた。残るはギチ－ミチが二ポンドと砂糖六オンス。

旅の終わりの数日間の模様についてはうまく書けない、よく憶えていないのだ。空腹は知覚を鋭敏にするものだが、極度の疲労が伴う場合はそうはいかない。私の五感はほとんど用をなさなかったようだ。空腹による腹痛があったことを憶えているが、それで苦しんだかどうかははっきり憶えていない。ただ絶えず解放感というか、達成感というか、喜びというか、朦朧とした心地だったことを憶えている。それからひどく眠かったことも。私たちは、十二の日、ポスセ・アネルに、陸地にたどりつき、凍った海岸を這いのぼり、グセン海岸の岩だらけの、ところどころに雪の積もった荒野へと足を踏み入れた。

われわれはカルハイドに入った。ついにゴールをきわめた。すき腹の成功というべきか、われわれの食糧袋はからだった。到着を祝うためにお湯で祝宴をはった。翌朝起きると、道を、集落を探しにかかった。荒涼としたところで地図もない。どんな道があろうと五フィートから十フィートの雪の下に埋まっているだろうし、知らずにいくつも越えているかもしれない。耕作のあともない。その日私たちは南や西をさまよった。そして翌日も。そしてその日の夕方、うすもやとちらちら降る雪をとおして遠い丘の中腹に輝く灯を見たのだ、しばらくのあいだ二人とも口がきけなかった。その場で凝然と見つめていた。そしてとうとう私の連れがしゃがれ声で言った。「あれは灯ではないか？」

カルハイドの村へよろめく足でたどりついたのは夜もだいぶ更けてからだった。高い屋根の黒っぽい家並みにはさまれた通りで、雪が冬用の戸口まで積みあげられていた。私たちは食堂の前で立ち止まった。せまいシャッターのすきまから、私たちが冬の丘から見たあの黄色い明りが矢となり光となり裂け目となって流れだしていた。私たちはドアをあけ中に入った。

オドソルドニ・アネル、八十一日目である。エストラーベンの予定の日程を十一日オーバーしていた。彼の食糧の計算はぴったりだった。もっとも多く見積もって七十八日分。橇の距離計プラス最後の数日の推定距離は八百四十マイル。それらの大部分はあと戻りすることによって費やされたのであって、もし実際の距離が八百マイルだとしたらとてもゴールまではたどりつけなかっただろう。まともな地図が手に入ったので計算してみると、プレフェンからこの村まで七百三十マイルたらずだった。これらの行程のすべてが、家もない、人もいない荒野だった。岩と氷と空と静寂。八十一日間、相手のほかはなにもない日々。

ぽかぽかとあたたかく、こうこうと明るい大きな部屋、食べ物がどっさり並び、食べ物の匂いと人間と人声で満ちみちている部屋に私たちは入っていった。私はエストラーベンの肩を抱えた。見知らぬ顔が私たちを振りかえる。見知らぬ目。エストラーベンとちがう顔の人間が存在していることを私は忘れていた。私は恐怖に襲われた。

　実際は部屋は小さく、そこにたむろしていた見知らぬ人々も七、八人だったが、みんな、しばらくは、私におとらずぎょっとした顔をしていた。真冬の、しかも夜中に北からクルクラスト領へやってくるものなどいるはずがなかった。彼らは目を見張り、のぞきこみ、話し声がぴたりと熄《や》んだ。

　エストラーベンはかすかに聞きとれるくらいの声で言った。「領のもてなしを頼む」

　ざわめき、混乱、驚愕、そして歓迎。

「わたしたちはゴブラン氷原を越えてきた」

　さらにざわめき、どよめき、質問。みんな私たちのまわりに群がってきた。

「友人の介抱をたのむ」

　私は自分がそう言ったのかと思ったが、エストラーベンが言ったのだった。だれかが私をすわらせてくれた。食べ物をもってきてくれた。みんなが私たちの面倒をみてくれ、家へ迎えいれてくれた。

　無教養で議論好きの熱血漢の、貧しい土地の田舎者たち、彼らの寛容さがこの難儀な旅にすばらしい結末を与えてくれた。彼らは両手をさしだしてくれた。けちけちと与えるのではない。計算ずくでするのでもない。そしてエストラーベンは、彼らが与えてくれるものを領主の中の領主のごとく、乞食の中の乞食のごとく、同胞の中の同胞のごとく受け入れた。

世界の果ての果て、居住可能の極限の地に住む漁夫たちにとって誠実さこそ食べ物と同じくらい必須だった。彼らはたがいに公明正大に振舞わねばならない。相手を欺すような余裕はないのだ。エストラーベンはそれを知っていたので、二日後、彼らがやってきて、なぜわれわれが冬、ゴブラン氷原をさまよい歩くことにしたのかと、シフグレソルにかけて、慎重かつ婉曲に訊ねたとき、彼は即座にこう答えた。「沈黙はわたしの選ぶべき道ではないが、嘘をつくよりはましだと思う」

「高貴なお方が追放されるという話はよく聞くが、その人たちの影は縮むわけではない」と食堂の料理人が言った。彼は事実上この村の首長の次の地位をもち、彼の店は冬の間はこの領の人々にとって居間のようなものだった。

「一人はカルハイドで追放され、もう一人はオルゴレインで追放されたかもしれない」とエストラーベンは言った。

「そのとおり。ある者は一族によって、ある者はエルヘンラングの王によって」

「王はだれの影も短くはしない、たとえ試みるにせよ」とエストラーベンが言うと、料理人は満足そうな顔をした。もしエストラーベンの一族が彼を追放したのだとしたら彼は要注意人物だが、王の詰責は問題にならなかった。私については明らかに外国人であるから、したがってオルゴレインの追放者であり、これはいずれかといえば私の名誉になる。

クルクラストの宿主たちには本名を明かさなかった。偽名を使うのはエストラーベンの本意ではなかったが、本名を明かすわけにはいかない。所詮、こうして、エストラーベンに話しかけること、まして食物や衣服や家を提供することは明らかに犯罪である。グセン海岸の僻村でさえもラジオはあるから、追放命令を知りませんでしたとシラを切るわけにはいかない。しかし客の身分をほんとうに知らなければ、逃げ口上はあるというわけだ。彼らが直面する危険をエストラーベンはいちばん気づかっていた、私が気づく前から。三晩目に彼は私の部屋へやってきて次の行動について話しあった。

カルハイドの村は、地球の古代の城郭のように個人の独立した住居は少数しかないか、まったくないかだった。しかしながら郷や商業地区や共有領（クルクラストに領主はいない）や裁判所などのむやみに広い高い建物には、それぞれに、五百人ぐらいの村人の一人一人が、厚さ三フィートの壁をめぐらせたたくさんの古い廊下のはずれにあるたくさんの部屋で、プライバシーを保ち、ひきこもることもできた。私たちは郷舎の最上階にそれぞれ部屋をあたえられた。私が自分の部屋でシェンシェイ沼産の泥炭の強い香りを放つ小さな火のそばにすわっていると、そこにエストラーベンが入ってきた。彼は言った。「もうすぐここから出ていかなければならない、ゲンリー」

火影に照らされた部屋の暗がりに、村長がくれた毛皮の半ズボンをはいただけ、素足で立っていた彼の姿を憶いだす。個室あるいは、彼らがあたたかいと感ずる屋内では、カルハイド人はしばしば上半身裸になるか素裸になる。この旅でエストラーベンは、ゲセン人の体格を特徴づける引き締まったつややかな肉づきをすっかり失ってしまった。痩せおとろえた体は傷だらけで、顔は火に焙《あぶ》られたように雪灼けがしていた。その姿は黒く、厳しく、せわしなくゆらめく灯影を浴びてどこかとらえどころがなかった。

「どこへ？」

「南から西へ行こうと思う。国境に向かって。われわれがまずしなければならないのは、きみの星船に連絡することのできる強力な無線送信機をさがすことだ。そのあとでわたしは隠れ場所を探さねばならない、さもなければ、しばらくオルゴレインへ戻って、ここでわたしたちを助けてくれた人々が罪に問われないようにしなければならない」

「どうやってオルゴレインへ戻りますか？」

「前にやったように――国境を越える。オルゴレイン人はわたしに敵意はもっていない」

「送信機はどこで手に入るだろうか？」

「サシノスまでは行かなければ」

私は顔をしかめた。彼はにやりと笑った。

「もっと近いところはありませんか？」

「百五十マイルほどだ。わたしたちはもっとひどいところをもっとたくさん歩いてきたではないか。これからは道路がある。人々が泊めてもくれる。電動橇に便乗できるかもしれない」

私は同意したが、これまでとはちがう冬の旅の先行きを考えると心が重かった。これからの旅は、避難所へ向かう旅ではなく、エストラーベンが私ひとりを残してふたたび亡命の身に戻るかもしれないあの忌まわしい国境への旅なのだ。

私はしばらく考えこんでから言った。「カルハイドはエクーメンに加盟する前に果たさねばならない条件が一つある。アルガーベンがあなたの処罰を取り消さねばならぬということです」

彼は無言で、火を見つめている。

「本気ですよ」と私は語気を強めた。「大事なことがまず第一だ」

「ありがとう、ゲンリー」と彼は言った。彼がこんなふうにとてもやさしい物言いをするときは女性の声のようなかすれた、ひびきのない声になる。彼は微笑みはせず、私をやさしく眺めた。「だがもうずうっと以前から故郷に帰る望みは捨てていたからね。もう二十年も故郷から追放の身なのだよ。だからこの罰もたいして変わりはない。自分の面倒は自分でみる。きみは自分とエクーメンの面倒をみたほうがいい。それはきみひとりでやるべきだ。いやそれを言うのはちょっと早すぎたようだね。まずきみの星船に着陸するように伝えることだ……それがすんだら、その先のことを考えよう」

それからさらに二日クルクラストに留まり、食事も十分に与えられ休息もとり、南からやってくるローラー車を待ち、帰る車に便乗するつもりだった。宿のあるじたちにたのまれてエストラーベンは氷原を越えてきたときのいっさいを話した。彼は語り部《べ》が語るときの独特の語り口で話したので、伝統的な言いまわしや挿話をふんだんに盛った冒険談のおもむきとなった、ドルムネルとドレメゴーレのあいだの谷間の暗闇と硫黄の臭いを放つ火、山の裂け目からグセン湾にひょうひょうと吹きつける山嵐などの生き生きした描写、そして彼がクレバスに墜ちたときのような喜劇的な幕間劇、そして氷原の音と静寂について、無影の天地について、夜の暗黒について語るときの神秘的な描写。私は一座の者といっしょに惹きいれられるように耳を傾けわが友の黒ずんだ顔に見いった。

私たちはローラー車の運転台にぎゅうぎゅう押しこめられてクルクラストを出発した。このローラー車はカルハイドの道路の雪をならしてかためていく出力の強い車で、これが冬のあいだ道路の交通を途絶させないための唯一の方法なのだ。道路の雪をとりのぞくなどというのは不可能で、そんなことをしたら王国の時間と財産の半分が必要だろうし、どっちみち冬のあいだ車は滑走具をつけて走っているのだから雪は踏みかためるだけで十分なのである。ローラー車は一時間二マイルの速度で走り、クルクラストの南の村へ入ったのは夜もだいぶ更けてからだった。ここでも、例によって、厚いもてなしを受け、一夜の宿をあたえられた。翌日は徒歩で出発した。われわれはいまグセン湾からまともに吹きつける北風をさえぎる役をしている丘の陸地側にいるが、ここは人家も多いところなので、野営地から野営地へというよりは郷より郷へ進んでいくという感じだった。二度ばかり動力橇に便乗し、一度は三十マイルほど走ったこともある。道路の積雪は深いがよく踏みかためられていて標識も整備されている。背嚢にはいつも前夜の宿のあるじが詰めてくれる食糧が入っていた。一日の終わりにはいつも屋根と火があった。

しかしこの八日か九日にわたる身軽なハイキング、親切にもてなしてくれる郷から郷へのスキー行は、われわれの旅でもっとも辛いもっともわびしい部分で、あの氷河を登るときよりも飢えに苛まれた最後の数日間よりも切なかった。冒険物語は終わった、あれは氷原に属するものだ。私たちはひどく疲れていた。私たちは誤った方角へ進んでいる。われわれにもう愉びはない。

「ときには車輪の回転に逆らわねばならないときもある」とエストラーベンは言う。彼はあいかわらず落ち着きはらっていたが、その歩みに、その声に、その挙止に、あの活気にかわって忍耐が、確信にかわって断固たる決意があった。きわめて無口になり、心話を交わすこともほとんどない。

とうとうサシノスに着いた。人口数千の町が、凍ったエイ河の河岸沿いの丘に立っている。白い屋根、灰色の壁、林や露出した岩などが黒く点々と見える丘、白い畑と河、河の対岸に、紛争の種であるシノス渓谷が、白い姿を見せている……

私たちはほとんど手ぶらでそこへたどりついた。旅の装備で残っていたものは方々の親切な宿のあるじたちにやってしまい、いま残っているのはチャベ・ストーブとスキーと着ている服だけだ。かくして身軽になったわれわれは二度ばかり道を訊ねながら、町ではなく郊外のある農場へ向かった。ここは貧しい土地柄で、領地の一部ではなくシノス渓谷の行政庁の管轄下におかれている単独農場である。エストラーベンがここの行政庁の若き秘書官だった頃、この農場の主人と友だちづきあいをしていた。実をいうとこの農場もその友人のために彼が、一、二年前に買ってやったものだ。彼はシノス渓谷の紛争を未然に防ごうという意図のもとにエイの東に人々を再入植させる仕事に従事していたのである。農場のあるじ自身がドアを開けてくれた、ずんぐりとした体格、温和な口調の、エストラーベンと同年輩の人物。名をセシシェルという。

　エストラーベンはこの地域に入るとフードをまぶかにかぶり顔を隠してきた。ここでは、見破られるのを怖れたのだ。だがそうする必要はなかった。風雨にさらされ痩せこけた浮浪者をハルス・レム・イル・エストラーベンと見わけるにはよほど鋭い眼力がなければならない。セシシェルはそれとなく彼を見つめつづけた、彼が名乗ったとおりの人物とは信じがたかったのだ。

　セシシェルは私たちを招じ入れた。貧しいとは言え、精いっぱいのもてなしだった。だが私たちの存在が不安な様子で、迎え入れねばよかったという様子が見てとれた。気持はよくわかる、われわれを匿《かくま》うことによって財産没収の危険にさらされているのだから。彼がこの財産を手に入れたのはエストラーベンのお陰だし、エストラーベンが彼に買いあたえなければいまごろはわれわれのように一物もなかったかもしれないのだから、その返礼として多少の危険を冒してもらっても不当ではないと思う。しかしながらわが友は、返礼として助力を要求しているのではなく、友情のあかしとして助力を求めているのである、それがセシシェルの義務だというのではなく、ただ友情に頼っているのである。そしてたしかにセシシェルは、最初の警戒心が消えると打ちとけて、カルハイド人的な快活さで昔をなつかしがり、深夜まで炉端でエストラーベンと昔の思い出話や知人の噂に花を咲かせた。エストラーベンが、追放の罰が取り消されるまで、一月か二月ひそんでいられるようないい隠れ場所はないかと訊ねるとセシシェルは即座に、「わたしのところにいてください」と言った。

エストラーベンの目がぱっと明るくなったが、それはいけないと抗弁した。セシシェルはサシノスの近くでは安全ではないだろうというエストラーベンの言葉を認め、適当な隠れ場所を見つけると約束した。偽名を使って料理人か農夫の中にもぐりこんでしまえば無事に隠れおおせるだろうと彼は言った。快適な暮らしではないだろうが、それでもオルゴレインへ戻るよりははるかにましではないかとも。「オルゴレインでいったいなにをしようというんですか？　どうやって生活していくつもりですか、ええ？」と彼は訊いた。

「共生区で暮らすよ」とわが友はあのかわうそのような笑みをうかべた。「仕事はいくらでもあってね。問題なしだ。だがやっぱりカルハイドのほうがいいね……ちゃんとやっていけると思えるなら……」

私たちに残された唯一の金目《かねめ》のものはチャベ・ストーブだった。旅の終わりまでなにかと役に立った。セシシェルの農場に着いた翌日、私はストーブをかつぎ、スキーで町まで行った。エストラーベンはもちろんいっしょに来なかったけれども、私にことこまかに指示をあたえ、私は指示どおりうまくやった。商業地区でストーブを売り、かなりの金を手に入れ、丘をのぼって貿易大学へ行き、ここの無線局で十分間の〈私設無線局への私的発信〉権を買った。あらゆる無線局はこうした短波の発信のための時間帯を設けていた。おおむね商人が海外の代理店や多島国やシスやペルンテルなどの顧客へ発信するもので、料金はかなり高いが法外な値段ではなかった。とにかく中古のチャベ・ストーブの代価よりは安い。私が買った十分間は、三の刻、午後おそくであった。セシシェルの農場へ、一日がかりでスキーで戻ってまた出なおすのはおっくうだったので時間つぶしにサシノスの町をぶらぶら歩きまわり、昼どきには食堂で安くてボリュームのある昼食をとった。カルハイドの料理がオルゴレインよりうまいのは明らかだ。食べながら、オルゴレインを憎んでいるのかと私が訊いたときのエストラーベンの答を思いだす。そしてゆうべの彼の声。「やはりカルハイドのほうがいい……」と言った彼の穏やかな声を思いだす。そして私は愛国心とは何だろう、国に対する愛とはなにから成りたっているのだろう、わが友の声をうわずらせるあの切々たる忠誠心はいかにして生じるのだろうとあらためて考えた。そしてかくも真実の愛が、しばしば忌まわしい愚かで偏狭な信念にとってかわるのはなぜかとあらためて考えたのだった。愛はどこで道を誤ったのだろう？

昼食後、サシノスの町をぶらついた。町の商業地域、商店や市場や大通りは、吹雪と零度という気温にもめげず活気を呈していたが、なにか芝居の書割りのように非現実的な、勝手のちがう感じがした。私はまだ氷原の孤独からすっかり脱しきれていなかった。見知らぬ人々のあいだにいるのがなんだか落ち着かず、エストラーベンがそばにいないのが淋しくてたまらなかった。

黄昏どき、雪をかたく踏みかためた急坂をのぼって大学へ行き、中に入れてもらい、公共送信機の使用法を教えてもらった。指定された時間に私は南カルハイド上空三百マイルの衛星軌道にいるリレー衛星に覚醒信号を送った。衛星は、このような情況が発生した場合にそなえた保険のようなものだった、つまりアンシブルをなんらかの理由で失い、船に信号を送るようオルールに要請できない場合、太陽軌道にいる船に直接連絡をとる時間と装備がない場合の。サシノスの送信機は十分にその役を果たしたが、衛星には、船に送信する装備しかなく返信装備はないので、こちらはただ信号を送るだけであとは衛星にまかせるしかない。メッセージが受信されて、船に中継されたかどうかわからなかった。こちらの信号が正しく発信されたかどうかもわからなかった。私はこうした不確定な不安も心穏かに受けいれるようになっていた。

雪がはげしさを加え、はたして暗闇の雪中を戻っていけるかどうか、道路の事情に通じているわけではないので、その晩はやむなく町に泊まることにした。懐中にはまだなにがしかの金もあったので適当な宿屋はないかと訊ねたところ彼らは大学に泊まっていったらよいとしきりにすすめた。それならと陽気な学生たちと夕食を共にし寮舎に泊めてもらった。私は、旅人に対するカルハイド人の並はずれた尽きるところを知らない親切に頼りきって安心して眠った。私は着陸第一歩を私の使命にふさわしい国に印したのである、そしていまそこへ私は戻ってきたのだ。私は眠った、だが夢ばかりみて寝苦しい一夜を過ごし、早々に起きだして朝食前にセシシェルの農場へ出発した。

昇った太陽は輝く空に小さく冷たくはりつき、雪の上の凹凸に西へ伸びる影を投げていた。行手の道路は白と黒のだんだら縞を描いていた。雪原を動きまわる人影は見あたらなかった。だが道路のはるか向こうに小さな人影が、スキーをはいているらしく飛ぶようにこちらへ向かってくるのが見えた。顔が見える前から、エストラーベンだとわかった。

「どうした、セレム？」

「国境へ行くのだ」と彼は足も止めずに言った。すでにはあはあと息を切らしている。私は踵をかえし彼とともに西へ向かったが、彼のあとについていくのは容易ではなかった。道路がサシノスの方へカーブしている地点で彼は道路をそれ、柵囲いのない原を横断した。町の北一マイルばかりの地点で凍ったエイ河を渡った。河岸は急勾配なので、登りつめたところでいったん休まねばならなかった。私たちはこの種のレースをするような状態ではなかった。

「なにがあったのか？　まさかセシシェルが――？」

「そう。彼が無線で連絡しているのを聞いてね。明け方」エストラーベンの胸はあの青いクレバスから這いあがったときのように大きく起伏していた。「チベはわたしの首に賞金をかけたにちがいない」

「なんという恩知らずの裏切り者だ！」私はチベではなくセシシェルを罵った、彼の裏切りは友情の裏切りだ。

「そうなんだが」とエストラーベンは言った。「しかし彼にとってわたしの要求は大きすぎたのだよ、あの小さな肝っ玉はそこまで無理がきかなかったのだ。いいかね、グンリー、きみはサシノスへ戻りなさい」

「あなたが国境を越えるのを少なくとも見とどけるつもりですよ、セレム」

「あそこはオルゴレインの警備人がいるかもしれない」

「ぼくは国境のこちら側に留まっています。おねがいだから――」

彼は微笑した。まだはげしい息遣いであったが立ちあがって歩きだし、私も彼とともに歩いた。

霜をかぶった小さな森を抜け、シノス渓谷の丘や野原を越えた。こそこそと身を隠すような場所はなかった。太陽の輝く空、白い世界、そしてその上にさっと一刷毛、描かれたような二つの影が、逃げていく。起伏のある土地なので、国境まであと八マイルたらずの地点に近づくまで国境は隠れて見えなかった。それは忽然として目の前にあらわれた。それは雪の上に突き出した二フィートあまりのてっぺんを赤く塗った杭の列。オルゴレイン側には警備人の姿は見あたらなかった。こちら側にスキーの跡があり、南の方にいくつかの動く人影があった。

「こちら側に警備人がいる。暗くなるまで待ったほうがいい、セレム」

「チベの捜査官だ」彼は苦々しくあえぎ、さっと身を隠した。

いま越えてきたばかりの小さな丘をすばやく引き返し、手近の物蔭にかくれた。そこで暗くなるまで息をひそめていた。その小さな谷はヘメンの木が密生し、赤味がかった枝が雪の重みで私たちのまわりに垂れさがっていた。はなはだ厄介なこの地帯を抜けだすために国境沿いに南へ行くか北へ行くか、サシノスの東の丘をのぼっていくか、あるいは北へ引き返して人気《ひとけ》のない山中に戻るか、いろいろと検討してみたが、どの案も否決せざるをえなかった。エストラーベンの存在が暴露されては、これまでのようにカルハイドを自由に動きまわることはできない。また人目を避けて旅をすることすらできない。テントも食糧もないし、体力もなかった。とすれば国境をただちに突破する以外に方法はない。開かれている道はただひとつだ。

雪中の黒っぽい木立ちの下のうす暗い洞《うろ》にじっと身をひそめていた。体をよせあって暖をとった。午ごろエストラーベンはとろとろとまどろんだが、私は寒くて空腹で眠るどころではなかった。私は一種の知覚麻痺の状態で友のそばに横たわり、いつか彼が教えてくれた歌の一節を思いだそうとしていた。二人は一人……生と死と、ともに横たわり……氷原のテントの中にいるときのような感じがちょっぴりしたが、避難所もなく、食べ物もなく、休息もない身には……われわれの友情のほかにはもうなにも残っていない、それももうじき失われようとしている。

空は午後から薄曇りになり気温が下がりはじめた。風のない洞の中でも寒気は厳しくじっとすわっていられなかった。立って動きまわっていなければ耐えられないほど、日没ごろ私はオルゴレインの刑務所行きのトラックの中で経験したようなひどい震えの発作に見舞われた。暗闇に永久に呑みこまれそうな気がした。夜更けの蒼い薄明のなか、私たちは小さな谷を脱けだし、木かげや繁みに身を隠しながら、青白い雪の上の黒っぽい点にしか見えない国境の柵の近くまで接近した。灯も見えず、動きまわるものもなく、物音もしない。はるか南西の方角に小さな町の黄色の灯がまたたいている。オルゴレインの小さな共生区だろうが、あそこなら不備なエストラーベンの身分証明書でも、共生区の刑務所にしろ一番近い自立施設にしろ少なくとも一夜の宿は保証されているだろう。そのとき突然――なんと、この土壇場になって――自分の自己本位な考え方とエストラーベンの沈黙とによって私には見えなくなっていた事実、彼がどこへ行こうとしているのか、なにをしようとしているのかということに気づいたのだ。「セレム――待て――」

彼はもう丘を下りだしていた。スキーの名手、こんどはもう私のために手加減をすることはない。雪上に見事なシュプールを描きながら一気に滑りおりる。彼は私からはなれ、国境警備人の銃口の前に突進したのだ。彼らが警告の叫びをあげ、止まれと命令したように思う、どこかでぱっと明りがついたように思うがさだかではない。いずれにしても彼は止まらず柵に向かって突進した、そして柵に行きつく前に、彼らは発砲した。音波銃ではなく攻撃銃を使った、鉄の玉を発射する古代の銃だ。彼らはエストラーベンを殺すために発射したのである。私が駆けよったときは彼はもう虫の息だった、手足を投げだし、体をよじり、もぎとられたスキーが雪面から突き出していて、彼の胸の半分が吹きとばされていた。彼の頭を両手で抱え話しかけたが、彼はもう答えてはくれなかった、ただ私の愛に答えるかのように、意識のうすれていくなかで、混沌とした心のうずまきをかきわけて、もの言わぬ舌で一度だけはっきりと「アレク！」とさけんだ。それっきりだった。私は彼が息絶えるまでその体を抱えたまま雪のなかにしゃがみこんでいた。彼らは無言で見守っていた。そして私を抱えおこし、私を刑務所へ、彼を暗黒へと連れ去った。

20　愚者の使い

ゴブラン氷原逃避行のノートのどこかにエストラーベンはこう書いている。わが友は泣くことをなぜ恥ずかしがるのかと。恥ずかしがっていたのではなく恐怖のあまり泣けなかったのだと私は答えただろう。さて私は彼が死んだ晩、シノス渓谷から恐怖の向こうに横たわる寒い国へ入っていこうとしていた。そこでなら思う存分泣けると思ったが、いまさら泣いてみても詮ないことだとわかった。

私はサシノスへ連れもどされ刑務所に入れられた、国法を侵した者と行動を共にしたという理由、そしておそらく私をどう扱ってよいかわからないという理由だった。エルヘンラングより公式命令がとどかぬうちから私の扱いは丁寧だった。カルハイドの私の独房は、サシノスの〈選王の塔〉の中にあり、暖炉とラジオと日に五回たっぷりした食事などが与えられた。でも快適ではなかった。ベッドはかたく上掛けは薄く床はむきだしで寒かった——カルハイドではそれが当たり前だったが。だが彼らは医者をさしむけてくれ、この医者の手や言葉は、オルゴレインで出会っただれより辛抱強く、あたたかな慰めを与えてくれた。彼が来たあとは、ドアに錠はおろされなかったと思う。ドアが開いていて廊下から冷い風がすうすう入ってくるので閉めたいと思ったことをおぼえている。だがベッドをおりて独房のドアを閉めに行くだけの体力も気力もなかった。

医者は威厳のある母親のような青年で、温厚で確信に満ちた口調でこう言った。「五、六カ月にわたる栄養不足と過労ですね。体力を消耗しつくしている。これ以上消耗するものはなにもない。横になって休養しなさい。冬の谷の凍った川のように寝ていなさい。静かにゆっくりと。そして待ちなさい」

だが眠りにおちると私はいつもトラックの中に大勢で押しこめられているのだった、みんな裸で臭くてがたがた震えていて、暖をとるために体をくっつけあっていた、たった一人をのぞいて。かんぬきをおろしたドアにひとりよりかかっているものがいた、冷たくなった体、凝固した血が口にいっぱいつまっている。彼は叛逆者だ。彼はひとりで行ってしまった、私たちを捨て、私を捨てて。私はいつも激しい怒りに駆られながら目をさます、怒りはかすかな胴震いに変わり、わずかな涙に変わるのだった。

きっと私は病気だったのだろう、高熱にうなされていたのをおぼえているし、医者が一晩か、あるいはもっと長いこと付ききりだった。そうした夜のことははっきりと思いだせないが、自分で医者に言いつづけたことと、自分の悲痛な声とはおぼえている。「彼は止まれば止まれたんだ。警備人を見たんだ。彼は銃に向かってまっしぐらに走っていった」

若い医者はしばらく無言でいた。「彼が自殺したというのではないでしょうね？」

「おそらく――」

「友人のことをそんなふうに言うなんてひどいな。ハルス・レム・イル・エストラーベンが自殺をするとは信じられない」

私はそのとき、彼らにとって自殺がいかに卑劣なものかということを考えていなかった。それはわれわれにとっても彼らにとってもひとつの選択ではない。これは選択権の放棄、裏切りそのものである。われわれの教典を読むカルハイド人にとっては、ユダの罪はキリストへの裏切りではなく、絶望を封印し寛恕や変化や生きることのチャンスを拒否した行為――すなわち自殺にあるのだ。

「するとあなたはエストラーベンを叛逆者と言わないのか」

「言ったことはありません。彼に対する告発を認めなかった人はたくさんいますよ、ミスタ・アイ」

しかしその言葉にも慰めを見いだすことはできず、私は同じような苦痛の叫びをあげた、「ではなぜ彼を射ったのか？　なぜ彼は死んだのか？」

これに対して彼はなにも答えなかったし、また答もなかった。

私に対する公式な訊問は行なわれなかった。ただプレフェンの施設をどのように脱出しカルハイドに至ったか訊ねられた。また、彼らの無線機で私が送った通信文の行く先とその内容について質問された。私はありのまま答えた。この情報はただちにエルヘンラングへ、王のもとへ伝えられた。着陸する船のことは明らかに秘密にされていたが、私がオルゴレインの刑務所を脱走したことや真冬の氷原を横断したことやサシノスに私が滞在していることとなどは、自由に報道され論議された。これについてのエストラーベンの役割はラジオでも触れられず、またその死についても触れられなかった。しかし世間は知っていた。カルハイドにおける秘密というのは、まったく自由裁量の、暗黙の諒解の上に立っている——質問の省略であり、咎の省略ではない。公報は使節ミスタ・アイについてのみ伝えているが、世人は、ハルス・レム・イル・エストラーベンこそが、私をオルゴレインの手から取りもどし、去年の秋、ミシュノリで私がホルム熱のため急死したという共生委員会の話をまっかな嘘であると立証するためにはるばるとあの大氷原を越えてカルハイドへ連れもどしたのであると知っていた……エストラーベンは私のカルハイド帰還の効果をほぼ的確に予見していた。だがその効果を過小評価していたことで重要な誤りを犯していた。サシノスの独房でなにもせずいたずらに病に伏している一人の異人のために、二つの政府が、十日の間に瓦解したのである。

オルゴレインの政府が瓦解したということは、むろん三十三委員会の首脳部においてある一派が他の一派にとって代ったというにすぎない。カルハイド流にいうと、あるものの影が短くなり、あるものの影が長くなったにすぎない。私をプレフェン更生施設へ送還したサルフ一派は、嘘がばれたという前例のない難局に直面したもかかわらず、星船が近々カルハイドに到着するというアルガーベンの公式声明が発表されるまではどうにかがんばっていた。声明が発表されたその日オブスレの属する自由交易党が三十三委員会の中央委員会を引きついだ。そういうわけで、私は結果的には彼らにとってなんらかの役に立ったというわけだ。

カルハイドにおける政府の瓦解は、総理大臣の失脚とキヨレミの改造を意味する。もっとも暗殺、辞任、謀反などがしばしば他に採るべき道となるが。すべは踏みとどまる努力もしなかった。国際的シフグレソルのゲームにおける私の最近の価値プラス私のエストラーベンに対する無罪弁論（暗黙裡の）は、明らかに彼の権力を超える、いわば威信の重圧となり、彼は辞任した、と後になって知った。彼は私が星船に発信したことをエルヘンラング政府が知る前に辞職したのである。セシシェルからの密告によって行動をおこし、エストラーベンの死を確認したのち辞意を表明した。彼は敗北と復讐を一手に引きうけたのだ。

アルガーベンは情報の全容を受けとると、直ちにエルヘンラングへ来るようにという要請を私に送ってきた、それといっしょに諸費用にあてる多額の金子《きんす》も。同じように気前のよいサシノス市は、私のために医師を同行させた、まだ体力が快復しきってはいなかったからだ。電動橇の旅だった。旅の断片しか憶いだせない。何事もないのんびりした旅、ローラー車が道路の雪をかためるのを待つ長い停車時間、宿ですごした長い夜。たった二日か三日の旅だったにちがいないがずいぶん長旅に思われた。エルヘンラングの北門をくぐり、雪と影の底に沈む街並へ入っていったあの瞬間しか記憶はさだかでない。

そのとき胸がきゅっと引き締まるような気がして、頭がすうっと澄みわたった。それまでは体じゅうがばらばらになって崩壊していたようだった。安楽な旅の疲れはあったが、いくばくかの力が蘇ってくるのをおぼえた。習慣の力というのか、とうとうここへ、馴染み深い土地へ、一年余も暮らし、仕事をしていた街へ戻ってきたという安堵感だろうか。街路や塔や、宮殿の陰気な中庭や小道や正面のたたずまいを私は知っていた。ここでの任務を私は知っていた。したがってここではじめて、わが友が死んだこと、彼が死を賭して成就を願ったわが任務を成就すべきことがはっきりとわかった。アーチの要石《かなめ》を私は埋めねばならない。

宮殿の門前で、宮廷内の迎賓館に向かうべしという命令が私を待っていた。これは〈円塔の館〉で、王宮におけるシフグレソルの程度が高いことをあらわしている。王の恩恵というよりはむしろ、王が地位の高さをすでに認識しているということだ。友好国の大使たちがふつうここに泊まるのである。これは吉兆だ。だがそこへ行くには紅隅館の前を通らねばならない。せまいアーチ門、灰色の氷が張っている池、池のはたに生えている裸の木、無人のまま打ちすてられている館を私は見た。

〈円塔の館〉の門前で、白いヒエブに真紅の上着を着て首に銀の鎖をかけた人物に迎えられた。オセルホルドとりでの予言者、ファクス。そのおだやかできりっとした顔、久方ぶりにはじめて見知った顔に出会って、湧きあがる安堵の思いが張り詰めていた気持をときほぐしてくれた。ファクスがカルハイドでは珍しい挨拶の仕方で私の両手をとり、私を友として迎えてくれたとき、私は彼の温情のいくばくかに応えることができた。

彼はこの秋のはじめ郷里の南レルからキョレミへ送りこまれたのだった。ハンダラとりでの住民が閣僚に選出されるのは異例ではない。だが織り人が入閣するのは異例である、おそらくチベ内閣とその施政のあり方を憂慮したのでなければファクスは入閣を拒否しただろうと思う。そこで彼はすすんで織り人の金鎖を閣僚の銀鎖にかけかえたのである。彼が確固たる地位を築くのに時間はかからなかった、セルンの月からこちら、ヘス・キョレミ、即ち内閣総理大臣に匹敵する内閣首脳の一員となったのだが、この地位を任命したのは王である。彼はエストラーベンが、一年前に失脚して以来高官への道を歩みはじめたのであろう。カルハイドにおける政治的なキャリアは唐突かつ性急にもたらされる。

円塔のひえびえした壮麗な館で、公式な会見や声明が行なわれる前にまずファクスと語りあった。彼は澄んだまなざしを向けてこう訊ねた、「すると星船がくるのですね、この地上へやってくるのですね。三年前ホルデン島へあなたが乗ってきた星船より大きい。そうですね？」

「そうです。つまり、着陸準備をせよという信号を送ったのです」

「いつ着陸しますか？」

そう訊ねられて、今日が何月の何日であるかも知らないのに気づくと、自分はこれまでずいぶん工合が悪かったのだなと思い知らされた。エストラーベンの死の前日までさかのぼって数えなければわからなかった。船がもし最短距離の地点にいるのだとしたら、すでにこの惑星の軌道に入っていて、私からの信号を待っているはずだということに気づくと、私はもう一度ショックを受けた。

「船と連絡をとらねばならない。わたしの指示を待っているはずだ。王は船をどこへおろすことを望んでおられるのですか？　かなり広い無人地帯でなければなりませんが。発信機を手に入れなければ」

すべては迅速かつ円滑に運ばれた。以前エルヘンラングの政府との果てしない交渉に心身をすりへらしたことを考えるとまるで夢のようで、ああした困難はいまや氾濫した河にうかべた氷片のように溶け去った。車輪は回転しはじめたのだ。……翌日は王との謁見が予定されていた。

一度目の謁見の段取りをととのえるのにエストラーベンは半年という歳月を要した。この二度目の謁見の実現に彼は残りの人生をかけたわけである。

私はひどく疲れていたので、今回は王との謁見の首尾を気づかう余裕もなかった。いろいろと心に思うことがあって謁見の首尾など気にならなかった。埃まみれの三角旗の下、赤い長い廊下を通り、大きな三つの炉をうしろにしたがえた玉座の前に立った。それぞれの炉に火があかあかと燃えぱちぱちと火の粉をあげていた。王は中央の炉のそばにあるテーブルによせた木彫りの床几に背中を丸めてすわっていた。

「かけなさい、ミスタ・アイ」

私は炉をへだててアルガーベン王と向かいあい、火影をあびた王の顔を見た。老けてやつれた顔をしていた。嬰児を失った母親のような、息子を失くした父親のような顔つきだった。

「さて、ミスタ・アイ、おまえの船が着陸するそうだな」

「陛下のご希望どおり、アセテン・フェンに着陸いたします。今晩三の刻には到着の予定です」

「もし指示した地点に着陸しそこなったら？　周囲のものを焼きはらってしまうようなことはないか？」

「ラジオビームに従ってまっすぐに降下します。すべて手配ずみです。仕損じることはありません」

「何人いるのかね、彼らは——十一人か？　それにちがいないか？」

「はい、怖れるほどの人数ではございません、陛下」

アルガーベンの両手がぴくぴくとひきつってなにかの身振りをしかけた。「余はもはやおまえを怖れてはいない、ミスタ・アイ」

「それは幸甚です」

「おまえは余によく仕えてくれた」

「しかしわたしは陛下の召使いではありません」

「わかっておる」と王は無関心に言った。火を見つめながら唇の内側を噛んでいる。

「わたしのアンシブルはおそらくミシュノリのサルフの手にあると思います。しかし船が来れば、船には新しいアンシブルがあります。したがいまして、もし陛下さえよろしければわたしはエクーメンの全権公使となり、カルハイドと同盟条約を結ぶべく討議や署名などの全権を委任されることになります。これらはすべてアンシブルによってハインや他の支部の確認を得ることができます」

「けっこうだ」

私はそれ以上は言わなかった、王が私のほうに注意を集中していなかったからだ。王が炉の中の薪を長靴の先でつつくと、ぱちぱちと火の粉がはぜた。「なぜあやつは余を欺したのだろうか？」と王は甲高い耳ざわりな声で訊ねた、そしてはじめて私をまっすぐに見つめた。

「だれのことですか？」と私は王の目を見返した。

「エストラーベン」

「陛下がご自分を欺かないように、彼は手筈をととのえたのです。わたしに敵意をもつ一派を陛下が寵愛なさるのを見てとると彼はわたしを陛下の目から遠ざけました。そしてわたしの帰還によって、エクーメンの使命とその功績を陛下に納得していただくことができ、受け入れていただけると判断したとき、彼はわたしを陛下のもとへ連れもどしたのです」

「なぜ、この大きな船のことを一言も余にもらさなかったのだろうか？」

「彼も知らなかったからです。オルゴレインへ行くまでわたしはだれにも口外しませんでした」

「おまえたち二人は、けっこうな輩をあそこで選んでべらべらしゃべったものだ。あやつはおまえの使命をオルゴレイン人に受けいれさせようとはかった。あやつはずっと自由交易党の連中といっしょに工作しおった。それが裏切りでないと言えるのか？」

「裏切りではありません。どの国であろうと最初にエクーメンと同盟を結んだら、いずれ他の国もそれに従うだろうということを彼は知っていたのです。シスもペルンテルも多島国も必ずや後に続くでしょう。あなた方が統一を達成するまでには。彼は祖国を心から愛しておりましたが、陛下、彼は国に仕えていたのでも、陛下に仕えていたのでもありません。わたしが仕えている主人に彼も仕えていたのです」

「エクーメンか？」アルガーベンは愕いた顔をした。

「いいえ。人類です」

こう言いながらも、はたして自分の言っていることが真実なのかどうか自信がなかった。一部は真実だろう。真実の一つの側面。エストラーベンの行動が、一人の人間、私という人間に対する純粋に個人的な誠実さ、責任と友情から生じたものだと言うのは、なおかつ真実である。かといってそれも真実のすべてとは言えない。

王は答えなかった。陰気くさいぶよぶよした顔はふたたび火のほうを向いていた。

「カルハイドへの帰還を余に知らせる前になぜ船に信号を送ったのか？」

「あなたを余儀ない情況に追いこむためです、陛下。陛下へのメッセージはチベ卿にも届くでしょう、チベ卿はわたしをオルゴレインへ送還するかもしれません。あるいは銃殺するか。わが友を銃殺したように」

王は無言だった。

「わたし個人の身の安全はそれほど重大なものではありませんが、わたしはゲセンに対しエクーメンに対し任務を達成する義務があったのです。任務を達成するチャンスを確実にするために、まず船に連絡したのです。これはエストラーベンの助言でした、それは正しかったのです」

「まあ、誤ってはいなかったようだ。いずれにしても彼らはここへ着陸する……われらが一番じゃ……彼らもおまえのようなのか？　みんな不具者なのか、いつもケメルに入っているのか？　受け入れる名誉を競いあった相手にしては奇妙な連中だ……式部官のゴルシェルン卿に、彼らの受け入れ方を教えてやってくれ。失礼や落ち度のないように取り計らってくれ。宮殿に泊まるように、おまえが適当と思う館でよい。彼らを丁重に迎えたい。おまえは余のために二つばかりよいことをしてくれたな、ミスタ・アイ。共生委員会を嘘つきの大馬鹿者にしてくれたことだ」

「現在は同盟国となっています、陛下」

「わかっておる」と王はきいきい声で言った。「だがカルハイドが一番じゃ――カルハイドが一番じゃ！」

私はうなずいた。

しばしの沈黙ののち王は言った。「いかがであったか、氷原を越える旅は？」

「楽ではありませんでした」

「エストラーベンはあのような途方もない旅を共にするには適した人間じゃ。鉄のように丈夫な男だった。決して腹を立てなかった。死んだのは遺憾である」

私は返す言葉を知らなかった。

「明日二の刻に、おまえの……国の人々と謁見しよう。ほかになにか言うことはあるか？」

「陛下、エストラーベンの追放令を取り消していただけますか、彼の汚名をそそぐために」

「まだだ、ミスタ・アイ。急ぐでない。ほかになにか？」

「ほかにはなにも」

「では行くがいい」

私までが彼を裏切ってしまった。彼の罪が晴れるまで汚名がすすがれるまで船は呼びよせぬと言ったのに。しかしそのような条件に固執して彼の遺志を踏みにじるわけにはいかない。そんなことをしても死という流罪から彼を救いだすことはできないのだ。

この日はゴルシェルン卿たちとともに乗組員たちの受け入れ態勢をととのえた。二の刻になると電動橇でエルヘンラングの北三十マイルのアセテン・フェンに向かった。着陸地点は果てしない荒野のはずれ、泥炭の沼沢地帯で、泥土があまりにも深いので耕作にも入植にも不向きな場所である、いまはイレムの中旬、数フィートの雪の下にかくれた平板な氷の原である。ラジオビーコンは一日中作動しており、船からの確認シグナルも受信していた。

クルーは船内のスクリーンで、グセン湾からチャリスネ湾にかけての国境沿いに大陸を横断している明暗境界線を、そしてまだ太陽を浴びているカルガブの峰や連なる星などを見ていたにちがいない、私が夕暮れの空を振り仰いで一つの星がおりてくるのを見たときはもう薄暮だった。

船は轟音と光輝とともに降下し、スタビライザーが逆噴射装置によって溶けた雪と泥水の大きな湖に着水すると白い蒸気が噴きあがった。泥炭の下には花崗岩のような永久氷結土があり、船はきれいにバランスをとりながら、急速に再凍結していく湖上にひっそりと停止した、それはさながら尾でバランスをとりながら立ち上がった巨人で優美な魚のごとく、惑星〈冬〉の薄暮の中でダークシルバーに光っていた。

私のかたわらで船の着陸の轟音と光輝に息をのんでいたオセルホルドのファクスが、はじめて口を開いた。「生あるうちに見られてこんな嬉しいことはない」エストラーベンも氷原を見たときにそう言った、生きていたら今晩彼もそう言うにちがいない。湧きあがる苦い悔恨を追いはらうように私は雪の上を船に向かって歩きはじめた。船内の冷却液のために船体はすでにうっすらと霜をかぶっていた。近づくうちに高い舷窓がするすると開きタラップが氷上まで優美な曲線を描いておろされた。最初に姿を見せたのはラング・ヘオ・ヒュウである、私にとっては三年前に、彼女にとっては二、三週間前に会ったときとちっとも変わっていない。彼女は私を見、ファクスを見、それから私につき添ってきた人々を見て、タラップの下で立ち止まった。そしておもむろにカルハイド語で言った。「友情を求めて参りました」彼女の目には私たちはみんな異人なのだ。私は、ファクスにまず挨拶させた。

彼が私を指さすと彼女は近よってわが同胞の習慣に従って右手をさしだし私の顔をのぞきこんだ。「ああ、ゲンリー」と彼女は言った。「まるでわからなかったわ!」久しぶりに女の声を聞くと変な感じがした。あとの連中も私の助言――この段階で不信を少しでも示すことはカルハイド人の従者たちを侮辱することになり彼らのシフグレソルを傷つけることになるという助言――に従っておりてきた。おりてきた彼らは見事な礼節をもってカルハイド人に接した。しかし私は彼らをよく知っているのに、私の目には男も女も、彼らがとても奇妙に見えた。彼らの声も奇妙にひびいた。低すぎる声、高すぎる声。珍妙な大きな動物の群れ、二つの異なる種族の群れ、知的な眼をした類人猿、どれもさかりがついてケメル状態の……

彼らは私の手をとり、私に触れ、私を抱いた。

私は取り乱さぬよう努めながら、橇でエルヘンラングに戻る道々、ヘオ・ヒュウとチュリアに、目下の情況について早急に彼らが知らねばならぬことをどうやら話しおえた。だが王宮につくと、私はすぐに自分の部屋に引き取らねばならなかった。

サシノスから来た医者がやってきた。彼のおだやかな声と顔、若く真面目な顔、男でもなく女でもない顔、人間の顔は、私にとって救いだった、見馴れた正常な顔は……だが彼は、私を診てベッドに寝ているように命じ、軽い精神安定剤を服用させたのち、こう言った。

「あなたのお仲間の使節たちを見ましたよ。すばらしいことだ、よその星から人間がやってくるなんて。それもわたしの生きているあいだに！」

ここにも愉びと心意気がある、これこそあっぱれなカルハイド人魂――そして人間魂というべきものだ――もっとも私は、彼に同感できなかったが、相手の言葉を否定するのはまさに忌まわしい行為である。私は、誠実さは欠けていたが、ぜったいの真実をこめた口調でこう言った。「彼らにとってもたしかにすばらしいことですよ、新しい世界、新しい人類のもとにやってきたということは」


その年の晩春、ツワの木、雪解けの洪水もおさまり旅ができるようになると、エルヘンラングのわがささやかな大使館から休暇をとり東へ旅立った。わが同胞はいまやこの惑星の諸所へ散らばっていた。われわれはエアカーを使う権利をあたえられ、ヘオ・ヒュウら四人は、エアカーでシスや多島国や、私がこれまでまったくかえりみなかった海岸地方へと飛んだ。他の者はオルゴレインへ行き、あとの二人はしぶしぶながらペルンテルへ行った。あそこでは春の洪水もツワまでは始まらないし、一週間後にはまたなにもかも凍ってしまう（そうである）。チュリアとケスタは、エルヘンラングで快適な暮らしをしており、来《きた》るべきことにそなえている。なにも急ぐことはない。〈冬〉の新同盟諸国にもっとも近い星からただちに船が飛びたったが惑星時間で十七年後でなければ到着しない。ここは辺境の世界なのだ。ここから向こう、南オリオン・アームに向かっては人間の住んでいる世界は一つも見つかっていない。そして惑星〈冬〉からエクーメンの主要国、わが種族の故郷へは気の遠くなるほどの道のりだ。ハイン・ディブナントへ五十年、地球へは人間の一生。急ぐことはないのだ。

　私はカルガブを越えた、今回は、南の海べりに沿ってうねうねと伸びている道、ふもとのほうの道をとった。三年前ホルデン島に着陸した私を漁夫が連れかえってくれた村、私が最初に滞在した村を訪れてみた。郷の人たちは驚きもせず昔と変わらず迎えてくれた。エンチ河の河口の大きな港町サセルに一週間滞在し、そして初夏、徒歩でケルム国へ向かった。

　東南へ向かって歩き、岩山や緑の丘や大きな河やぽつぽつと家の建っている険しい山岳地帯を通って〈氷の足湖〉へやってきた。湖岸から南の丘を振り仰ぐと私の知っている輝きが見えた。空に漲《みなぎ》る白い光、あの丘の上に横たわる氷河の光輝。氷原があそこにある。

　エストレはとても古い領だった。郷の建物は険しい山肌から切りだした灰色の石で造られ、その山肌にかじりつくように建っていた。風がひょうひょうと吹きすさぶ荒涼とした村だった。

ドアを叩くとおもむろに開いた。私は言った。「領のもてなしをお願いします。わたしはエストレのセレムの友人です」

ドアを開けてくれた人物は十九か二十くらいのちょっと暗い表情の者で、無言で私の言葉を聞き入れ、ひそやかに郷の中へ私を招じ入れた。そして洗濯場、着替え室、広い台所へと次々と連れていってくれたが、この見知らぬ客が小ざっぱりとして、衣服もととのっていて、空腹でもないことを見届けると今度は寝室へ案内してくれた。寝室には、エストレとストクのあいだに横たわる灰色のソレの林と灰色の湖を見おろす細長い窓があいていた。わびしい土地、わびしい館だった。深い炉には火があかあかと燃え、見た目にはいかにも暖かそうでも、体はそれほど暖かくならなかった。石の壁や床が、山から吹きおろす風が、そして氷原が炎のぬくもりをほとんど奪いとってしまう。だが以前ほどには、〈冬〉で暮らした最初の二年間ほどには私も寒さを感じなかった。寒冷地の暮らしももうだいぶ長くなった。

一時間ぐらいするとあの少年が（表情と動作は少女のように敏捷で優雅だが、このように寡黙でいられる少女はいない）やって来て、よろしかったらエストレの領主がお目にかかりたいそうですと言った。私は彼のあとに従って長い廊下を歩いていったが、廊下では子供たちが隠れんぼかなにかの遊びをしている最中だった。子供たちは私たちのそばを走り抜け、まわりを飛びまわり、幼児たちはきゃっきゃっとはしゃぎまわり、若者は影のようにドアからドアへこっそりとしのび歩き、両手を口にあてて笑いを嚙みころしている。五つか六つの丸々とふとった幼児が私の足のあいだを走り抜けて、私の案内役の手にぶらさがった。「ソルベ！」と彼は私を丸い目で見つめながら金切り声をあげた。「ソルベ、ぼくは酒造室に隠れるんだ――」そして石弓からはなたれた小石のように駆けだした。少年ソルベはいささかも動ぜずに私をエストレの領主のもとへ案内した。

エスバンズ・ハルス・レム・イル・エストラーベンは七十を超えたかと思われる老人で、腰部の関節炎のために足が不自由だった。炉ばたの車椅子に背を伸ばしてすわっていた。その顔は大きく、急流にもまれた岩のように時がそのかどかどを削りとっていた。静かな顔、おそろしいほど静かな。

「あなたが使節のゲンリー・アイか？」

「そうです」

彼は私を見つめ、私は彼を見つめた。セレムはこの老いたる領主の子、息子だったのだ。セレムが弟、アレクが兄、私が心語で語りかけたとき彼が聞いたという声の持主、二人ともいまはない。私を見つめるこの老いさらばえた静かな顔のどこにも友の面影はしのばれなかった。ただセレムの死という確固たる事実しか見いだせなかった。

私は、愚者の使いとなり、慰めを求めてエストレにやってきた。慰めなどどこにもなかった。わが友が幼時を過ごした故郷への巡礼がなんで空虚を埋めてくれようか？　悔恨を癒してくれようか？　もはやなにも変えることはできないのだ。だが私がエストレへ来たのにはもう一つの目的があった、それを果たすことはできるのだ。

「あなたのご子息が亡くなるまでの数ヵ月間わたしはいっしょにいたのです。亡くなったときもいっしょでした。ご子息がつけていた日記をもってきました。あの日々のことをなにか話せと言われればなんなりと――」

老人の顔には格別の表情もあらわれなかった。あの静けさはいささかも乱されなかった。だが、あの少年が、暗がりから不意に、窓と炉の火のあいだの光、わびしい光の中へとびだしてきて、かすれた声で言った。「エルヘンラングではまだ叛逆者のエストラーベンとみなが呼んでいます」

老領主は少年を見、そして私を見た。

「この子はソルベ・ハルスです」と彼は言った。「エストレの世継ぎ、わたしの息子の息子」

ここでは近親相姦のタブーはない、私はそのことをよく知っていた。ただ地球人である私には、その奇妙さが、この暗い感じの無骨な田舎の少年にわが友の魂の片鱗をかいま見たときの奇妙な感じが私をしばらく沈黙させた。口を開いた私の声はおぼつかなかった。「王は取り消すでしょう。セレムは叛逆者ではありませんでした。愚か者たちがなんと呼ぼうとかまわぬではありませんか？」

老領主はゆっくりとかぶりをふった。「そうはいかぬのだ」と彼は言った。

「あなたたちはいっしょにゴブラン氷原を越えてきたのですね。あなたと彼は？」とソルベが訊いた。

「そうです」

「その話を聞きたいものだ、使節殿」と老エスバンズは静かに言った。だが少年は、セレムの息子は遠慮がちに言った。「あのひとがどのようにして死んだか話してくれませんか？——遠くの星々のあいだのたくさんの世界のことを話してくれませんか——よその世界の人間たちのことを、彼らの生活のことを？」

ゲセンの暦と時間

年　ゲセンの公転周期は地球標準時間で八四〇一時間、地球標準年の〇・九六年にあたる。自転周期は地球標準時間の二三・〇八時間。ゲセンの一年は三六四日ある。

カルハイドとオルゴレインにおける年号は、基準年から現在にいたる連続年号ではない。基準となる年は現在の年、すなわち一の年である。毎正月（ゲセニ・セルン）たったいま過ぎ去った年は〈昨一の年〉になり、あらゆる過去の年号に一が加わる。未来は同様に〈翌一の年〉〈翌二の年〉というように数えられる。

記録保持におけるこのシステムの不都合さは、さまざまな方法、たとえば、有名な事件、王の治世、歴代の王朝、地方の領主等を参照することによって軽減されている。ヨメシュ教徒はメシュェの誕生（二二〇二年前、エクーメン暦一四九二）から一四四年サイクルで数え、宗教上の祭典は十二年目毎に行なう。だがこのシステムは厳密に教義上のものであり、ヨメシュ教の後援者であるオルゴレイン政府も正式にはこれを採用していない。

月　ゲセンの月の公転周期は二十六ゲセン日である。公転周期は自転周期と同調しているので、月はこの惑星に対して常に同じ面を向けている。一年には十四の月があり、太陽暦も太陰暦もほとんど一致しているので調整は二百年に一回行なえばよい、一ヵ月の日数はどの月も同じである、したがってどの月でも新月は一日に、三日月は三日に見られる。カルハイド人は各月をこう名づけている。

冬	1	セルン
	2	サネルン
	3	ニメル
	4	アネル
春	5	イレム
	6	モス
	7	ツワ
夏	8	オスメ
	9	オクレ
	10	クス
秋	11	ハカナ
	12	ゴル
	13	ススミ
	14	グレンデ

ひと月二十六日、半月は十三日となる。

日　一日（二三・〇八〈地《T》球標準時《S》〉）は十時間あり、一月の日数は一定不変であるから、日付はそれぞれに名称がある、われわれの日付が数で呼ばれるのとはちがう。（名称の多くは月相に関連がある。ゲセニは〈暗黒〉、アルハドは〈新月〉というように。月の後半につけられるオドという接頭辞は逆という意味で、反対の意味をあらわすからオドゲセニは〈暗黒でないもの〉という意味になろうか）。カルハイド人は日に次のような名称をつけている。

1　ゲセニ
2　ソルドニ
3　エプス
4　アルハド
5　ネセルハド
6　ストレス
7　ベルニ
8　オルニ

9 ハルハハド
10 グイルニ
11 イルニ
12 ポスセ
13 トルメンボド
14 オドゲセニ
15 オドソルドニ
16 オデプス
17 オダルハド
18 オネセルハド
19 オドストレス
20 オドベルニ
21 オドルニ
22 オドハルハハド
23 オドグイルニ
24 オディルニ
25 オポスセ
26 オトルメンボド

時間　ゲセン文化圏で用いられている十進法の時計は、地球の十二時間時計になおすと次のようになる（註－これは単にゲセンの〈時間〉が地球時間のだいたい何時にあたるか、その感じがわかればよい。正確に置き換えるとなると、ゲセン日が地球標準時間の二三・〇八時間であるから非常に複雑なものになり、それは作者の意図するところではない）。

一の刻　正午から午後二時半まで
二の刻　二時半より午後五時まで
三の刻　五時より午後七時まで
四の刻　七時より午後九時半まで
五の刻　九時半より真夜中まで
六の刻　真夜中より午前二時半まで
七の刻　二時半より午前五時まで
八の刻　五時より午前七時まで
九の刻　七時より午前九時半まで
十の刻　九時半より正午まで

解説

山岸 真

ル・グィンは作品の着想を、風景の中の人物という形で得ることが多いという。

「その二人は、雪と氷にとざされた果てしない荒野に立った、ちっぽけな、遠い人影としてあらわれました。その雪原で二人は、力を合わせて橇かなにかをひっぱっていました。わたしの見たのはそれだけです」(「SFとミセス・ブラウン」深町眞理子訳)

これが本書のはじまりだった。この二人が何者かを探求するうちに、極寒の惑星と両性具有人の社会という、SF史上屈指の異世界像が構築されていった。最初に思いうかんだ光景は、二人の苛酷な旅と、その中ではぐくまれる真の理解と友情という、本書の圧倒的なクライマックスへと昇華した。

そして一九六九年に発表された本書は、翌年、アメリカSF界の二大賞であるヒューゴー賞とネビュラ賞を独占受賞する。作者ル・グィンの人気と評価も一躍急上昇。SFの代名詞の一人であるばかりか、現代アメリカ文学の最良の作家にも数えられるという、現在の地位への第一歩をふみだしたのである。一方で本書も、SF界にとどまらない広い領域に影響をおよぼしていった。

現在でもその評価はゆるがない。八七年のSF情報誌〈ローカス〉の読者投票では、オールタイム・ベストSFの二位に選ばれている（一位はフランク・ハーバートの『デューン／砂の惑星』）。十年に一度の傑作という言葉があるが、本書は長年にわたって版をかさね、九四年にはアメリカで二十五周年記念エディション（作者の新しいあとがきつき）が出版された。本書以降でこれに匹敵するエポックメイキングなSFといえば、ウィリアム・ギブスンの『ニューロマンサー』（八四年）くらいだろう。

……と最大級の形容をならべてしまったが、たしかに本書はえもいわれぬ重厚さに満ちている。それは冒頭の、惑星ゲセン（別名〈冬〉）のカルハイド王国の首都でとりおこなわれる儀式のシーンから顕著だ。儀式に列席した異星からの使節である主人公、ゲンリー・アイの目をとおして、読者は首都の街並みや人々の服装などを見、この星の気候や王国の政治形態、それに謎めいた文化や慣習などをかいま見る。ゲセンの社会や文化、人々の生活ぶりのこまやかな描写は全篇にわたってつらぬかれ、ひとつの世界が確固とした質感をもってうかびあがってくるのである。

こうした文化人類学的な手法は、作品の構成にもいかされている。本書を構成する全二十章のうち六章には、ゲセンの伝説や民話が織りこまれているのだ。それは異星世界の奥行をまし、それ自身の象徴的な力で作品に活力をあたえ、また、ゲンリー・アイの物語自体が神話的な要素をもつことと、ゲセンのあらたな神話となることをほのめかす。

さて、本書で描かれる異世界はひとつの惑星のみだが、その背景に存在するエクーメンという星間連合が随所で言及され、壮大なスケールの未来史も顔をのぞかせる（なお、訳者の小尾芙佐氏によると、地理学では人間の常住する領域＝居住域を、ギリシア語に由来する用語でエクメーネというそうである）。

ここで、その起源から〈ハイニッシュ・ユニバース〉と呼ばれることの多いル・グィン版未来史の概略を紹介しておこう（各作品の年代は『所有せざる人々』の解説を参照のこと）。


はるかな過去、超高度な文明をもつ惑星ハインの人々が、数多くの居住可能な惑星に人間型生命の種をまいた。やがてハイン文明の衰亡とともに植民地も忘れさられるが、再興をとげたハイン文明は〈失われた植民地〉の探索を開始した（この際に用いられた恒星間航法がナファル航行――宇宙船の航行中、乗員を一種の仮死状態において加齢をふせぐ――である）。こうして、地球をふくむかつての植民星がつぎつぎと再発見されていく。それぞれの星は、長い時の流れの中で独自の文化を発展させていた。

再発見された世界のひとつである恒星タウ・セティをめぐる二重惑星系では、理論物理学者シェヴェックが一般時間理論を完成させた。『所有せざる人々』で語られるのがその過程で、地球の西暦で二三〇〇年ごろとされる。シェヴェックの理論は、本書にも出てくる超光速通信装置アンシブルや超光速星間航法を生み、それはハインとかつての植民星による宇宙連合への道をひらくものだった。連合はのちにエクーメンと名づけられる。

しかし、連合創設から三百年を経過したころ、星間戦争が勃発する。フォーマルハウト星系のとある惑星で戦いにまきこまれた人類学者ロカノンは、そのさなかに原住民からテレパシーの一種である〈心話〉を学ぶ（『ロカノンの世界』）。その後、〈心話〉は連合諸惑星に広がっていった。

幾世紀もつづく熾烈な戦いのうちに連合は瓦解し、多くの惑星が孤立する（『辺境の惑星』『幻影の都市』）。しかし、技術や思考を再建したエクーメンの中核世界は、ふたたび〈失われた〉各惑星に、使節を送って同盟を結ぼうとしていた……。

本書はこの未来史の最後の部分、西暦で四十九世紀、連合創設から約二千五百年後、エクーメン暦一四九〇年代の物語である。

極寒の惑星ゲセンでは太古にハイン人による遺伝子実験がおこなわれた結果、住人はすべて両性具有だった。極秘の現地調査がおこなわれたのち、エクーメンからの使節として、ゲンリー・アイが単身ゲセンにおりたつ。アイはまず、カルハイド王国をおとずれるが、文化の厚い壁にはばまれて思うにまかせない。つづいておとずれたゲセンのもうひとつの大国、オルゴレインでも政略にまきこまれたアイは、追放されたカルハイドの元宰相エストラーベンとともに、生命の気配ひとつない真冬の大雪原を横断する無謀な脱出行に旅立った……。

最初にも書いたように、後半三分の一を占めるこの旅——本性をあらわしたゲセンの大自然の中で、微妙に変化していく二人の関係が、本書の最大の読みどころである。この旅はまた、評論家ピーター・ニコルズが指摘するように、「明らかに異質な疎外された状況に置かれた人物が、探索の旅に向い、やがて認識の変革に達して、分離した部分の調和の動因たることを証明する……この探索は、しばしば冬の旅という形をとる」（安田均訳）というル・グィン作品の典型的なパターンにあてはまる。

本書にはこのほかにも、ル・グィン作品を特徴づけるさまざまな要素がつまっている。たとえば他者とのコミュニケーションや、ユートピアの探求（ゲセンには戦争という概念がない）といったテーマ。たとえば老荘思想やユング心理学への関心。

とくに目を引くのは、タイトルにも関わってくる二元論——光と闇、太陽と影、男と女、生と死、恐怖と勇気、背信と忠誠、左手と右手といった、対立するふたつのもののイマージュだ。これもニコルズが指摘するように、こうした単純な元型シンボルは神話や詩をつねに支配してきたものだが、ことにル・グィンにあっては、「両極や拮抗を意味するのではない。むしろ陰陽に見られるようにバランスのとれた全体を構成する二つの部分であり、相互に意味を引き出す……。西洋的……というよりは東洋的であり、特に道教的である」

ちりばめられたモチーフやシンボル。詩的でレトリカルな（これもゲセンの文化とともに、どこか東洋的なものを感じさせる）文体。民話や伝説を織りこむ手法。これらはすべて共鳴しあって、象徴の森と呼ぶ人もある小説空間をつむぎだす。こんな華麗な作風をもつSF作家は多くはない。

けれど、本書がＳＦ界にとどまらない反響を呼んだ最大の理由は、ゲセン人が生理学的な性の区別をもたないという設定にある。発情期（ケメル）が一定周期でしかおとずれず、その期間には父親にも母親にもなりうる人々——かれらの社会には性的役割や性的類型は存在しない。本書全体を通じて提示され、とくに第七章で集中的に論じられるＳＦならではの思考実験は、四半世紀を経たいまなお刺激的だ。

この実験に対しては熱狂的な反応ばかりではなく、中性のゲセン人が男性代名詞で呼ばれていることなどを批判する声も寄せられた。フェミニズム的観点からの本書に関する論争については、ル・グィン自身が「ジェンダーは必然か？　再考」（『世界の果てでダンス』に収録）などのエッセイで語っているので、そちらが参考になるだろう。

ところで、本書が発表された六〇年代末、英米のＳＦ界は、従来のＳＦ界に存在したテーマや文体に関する制約《タブー》を打破し、より文学的なＳＦを目ざすニューウェーヴと呼ばれる運動の渦中にあった。ル・グィンはこの運動には関与していない。にもかかわらず、ＳＦではタブー中のタブーであった性という問題を正面からとりあげ（ゲンリー・アイが黒人であることも注目すべき設定だ）、それを象徴に満ちた華麗な文体で描いた『闇の左手』は、運動の目的をあっさり達成してしまっていた。しかも期せずして、伝統的なＳＦに運動の成果をとりこむというポストニューウェーヴＳＦの課題の解答も示していたのである。

逆に、本書が七〇年代以降のＳＦにあたえた影響はふたつ指摘できる。ひとつは、伝説などをまじえて異星社会を文化レベルまで構築する手法。もうひとつは、フェミニズムSFの隆盛である。後者については、七〇年前後に活躍した女性作家はほかにもいるが、もっとも華々しいのはやはりル・グィンだった。なんといっても、ヒューゴー賞でもネビュラ賞でも、女性作家が長篇部門を受賞したのは、『闇の左手』がはじめてなのだ。そんなル・グィンにあこがれるかのように、以後のSF界には女性作家が続々と登場することになる。

（なお、本書には以前から映画化の話があり——待ちきれなくなったのか、「胎動」という短篇の中でクーブリック監督の『闇の左手』を上映している——マイクル・ビショップはル・グィンがシナリオにとりくんだこともあるようだ。九五年一月現在、製作開始の報ははいっていない）

アーシュラ・クローバー・ル・グィンは、一九二九年、カリフォルニア州バークリーの生まれ。父アルフレッド・L・クローバーはアメリカ・インディアンの研究で知られる著名な人類学者、母シオドラ・クローバーは『イシ——北米最後の野生インディアン』の著者として知られる作家というアカデミックな環境に育った。本書の文化人類学的手法なども、生い立ちからすれば当然のことといえる。

大学ではフランスを中心にした中世およびルネッサンス期文学を専攻し、名門女子大のラドクリフ大で学士号を、コロンビア大で修士号を取得。五一年、フルブライト奨学生としてのパリ留学への途上で知りあったチャールズ・A・ル・グィンと結婚した。夫は歴史の教授として州立ポートランド大学に勤務し、夫婦はオレゴン州ポートランドに住んで、男一人、女二人の子どもをもうけた。

ル・グィンのプロ作家としてのキャリアは、すでに三十年をこえているが、はじめて短篇を書きあげたのは九歳のときで、それは妖精の出てくるお話だった。十代前半には、ほかの本にまじってSF雑誌も読んだが、その後十年以上、SFからは遠ざかっていた。その間も創作はつづけ、何篇かの詩を出版し、小説ではのちに『オルシニア国物語』にふくまれる「音楽によせて」が六一年に活字になった。

そんなある日、友人に借りた〈F&SF〉誌に載っていたコードウェイナー・スミスの「アルファ・ラルファ大通り」を読んで感銘をうける。とはいえ、SFを書きはじめたのは、自分の書いたものを活字にしたくて、それにはジャンル小説が有利だと考えたからだという。

SF界へのデビューは、〈ファンタスティック〉誌六二年九月号に載った「四月は巴里」。ちなみに、当時、同誌と姉妹誌の〈アメージング〉は、慧眼の女性編集長シール・ゴールドスミス・ラリの指揮のもと、ル・グィンのほかにもロジャー・ゼラズニイやトーマス・M・ディッシュなど、のちの大物作家をたてつづけにデビューさせていた。

六六年から翌年にかけて、エース・ブックスから『ロカノンの世界』を皮切りに三冊の長篇を刊行。いずれも〈ハイニッシュ・ユニバース〉に属する作品で、のちのル・グィン作品に力をあたえる光と闇のイマージュなどがすでに顔を出している。

そして六九年、「最初の真に成熟した作品」と評された本書『闇の左手』を刊行。その反響は最初に書いたとおりである。あと、本書が名編集者テリイ・カーのもとで意欲的なSFを世に送りだしていた〈エース・サイエンス・フィクション・スペシャル〉叢書の一冊として発表されたことをつけくわえておく。

本書につづく七〇年代前半の活躍ぶりと絶大な人気から、ル・グィンはSF界の女王と呼ばれた。七六年までの受賞歴をならべてみる。ディック的なテーマに挑んだ『天のろくろ』がローカス賞。ジュヴナイル・ファンタジイながら文学的にも高い評価をうけた〈ゲド戦記〉第三巻の『さいはての島へ』が全米図書賞児童文学部門賞。そして現代SFの最高峰とも評される『所有せざる人々』でふたたびヒューゴー／ネビュラ両賞と、ローカス賞などを受賞。中短篇でも、ヒューゴー賞とローカス賞を二回ずつ、それにネビュラ賞を一回と、『風の十二方位』でローカス賞短篇集部門を受賞。これ以外にもノミネートは数多い。また、おもにこの時期の作品で（受賞年はズレるものもある）ソ連、イタリア、スペイン、スウェーデン、オーストラリアの賞も受賞している。なるほどこれは、女王の称号をたてまつるにふさわしい。

七〇年代後半以降も人気はおとろえていない。『コンパス・ローズ』がローカス賞短篇集部門賞を受賞、中短篇でもヒューゴー賞、ローカス賞、世界幻想文学大賞を一回ずつ受賞、さらに七九年にはファンタジイの巨匠に贈られるガンダルフ賞を、八二年にはSF詩にあたえられるライスリング賞を、八九年には評論活動に対してピルグリム賞をそれぞれ受賞した。ただし、この時期のル・グィンの活動はSFやファンタジイからやや遠ざかり、寓話的な作品や普通小説、児童書などが中心になっている。八五年には、*Always Coming Home* というSFを発表しているが、これは遠未来のカリフォルニアに住む部族の生活を、さらに未来の考古学者がまとめたという設定で、短篇、詩、メモ、イラスト、音楽（オーディオテープ）などから構成される実験的な作品だった。

作風の変遷と関わりなく、SF界外でのル・グィンの名声は高まる一方である。主流文学作家としての評価を確立し、倫理色の濃い作風からカルト的な人気も広がった。アカデミックな研究もさかんになり、本書をふくめたル・グィンの作品やル・グィン自身について多くの評論が書かれ、ル・グィンもさまざまなエッセイを通じてそれにこたえた。あるいは、そうした真摯な創作姿勢が作風の変化と関係あるのかもしれない。

ところが、九〇年代のル・グィンは、ファンをあっといわせる活動をはじめた。まず、約二十年ぶりに〈ゲド戦記〉第四部、『帰還』を発表（ネビュラ賞とローカス賞ファンタジイ長篇部門賞を受賞）。つづいて、SF雑誌などに〈ハイニッシュ・ユニバース〉の短篇が矢継ぎ早に掲載され、九四年にはそれをふくむ最新短篇集がまとまった。とくに後者は、〝六、七、八〇年代北米SF傑作選〟というべき巨大アンソロジー（九三年刊）の編集に参加したことの影響かもしれない。ル・グィンが新しい方向にふみだしたのか、このままSFやファンタジイを精力的に発表しつづけるのか、それはまだわからない。

けれど、作者の作風が変わっても、すでに書かれた作品は変わらない。かつて評論家ロバート・スコールズは、ル・グィンを「西の良い魔女」と呼んだ。アメリカ西海岸に住み、アメリカの良心を代表するような作風で、（ファンタジイやSFを中心にした）すばらしい作品を文学的魔法でつむぎだすという意味だ。そしてその作品にも魔法がかけられているのか、数十年がすぎたというのに、いっこうに魅力が色あせていない。それはたしかなところである。

アーシュラ・K・ル・グィン邦訳書リスト（複数の版がある場合は最新のものを記した）

●ハイニッシュ・ユニバース

『ロカノンの世界』*Rocannon's World*（1966）ハヤカワ文庫SF823

『辺境の惑星』*Planet of Exile*（1966）ハヤカワ文庫SF831

『幻影の都市』*City of Illusions*（1967）ハヤカワ文庫SF866

『闇の左手』*The Left Hand of Darkness*（1969）**本書**

『所有せざる人々』*The Dispossessed*（1974）ハヤカワ文庫SF674

●ゲド戦記（ファンタジイ）

『影との戦い』*A Wizard of Earthsea*（1968）岩波書店同時代ライブラリー

『壊れた腕環』*The Tombs of Atuan*（1971）岩波書店

『さいはての島へ』*The Farthest Shore*（1972）岩波書店

『帰還　ゲド戦記　最後の書』*Tehanu: the Last Book of Earthsea*（1990）岩波書店

●その他のSF・ファンタジイ長篇

『天のろくろ』*The Lathe of Heaven*（1971）サンリオSF文庫・絶版
『始まりの場所』*The Beginning Place*／別題 *Threshold*（1980）早川書房海外SFノヴェルズ

●オルシニア（東欧の架空の国が舞台の歴史小説）
『オルシニア国物語』*Orsinian Tales*（1976）ハヤカワ文庫SF761／オムニバス
『マラフレナ（上・下）』*Malafrena*（1979）サンリオSF文庫・絶版

●ヤングアダルト普通小説、児童書
『ふたり物語』*Very Far Away from Anywhere Else*／別題 *A Very Long Way from Anywhere Else*（1976）集英社コバルト文庫
『空飛び猫』*Catwings*（1988）講談社
『帰ってきた空飛び猫』*Catwings Return*（1989）講談社

●短篇集
『風の十二方位』*The Wind's Twelve Quarters*（1975）ハヤカワ文庫SF399／〈ハイニッシュ・ユニバース〉四篇と〈ゲド戦記〉の世界を舞台にした二篇をふくむ
『コンパス・ローズ』*The Compass Rose*（1982）サンリオSF文庫・絶版
『世界の合言葉は森』日本オリジナル編集（1990）ハヤカワ文庫SF869／表題作は〈ハイニッシュ・ユニバース〉、ほか中篇一篇

●評論集

『夜の言葉』*The Language of the Night*（1979／1989改訂）サンリオSF文庫・絶版（七九年版に準拠）／岩波書店同時代ライブラリー（八九年版に準拠、一部を割愛）

『世界の果てでダンス』*Dancing at the Edge of the World*（1989）白水社

（本書の邦訳は七二年にハヤカワSFシリーズより刊行されたのち、文庫版が七七年に刊行、九五年三月の二十刷より版が組みかえられ、同時に訳文も一部手直しされた。従来の版には本書のさまざまなイマージュをみごとに読みといた編集部の解説が付されていたが、初版以来二十年近くのあいだにル・グィン作品の邦訳が大幅に進んだこともあり、この解説もこれを機にあらたに書かれたものである）

海外SFハンドブック

早川書房編集部・編

クラーク、ディックから、イーガン、チャン、『火星の人』、SF文庫二〇〇〇番『ソラリス』まで――主要作家必読書ガイド、年代別SF史、SF文庫総作品リストなど、この一冊で「海外SFのすべて」がわかるガイドブック最新版。不朽の名作から年間ベスト1の最新作までを紹介するあらたなる必携ガイドブック！

ハヤカワ文庫

SF傑作選

映画化名「オデッセイ」
火星の人〔新版〕〔上下〕
アンディ・ウィアー／小野田和子訳

不毛の赤い惑星に一人残された宇宙飛行士のサバイバルを描く新時代の傑作ハードSF

〈ヒューゴー賞／ネビュラ賞／ローカス賞受賞〉
ねじまき少女〔上下〕
パオロ・バチガルピ／田中一江・金子 浩訳

エネルギー構造が激変した近未来のバンコクで、少女型アンドロイドが見た世界とは……

〈ヒューゴー賞／ローカス賞／英国SF協会賞受賞〉
都市と都市
チャイナ・ミエヴィル／日暮雅通訳

モザイク状に組み合わさったふたつの都市国家での殺人の裏には封印された歴史があった

〈ヒューゴー賞／ネビュラ賞／ローカス賞受賞〉
あなたの人生の物語
テッド・チャン／浅倉久志・他訳

言語学者が経験したファースト・コンタクトを描く感動の表題作など八篇を収録する傑作集

ゼンデギ
グレッグ・イーガン／山岸 真訳

余命わずかなマーティンは幼い息子を見守るため、脳スキャンし自らのAI化を試みる。

ロバート・A・ハインライン

夏への扉
福島正実訳
ぼくの飼っている猫のピートは、冬になるときまって夏への扉を探しはじめる。永遠の名作

〈ヒューゴー賞受賞〉
宇宙の戦士〔新訳版〕
内田昌之訳
勝利か降伏か——地球の運命はひとえに機動歩兵の活躍にかかっていた！　巨匠の問題作

〈ヒューゴー賞受賞〉
月は無慈悲な夜の女王
矢野徹訳
圧政に苦しむ月世界植民地は、地球政府に対し独立を宣言した！　著者渾身の傑作巨篇

人形つかい
福島正実訳
人間を思いのままに操る、恐るべき異星からの侵略者と戦う捜査官の活躍を描く冒険SF

輪廻の蛇
矢野徹・他訳
究極のタイム・パラドックスをあつかった驚愕の表題作など六つの中短篇を収録した傑作集

ハヤカワ文庫

グレッグ・イーガン

〈キャンベル記念賞受賞〉
順列都市〔上〕〔下〕
山岸 真訳

並行世界に作られた仮想都市を襲う危機……電脳空間の驚異と無限の可能性を描いた長篇

〈ヒューゴー賞／ローカス賞受賞〉
祈りの海
山岸 真編・訳

仮想環境における意識から、異様な未来までヴァラエティにとむ十一篇を収録した傑作集

〈ローカス賞受賞〉
しあわせの理由
山岸 真編・訳

人工的に感情を操作する意味を問う表題作のほか、現代ＳＦの最先端をいく傑作九篇収録

ディアスポラ
山岸 真訳

遠未来、ソフトウェア化された人類は、銀河の危機にさいして壮大な計画をもくろむが⁉

ひとりっ子
山岸 真編・訳

ナノテク、量子論など最先端の科学理論を用い、論理を極限まで突き詰めた作品群を収録

デューン 砂の惑星〈新訳版〉（上・中・下）

Dune
フランク・ハーバート
酒井昭伸訳

〈ヒューゴー賞／ネビュラ賞受賞〉アトレイデス公爵が惑星アラキスで仇敵の手にかかったとき、公爵の息子ポールとその母ジェシカは砂漠の民フレメンに助けを求める。砂漠の過酷な環境と香料メランジの摂取が、ポールに超常能力をもたらし、救世主の道を歩ませることに。壮大な未来叙事詩の傑作！　解説／水鏡子

ハヤカワ文庫

ブラックアウト（上・下）

Blackout

コニー・ウィリス
大森　望訳

〔ヒューゴー賞／ネビュラ賞／ローカス賞受賞〕二〇六〇年、オックスフォード大学の史学生三人は、第二次大戦の大空襲で灯火管制（ブラックアウト）下にあるロンドンの現地調査に送りだされた。ところが、現地に到着した三人はそれぞれ思いもよらぬ事態にまきこまれてしまう……。主要ＳＦ賞を総なめにした大作

ハヤカワ文庫

オール・クリア（上・下）

All Clear

コニー・ウィリス
大森　望訳

〔ヒューゴー賞／ネビュラ賞／ローカス賞受賞〕二〇六〇年から、第二次大戦中英国での現地調査に送り出されたオックスフォード大学の史学生、マイク、ポリー、アイリーンの三人は、大空襲下のロンドンで奇跡的に再会を果たし、未来へ戻る方法を探すが……。『ブラックアウト』とともに主要SF賞を独占した大作

中継ステーション〈新訳版〉

Way Station

クリフォード・D・シマック

山田順子訳

〈ヒューゴー賞受賞〉アメリカ中西部のごくふつうの農家にしか見えない一軒家は、じつは銀河の星々を結ぶ中継ステーションだった。その農家で孤独に暮らす元北軍兵士イーノック・ウォレスは、百年のあいだステーションの管理人をつとめてきたが、その存在を怪しむＣＩＡが調査を開始していた!?　解説／森下一仁

ハヤカワ文庫

はだかの太陽〈新訳版〉

The Naked Sun

アイザック・アシモフ
小尾芙佐訳

宇宙へ進出した人類の子孫、スペーサーたちは各惑星に宇宙国家を築き、鋼鉄都市で人口過密に悩まされている地球の人類を支配していた。数カ月前にロボット刑事ダニールとともに殺人事件を解決したNY市警の刑事ベイリは、惑星ソラリアで起きた殺人事件捜査を命じられるが……『鋼鉄都市』続篇。解説／久美沙織

ハヤカワ文庫

訳者略歴　津田塾大学英文科卒，英米文学翻訳家　訳書『アルジャーノンに花束を』キイス，『言の葉の樹』ル・グィン，『われはロボット』アシモフ，『くらやみの速さはどれくらい』ムーン（以上早川書房刊）他多数

HM=Hayakawa Mystery
SF=Science Fiction
JA=Japanese Author
NV=Novel
NF=Nonfiction
FT=Fantasy

闇《やみ》の左手《ひだりて》

〈SF252〉

一九七七年七月三十一日　発行
二〇二四年十二月二十五日　三十三刷
（定価はカバーに表示してあります）

著者　アーシュラ・K・ル・グィン
訳者　小尾《おび》芙佐《ふさ》
発行者　早川浩
発行所　株式会社早川書房
郵便番号　一〇一‐〇〇四六
東京都千代田区神田多町二ノ二
電話　〇三‐三二五二‐三一一一
振替　〇〇一六〇‐三‐四七七九九
https://www.hayakawa-online.co.jp

乱丁・落丁本は小社制作部宛お送り下さい。
送料小社負担にてお取りかえいたします。

印刷・三松堂株式会社　製本・株式会社フォーネット社
Printed and bound in Japan
ISBN978-4-15-010252-4 C0197

本書は活字が大きく読みやすい〈トールサイズ〉です。